立川文庫セレクション

Mito Komon

Kato Gyokushu

立川文庫セレクション

加藤玉秀◉著

水戸黄門

論創社

水戸黄門　目次

水戸黄門

◎光圀卿幼事《みつくにきょうようじ》の御性格《ごせいかく》

今回茲《こんかいここ》に説《と》き出《だ》す講談《こうだん》は、天下《てんか》に名高《なだか》き水戸《みと》黄門光圀卿《こうもんみつくにきょう》、諸国御漫遊《しょこくごまんゆう》の事歴《じれき》を申上《もうしあ》げる事《こと》に致《いた》します。左《さ》れば黄門光圀卿《こうもんみつくにきょう》が、常々御自分《つねづねごじぶん》の身《み》の守《まも》りにせられたる壁書《かべがき》に「苦《く》は楽《らく》の種《たね》、楽《たの》しみは苦《くる》しみの種《たね》と知《し》るべし、主人《しゅじん》と親《おや》は無理《むり》なるものと思《おも》え、下人《げにん》は足《た》らぬものと知《し》る可《べ》し、恩《おん》を忘《わす》るゝ事勿《ことなか》れ、子程《こほど》に親《おや》を思《おも》え、子無《こな》き者《もの》は身《み》に比《くら》べ近《ちか》き手本《てほん》とすべし、掟《おきて》に恐怖《おじ》よ、火《ひ》に恐怖《おじ》よ、酒《さけ》と色《いろ》とは敵《てき》と知《し》るべし、朝寝《あさね》すべからず、分別《ふんべつ》は堪忍《かんにん》なり、小《しょう》なる事《こと》は分別《ふんべつ》せよ、大《だい》なる事《こと》に驚《おどろ》くべからず、九分《ぶ》に足《た》らば宜《よ》し、十分《ぶん》は零《こぼ》るゝと知《し》る可《べ》し」と有《あ》ります。始終《しじゅう》に此御心得《このおこころえ》がございましたので今《いま》に至《いた》る迄《まで》、三才《さい》の童子《どうじ》も黄門様《こうもんさま》〳〵と申上《もうしあ》げて、敬《うやま》い奉《たてまつ》るのでございます。偖此水戸黄門光圀卿《さてこのみとこうもんみつくにきょう》は、常陸国茨城郡水戸《ひたちのくにいばらきごおりみと》の御領主《ごりょうしゅ》、御高《おんたか》三十五万石《まんごく》、時《とき》の天下《てんか》の副将軍《ふくしょうぐん》、水戸中納言頼房卿《みとちゅうなごんよりふさきょう》の御子孫《ごしそん》にして、元和《げんな》九年《ねん》三月《がつ》十五日《にち》に御誕生遊《ごたんじょうあそ》ばし、御幼名《ごようめい》を鶴千代丸様《つるちよまるさま》と申上《もうしあ》げ奉《たてまつ》ります。此徳川御三家《このとくがわごさんけ》の内《うち》で、尾張家《おわりけ》の御相続遊《ごそうぞくあそ》ばす若君《わかぎみ》の御名《おんな》を、亀千代丸様《かめちよまるさま》と申上《もうしあ》げます。紀伊家御相続《きいけごそうぞく》の若君《わかぎみ》を、菊千代丸様《きくちよまるさま》と申上《もうしあ》げます。水戸家《みとけ》御相続《ごそうぞく》の若君《わかぎみ》を鶴千代丸様《つるちよまるさま》と申上《もうしあ》げ奉《たてまつ》るのでございます。左《さ》れば御幼君鶴千代丸様御誕生遊《ごようくんつるちよまるさまごたんじょうあそ》ばせられると、直《すぐ》に御乳人《おめのと》を撰《えら》み、御乳《おちち》を差《さし》上《あ》げます。丁度《ちょうど》お五才《いつつ》の時《とき》御乳離《おちちはな》れに成《な》ると、是《こ》れより御側御女中《おそばおじょちゅう》の中《うち》より、利発《りはつ》な者《もの》を御撰《おえら》み出《だ》しに成《な》り、此者《このもの》を若君鶴千代丸様《わかぎみつるちよまるさま》の御側御傅役《おそばおもりやく》に仰《おお》せ付《つ》けられる。然《しか》るに若君《わかぎみ》は至《いた》っての御悪戯《おわるさ》で在《あ》らせられる。時折々御女中部家《ときおりおりおじょちゅうべや》へ御遊《おあそ》びに御出《おい》で成《な》さると、御腰元衆《おこしもとしゅう》が御上《おかみ》の御目《おめ》を忍《しの》んで、居眠《いねむ》りなぞをして居《い》るを御覧遊《ごらんあそ》ばし、紙《かみ》を千切《ちぎ》って観世捻《かんぜよ》りを拵《こし》らえ、其《そ》れを鼻《はな》の穴《あな》へ差《さ》し込《こ》んだり、又《また》は顔《かお》に墨《すみ》を塗《なす》ったりして、悪戯《わるさ》を成《な》さるので、御《お》女中方《じょちゅうがた》は誠《まこと》に困《こま》って居《い》られます。其内《そのうち》に早《は》や若君《わかぎみ》は、御《おん》七才《さい》に御成《おな》り遊《あそ》ばした、其年《そのとし》の十二月《がつ》、小石川御上館《こいしかわおかみやかた》の雪見《ゆきみ》の御殿《ごてん》にて、鶴千代丸様《つるちよまるさま》は雪《ゆき》の降《ふ》るのを御厭《おいと》い無《な》く、御椽《おえん》の障子《しょうじ》を明《あ》け広《ひろ》げさせ、机《つくえ》に寄《よ》って余念無《よねんな》く、手習《てならい》を成《な》さって在《あ》らせられる。するとお側《そば》に政野《まさの》と言《い》うお侍女《こしもと》が控《ひか》えて居《お》ります。此政野《このまさの》は生《うま》れ附《つ》きが洵《まこと》に色《いろ》が黒《くろ》うございますから、若君《わかぎみ》は名《な》をお呼《よ》びなさらず、犬《いぬ》の子《こ》を呼《よ》ぶ様《よう》にくろよ〱と仰《おお》せられます。其《そ》の政野《まさの》が鶴《つる》千代丸様《ちよまるさま》に打対《うちむか》い、政「ハヽア若君様《わかぎみさま》へ申上《もうしあ》げます」若「オヽくろ、何《な》んじゃ」政「若君《わかぎみ》様《さま》は斯《こ》うしてお温和《となし》く、お手習《てならい》のお稽古《けいこ》を遊《あそ》ばして在《い》らせられるとお宜《よろ》しゅうございまするが、時々侍女部家《ときどきこしもとべや》へお遊《あそ》びにお出《い》でになって悪戯《いたずら》をなされまして少《すこ》しも憫《あわれ》みがございませんが、貴君《あなた》も些《ち》と菅公《かんこう》の事《こと》を御見習《おみなら》い遊《あそ》ばせ」若「何《なに》、菅公《かんこう》の事《こと》を見習《みなら》えとは……」政「菅原道真公《すがわらみちざねこう》御幼名《ごようめい》吉祥丸《きっしょうまる》と申《もう》してお歳《とし》お七才《ななつ》の時都西《ときみやこにし》の洞院高辻御館《どういんたかつじおやかた》の紅梅殿《こうばいでん》において、今日《こんにち》の様《よう》に大雪《おおゆき》の降《ふり》ましたる日《ひ》に、お手習《てなら》いを遊《あそ》ばして居《い》らせられた、其《そ》の時《とき》お傍《そば》に綾子《あやこ》と申《もう》す侍女《こしもと》が叡山颪《えいざんおろ》しの吹来《ふきく》る寒風《かんぷう》も厭《いと》わずお守《もり》をして居《お》りました」若「ウム、夫《そ》れが何《ど》うした」政「其《そ》の折吉祥丸様《おりきっしょうまるさま》が洵《まこと》に憫《あわれ》み深《ふか》き、お歌《うた》を御詠《およ》み遊《あそ》ばしました」若「何《な》んと言《い》う歌《うた》を道真《みちざね》が詠《よ》んだ」政「綾子《あやこ》と申《もう》す侍女《こしもと》がブル〳〵震《ふる》えて居《い》る姿《すがた》を御読《およみ》になって、

　降《ふ》る雪《ゆき》が綿々《わたわた》なれば手《て》に溜《た》めて
　　綾《あや》が袖《そで》にも入《い》れたくぞ思《おも》ふ

と詠《よま》れました」若「ウム、左様《そう》か。何《なん》だ其様《そん》な事《こと》は予《おれ》も詠《よむ》ぞ」政「お詠遊《よみあそ》ばしますか。何《ど》う言《い》うお歌《うた》でございます」若「降《ふ》る雪《ゆき》がじゃ……」政「真似《まね》をなされては不可《いけ》ません」若「真似《まね》じゃ無《な》い黙《だま》ッて聞《き》け。

　降《ふ》る雪《ゆき》が白粉《おしろい》なれば手《て》に溶《と》いて
　　おくろが面《つら》に塗《ぬ》りたくぞ思《おも》ふ」

政野《まさの》は驚《おどろ》いて、政「アレ亦《また》、其《そ》の様《よう》な事《こと》を御意遊《ぎょいあそ》ばします……」若「ヤッ、くろが怒《おこ》って赤《あか》くなった、アハヽヽッ」と、笑《わら》いに紛《まぎ》らしてお了《しま》いなされました。若君《わかぎみ》おい〳〵御《ご》生長遊《せいちょうあそ》ばして早《は》やお十一歳《さい》と成《な》らせられた。此時《このとき》にお侍女《こしもと》のお守役《もりやく》が代《かわ》って男子《おとこ》のお守役《もりやく》となる。其《その》お守役《もりやく》に選《えら》まれましたるは、沖周左衛門《おきしゅうざえもん》の倅周蔵《せがれしゅうぞう》と言《い》う者《もの》に仰《おお》せ付《つ》けられた。そこで沖周蔵《おきしゅうぞう》は、早速若君様《さっそくわかぎみさま》のお傍《そば》に出《で》る。処《ところ》が此周蔵《このしゅうぞう》と言《い》う者《もの》は、まだ歳《とし》は三十前後《ぜんご》でございまするに、病《やまい》で抜《ぬ》けるのか頭《あたま》の髪《かみ》の毛《け》がボツ〳〵抜《ぬ》けて禿頭《はげあたま》になって居《い》る。夫《そ》れを若君《わかぎみ》がお嫌《きら》い遊《あそ》ばして、若「周蔵其《しゅうぞうそ》の方《ほう》の様《よう》な頭《あたま》に毛《け》の無《な》い者《もの》は嫌《いや》じゃ。彼方《あちら》へ行《ゆ》け〳〵ッ」と、仰《おお》せられて何《ど》うしてもお傍《そば》にお置《お》きなされませんから、沖周蔵《おきしゅうぞう》は詮方無《せんかたな》く其《そ》の座《ざ》を下《さが》って、大殿中納言頼房卿《おおとのちゅうなごんよりふさきょう》の御前《ごぜん》に伺候《しこう》して、周「ハヽア申《もう》し上《あ》げます。不肖《ふしょう》の拙者《せっしゃ》へ若君様《わかぎみさま》のお守役《もりやく》を命《めい》ぜられし故《ゆえ》に、只今御前《ただいまごぜん》に罷《まか》り出《い》でましたる処《ところ》、云々斯様《しかじかかよう》〳〵と仰《おお》せられて何《ど》うしてもお傍《そば》にお置《お》き遊《あそ》ばしませんによって、何卒《なにとぞ》お守役《もりやく》は余人《よじん》に仰《おお》せ附《つ》けられまする様願《ようねが》い奉《たてま》つる」頼「ウム、それは然《そ》うで有《あ》ろうが、其《そ》の方《ほう》の父周左衛門《ちちしゅうざえもん》は予《よ》の幼年《ようねん》の頃守役《ころもりやく》を勤《つと》めて呉《く》れた其《そ》の先例《せんれい》が有《あ》る故《ゆえ》に其《そ》の方《ほう》に申《もう》し附《つ》けたのであるから、是非此役《ぜひこのやく》を勤《つと》めて呉《く》れ」周「我君様《わがぎみさま》の仰《おお》せには候得共《そうらえども》、若君様《わかぎみさま》には頭《あたま》に毛《け》の無《な》い者《もの》は嫌《いや》じゃと御意《ぎょい》遊《あそ》ばすに強《しい》て出《で》ましては、却《かえっ》て御心《おこころ》に背《そむ》けます……」頼「然《しか》らば斯様《かよう》いたせ。其《そ》の方《ほう》の頭《あたま》に合様《あうよう》に髷《まげ》を拵《こしら》え、夫《そ》れを禿《はげ》た処《ところ》へ附《つ》けて出《で》て見《み》よ」沖周蔵《おきしゅうぞう》は此御諚《このごじょう》を聞《きい》て心中大《しんちゅうおお》いに困《こま》りましたが、然《しか》し主《しゅ》の御命令《ごめいれい》は背《そむ》かれませんからして、周「ハヽッ、仰《おお》せ畏《かしこ》み奉《たてま》つりまする」と、お受《う》けを申《もう》し上《あ》げて御前《ごぜん》を下《さが》り、早速《さっそく》お出入《でい》りの町人《ちょうにん》に命《めい》じて髷《まげ》を調《ととの》えさせ、其《それを》髷頭《あたま》に附《つ》けて、若君様《わかぎみさま》の御傍《おそば》へ出《で》る。此容子《このようす》を御覧遊《ごらんあそ》ばしたる、御幼君鶴千代丸様《ごようくんつるちよまるさま》は、若「オヽ周蔵出《しゅうぞうで》たか」周「ハヽッ」若「其方昨日迄《そのほうきのうまで》は頭《あたま》に髷《まげ》は無《な》かったが、今日《きょう》は俄《にわ》かに髷《まげ》が出来《でき》た喃《のう》」周「ハヽッ、恐《おそ》れ入《い》ります……」此附髷《このつけまげ》が若君《わかぎみ》の非常《ひじょう》に御意《おき》に適《かな》いまして、若「周蔵来《しゅうぞうこ》いよ〱ッ」と、仰《おお》せられて至極《しごく》お気《き》に入《い》りとなり、何処《どこ》へお出《い》でになりまするにも沖周蔵《おきしゅうぞう》をお供《とも》にお伴《つ》れなされまする。其裡《そのうち》に若君《わかぎみ》おい〱御生長遊《ごせいちょうあそ》ばして、御歳《おんとし》お十一歳《さい》とお成《な》りなされた時《とき》、若「コレよ周蔵《しゅうぞう》、其方《そのほう》お父上《ちちうえ》に申《もう》し上《あ》げて、予《よ》に長袴《ながばかま》を穿《はか》して呉《く》れよ」と、お言葉《ことば》が下《さが》った。最《もっ》とも上《うえ》つ方《がた》では此長袴《このながばかま》は十五歳以上《さいいじょう》にならねばお穿《はか》せになりません。何故《なぜ》かと申《もう》しまするに袴《はかま》の裾《すそ》が足《あし》に纏《まと》い付《つ》き迚《と》ても十一や二の御幼君《ごようくん》では袴捌《はかまさば》きが出来《でき》ません。よって満《まん》十五歳《さい》にお成《な》りなさらねばお穿《はか》せになりません。夫《そ》れに若《わか》君鶴千代丸様《ぎみつるちよまるさま》は、是非《ぜひ》長袴《ながばかま》を穿《はか》せよとの御意《ぎょい》でございまする。其処《そこ》で沖周蔵《おきしゅうぞう》は仕方《しかた》なく、此由《このよし》中納言《ちゅうなごん》頼房卿《よりふさきょう》へ言上《ごんじょう》に及《およ》びました。すると頼房卿《よりふさきょう》は、頼「オヽ左様《そう》か。夫《そ》れでは早速《さっそく》長袴《ながばかま》を調進《こしらえ》させて、鶴千代《つるちよ》に穿《はか》して遣《や》って呉《く》れよ」周「ハヽッ、畏《かしこ》まり奉《たてま》つる……」と、お次《つぎ》へ下《さが》って早速水戸家《さっそくみとけ》お出入《でい》りの呉服屋《ごふくや》を召出《めしい》だし、お長袴《ながばかま》の調進《ちょうしん》を申《もう》し附《つ》けて、直《す》ぐ若君《わかぎみ》にお穿《はか》せ申《もう》し上《あ》げた。惣《すべ》て子供《こども》と言《い》うものは、何《な》んでも初《はじ》めて見《み》たる弄物《おもちゃ》は物珍《ものめず》らしくて、寝《ね》るにも放《はな》さず愛《あい》するものでございます。若君鶴千代丸様《わかぎみつるちよまるさま》は、初《はじ》めてお長袴《ながばかま》をお穿《は》き遊《あそ》ばしたのがお嬉《うれ》しいと見《み》えて、若「周蔵《しゅうぞう》来《こ》いよ〳〵」と、仰《おお》せられて御殿《ごてん》の内《うち》を彼方《あなた》此方《こなた》と、ツヽ〳〵ッとお歩行《あるき》なさるを、お守役《もりやく》の沖周蔵《おきしゅうぞう》は、少《すこ》しもお傍《そば》を放《はな》れずお跡《あと》に附《つ》き従《したが》って居《い》る裡《うち》に、如何《いか》なる途端《はずみ》か誤《あやま》ってお長袴《ながばかま》の端《はし》を踏《ふ》んだから堪《たま》ら無《な》い。若君《わかぎみ》は前《まえ》に倒《のめ》ッてドンとお仆《たお》れなされた。生憎敷居《あいにくしきい》にて額《ひたい》を打《う》つ、額《ひたい》は裂《さ》けて出血流《しゅっけつなが》れ出《い》ずる。沖周蔵《おきしゅうぞう》は、周「アヽ失策《しまっ》た。御大切《ごたいせつ》なる若君《わかさま》の御尊体《ごそんたい》にお負傷《けが》をさせて何《な》んと申《もう》し訳《わ》けが有《あ》ろう。此上《このうえ》は我身《わがみ》に罪《つみ》の来《き》たるを待《まつ》より外《ほか》に思案《しあん》は無《な》い」と、決心《けっしん》の臍《ほぞ》を堅《かた》めて居《い》る。これが下賤《げせん》の者《もの》の子供《こども》で有《あ》ったるならば、誰《た》れ彼《か》れが負傷《けが》をさせたと泣《な》いて親《おや》に告《つ》げ口《ぐち》をいたしまするが、何《な》んしろ後年天下《こうねんてんか》の副将軍《ふくしょうぐん》水戸従三位《みとじゅうみ》中納言光圀卿《ちゅうなごんみつくにきょう》と言《い》う御名君《ごめいくん》に成《な》らせられ、而《しか》して常盤神社《ときわじんじゃ》と神《かみ》に迄祀《までまつ》られ給《たま》う、聡明怜悧《そうめいれいり》の御幼君《ごようくん》鶴千代丸様《つるちよまるさま》でございますから、決《けっ》して周蔵《しゅうぞう》の落度《おちど》にはなさらん。若「コレ周蔵《しゅうぞう》、何《なに》を心配《しんぱい》して居《い》るか。ハヽア判《わか》った今予《いまよ》が誤《あやま》って此畳《このたたみ》の縁《へり》に蹪倒《つまずきたお》れ自身《じしん》に負傷《けが》をいたせしを、其方《そのほう》の落度《おちど》の様《よう》に思《おも》って居《い》るか。決《けっ》して其方《そのほう》が予《よ》の長袴《ながばかま》の裾《すそ》を踏《ふ》む理由《わけ》は無《な》い。何故《なぜ》なれば其方《そのほう》は向《むこ》うむいて居《い》るで有《あ》ろう」と、仰《おお》せられて周蔵《しゅうぞう》の額《ひたい》の附《つ》け髷《まげ》を指《ゆび》に摘《つま》んで、ヒョイと向《むこ》うをむけてお了《しま》いなされた。沖周蔵《おきしゅうぞう》は此御仁心《このごじんしん》なるお言葉《ことば》を聞《き》いて、只管有難涙《ひたすらありがたなみだ》に咽《むせ》んで居《い》る。然《しか》るに此事《このこと》がお館中納言頼房卿《やかたちゅうなごんよりふさきょう》のお聞《き》きに達《たっ》しましたので、頼「嗚呼鶴千代丸《ああつるちよまる》は、吾子乍《わがこなが》らも実《じつ》に天晴《あっぱれ》なる者《もの》で有《あ》る」とお喜《よろこ》び遊《あそ》ばして在《あ》らせられる。又《また》一家中《かちゅう》の者《もの》は、此若君《このわかぎみ》こそ今《いま》に天下《てんか》の御《ご》名君《めいくん》に成《な》らせられるお方《かた》で有《あ》る、何卒《なにとぞ》一日《にち》も早《はや》く御成人《ごせいじん》の上《うえ》、お家御相続《いえごそうぞく》を遊《あそ》ばさせられる様《よう》と、寄々御噂《よりよりおうわさ》を申上《もうしあ》げて居《い》る内《うち》に、追々御成長遊《おいおいごせいちょうあそ》ばさせられ、御年《おんとし》十六歳《さい》の時《とき》に、御元服《ごげんぷく》の式《しき》を挙《あ》げられ、十八歳《さい》の御時《おんとき》、遂《つい》に御家御相続《おいえごそうぞく》を遊《あそ》ばさせられ、従《じゅう》三位《み》中納言《ちゅうなごん》と御任官致《ごにんかんいた》され、天下《てんか》の副将軍《ふくしょうぐん》とお坐《すわ》り成《な》された。御簾中《ごれんちゅう》は京都近衛関白久忠公《きょうとこのえかんぱくひさただこう》のお姫君《ひめぎみ》をお迎《むか》え遊《あそ》ばして芽出度御結婚《めでたくごけっこん》の御儀式《ごぎしき》を挙《あ》げさせられた。然《しか》して其後《そののち》、永《なが》く天下《てんか》の副将軍《ふくしょうぐん》をお勤《つと》め遊《あそ》ばして在《あ》らせられる内《うち》に、若君御誕生《わかぎみごたんじょう》まし〱、御名《おんな》を鶴千代丸《つるちよまる》と命《なづ》け奉《たてまつ》りました。此若君様《このわかぎみさま》が後《のち》に水戸家《みとけ》三代《だい》の御名君《ごめいくん》、中納言綱條卿《ちゅうなごんつなえだきょう》と申上《もうしあ》げ奉《たてまつ》ります。扨水戸中納《さてみとちゅうな》言光圀卿《ごんみつくにきょう》は、御年《おんとし》六十歳《さい》の時《とき》に、中納言《ちゅうなごん》、副将軍《ふくしょうぐん》の位《くらい》を、若君綱條卿《わかぎみつなえだきょう》に御譲《おゆず》り遊《あそ》ばし、其《その》身《み》はお気《き》に入《い》りの御家来《ごけらい》、直真影流《じきしんかげりゅう》の達人《たつじん》、佐々木助三郎《ささきすけろう》、起倒流柔術《きとうりゅうじゅうじゅつ》の達人《たつじん》、渥美格之《あつみかくの》丞《じょう》を始《はじ》め、其他《そのた》の御家来《ごけらい》をお従《したが》え成《な》されて、本国常陸国久慈郡西山《ほんごくひたちのくにくじごおりにしやま》に御別館《ごべっかん》を御建《おた》てに成《な》り此処《ここ》へ御隠居《ごいんきょ》を遊《あそ》ばしました。

◎光圀卿西山村《みつくにきょうにしやまむら》へ御隠居《ごいんきょ》

偖《さ》て水戸黄門光圀卿《みとこうもんみつくにきょう》は、常州西山村《じょうしゅうにしやまむら》に御隠居《ごいんきょ》を成《な》されし後《のち》は、月《つき》、雪《ゆき》、花《はな》を伴《とも》となし或《ある》いは和歌《わか》、誹諧《はいかい》、茶《ちゃ》の湯《ゆ》、総《すべ》て風流《ふうりゅう》の道《みち》を楽《たの》しみとして、世《よ》を安楽《あんらく》に送《おく》って居《お》られます。尤《もっと》も光圀卿《みつくにきょう》は、西山村《にしやまむら》に御隠居《ごいんきょ》を遊《あそ》ばしたに仍《よっ》て、西山侯《せいざんこう》とも申《もう》し上《あ》げます。又此御《またこのご》別館《べっかん》の周囲《まわり》に一面梅林《めんばいりん》が有《あ》りましたに因《よ》って、御俳名《ごはいみょう》を梅里《ばいり》と申《もう》します。扨《さ》て御隠居《ごいんきょ》の後《のち》は、時折々《ときおりおり》御運動《ごうんどう》かたぐ其界隈《そのかいわい》をお附《つき》の御家来《ごけらい》を従《したが》えられ、御散歩《ごさんぽ》にお廻《まわ》りに相成《あいな》ります。すると所々《しょしょ》に農作《のうさく》をして居《お》ります百姓《しょう》が、御領主《ごりょうしゅ》の御隠居様《ごいんきょさま》が、お通《とお》りに成《な》りまするが故《ゆえ》に、〇「ソレッ」と俄《にわか》に頬冠《ほほかむ》り、鉢巻《はちま》きを取《と》り、鋤《すき》、鍬《くわ》を投《な》げ大地《だいち》に跪付《ひざまず》き、敬《けい》礼《れい》を致《いた》して居《お》ります。光圀卿《みつくにきょう》は夫《そ》れを御覧遊《ごらんあそ》ばし、光「ハヽア領分《りょうぶん》の農民共《のうみんども》が精《せい》を出《だ》して、農作《のうさく》をして居《い》るわい」とニコ〳〵お笑《えみ》を含《ふく》ませられ、其儘其処《そのままそこ》を御通行《ごつうこう》と成《な》る。是《こ》れが只月《ただつき》に一二度位《どぐら》いお通《とお》りなさるのなら宜敷《よろしゅ》うございますが、毎日《まいにち》〳〵日《ひ》に三度位《どぐら》い宛《ずつ》其界隈《そのかいわい》の久慈村《くじむら》、塀垂村《へたれむら》、馬場村《ばばむら》なぞの村々《むらむら》をお廻《まわ》りに成《な》りますので、百姓共《しょうども》は大《おお》いに困《こま》って仕舞《しま》い、彼方此方《あなたこなた》に三人《にん》五人《にん》集《あつ》まっては、光圀卿《みつくにきょう》の事《こと》を謗《そし》り始《はじ》めた。太「ヤア五左衛《ざえ》門《もん》」五「オウ太郎作《たろさく》、何《な》んだ」太「何《ど》うも困《こま》るジャないか。是《こ》れが年《ねん》に二度《ど》とか、月《つき》に一度《ど》とかの御領主様《ごりょうしゅさま》の御順検《ごじゅんけん》なら宜《よ》いが、日《ひ》に三度宛廻《どずつまわ》られた分《ぶん》には、吾々《われわれ》が堪《たま》ら無《ね》エ。御《ご》隠居様《いんきょさま》が御通行《ごつうこう》に成《な》る時《とき》は、御附《おつき》の御家来衆《ごけらいしゅう》が、ソレッ冠《かむ》り物《もの》を取《と》れエの、敬礼《けいれい》をせよと仰《おっ》しゃる度毎《たびごと》に、鋤《すき》、鍬《くわ》捨《す》てゝお辞儀《じぎ》をせにゃア成《な》らない。是《こ》れでは農業《のうぎょう》の時間《ひま》が何《ど》の位《くら》い違《ちが》うか判《わか》らない。と云《い》うて御領主《ごりょうしゅ》の御隠居《ごいんきょ》が御通行《ごつうこう》なさるのを、止《と》めると云《い》う事《こと》もならない。何《なん》とか宜《よ》き方法《ほうほう》は有《あ》るまいかッ」と皆口々《みなくちぐち》に云《い》い囃《はや》して居《い》る其中《そのなか》に、馬場村《ばばむら》の百姓《しょう》作兵衛《さくべえ》が、作「ヤア皆《みな》の衆《しゅ》の苦情《くじょう》を云《い》うのも無理《むり》は無《ね》エ。ヨシ俺《お》れが明日御通行《あすごつうこう》に成《な》ったら、一論判《ろんぱん》をして以来余《いらいあま》り御通行《ごつうこう》に成《な》らない様《よう》にして遣《や》ろう。万《まん》一御通行《ごつうこう》に成《な》ってお附《つき》の御家来衆《ごけらいしゅう》が、ソレ敬礼《けいれい》をしようの、冠《かむ》り物《もの》を取《と》れエと云《い》ったって、平気《へいき》の平左《へいざ》で農業《のうぎょう》をして居《お》れエ」太「オイ作兵衛爺《さくべえじい》さん、其《そ》んな事《こと》を云《い》って御咎《おとが》めを食《く》う様《よう》な事《こと》は無《ね》エか」作「ナアに大丈夫《だいじょうぶ》だ。是《こ》れが詰《つま》ら無《ね》エ役人《やくにん》なら咎《とが》めも仕様《しよう》が、仮《か》りにも天下《てんか》の副将軍《ふくしょうぐん》を永《なが》くお勤《つと》め成《な》された御明君《ごめいくん》の事《こと》だから、理屈《りまえ》を申《もう》し上《あ》げたら、判《わか》らない事《こと》はヨモ有《あ》るまい。其《そ》れジャに仍《よっ》て屹度《きっと》俺《お》れが御隠居様《ごいんきょさま》に一論判《ろんばん》をして見《み》せる」太「オヽ其《そ》うか。じゃア作兵衛《さくべえ》爺《じい》さん頼《たの》む」と云《い》って居《い》る。左《さ》れば其翌日《そのよくじつ》に成《な》ると例《れい》の通《とお》り御隠居光圀卿《ごいんきょみつくにきょう》は、御家来《ごけらい》を従《したが》え御通行《ごつうこう》と成《な》る。何時《いつ》も百姓《しょう》が其《そ》れと見《み》るなり鋤《すき》、鍬《くわ》を捨《す》てゝ敬礼《けいれい》をしますのに、其日《そのひ》に限《かぎ》って敬礼《けいれい》もせず大《おお》きな野良声《のらごえ》を出《だ》して歌《うた》を唄《うた》い農業《のうぎょう》をして居《い》るからお附《つき》の御家来《ごけらい》は、家「コリャ〳〵百姓共《しょうども》、お館様《やかたさま》の御通行《ごつうこう》成《な》さるに、何故《なぜ》敬礼《けいれい》を致《いた》さんのじゃ。無礼者奴《ぶれいものめ》がッ」と叱《しか》り付《つ》ける。スルと百姓《しょう》は小声《こごえ》で、太「オイ、作兵衛爺《さくべえじい》さん、何《ど》うじゃ宜《よ》いのか」作「ヨシ〳〵、汝《わ》い等《ら》平気《へいき》で農業《のうぎょう》をして居《お》れエ。俺《お》れが一番《ばん》御隠居様《ごいんきょさま》に談《だん》じ付《つ》けて遣《や》る」と銜《くわ》え煙管《きせる》をして、ノソ〳〵お乗物《のりもの》の側《そば》へ近寄《ちかよ》って来《く》る。家「コリャ〳〵控《ひか》えいッ。無礼者奴《ぶれいものめ》がッ」作「ハア吾《わ》し百姓《しょう》で、礼義《れいぎ》も何《な》にも知《し》らねエ者《もの》じゃ。お殿様《とのさま》に少《すこ》し申上《もうしあ》げ度《た》い事《こと》が有《あ》るのだ」家「コリャ〳〵お願《ねが》いの筋《すじ》が有《あ》るならば、庄屋《しょうや》、村役人共《むらやくにんども》の順序《じゅんじょ》を経《へ》て願《ねが》い出《だ》せ。其方《そのほう》が直《じ》き〳〵申上《もうしあげ》るとは無礼《ぶれい》で有《あ》ろう。下《さが》り居《お》れエッ」と、厳《きび》しく叱《しか》り付《つ》けるを、お乗物《のりもの》の内《うち》に在《あ》って此様子《このようす》をジッと眺《なが》めて在《い》らせられた、黄門光圀卿《こうもんみつくにきょう》は、お声朗《こえほがら》かに、光「コレヨ供方《ともかた》の者《もの》、必《かなら》ず無礼咎《ぶれいとが》めをするな。彼《あ》の者《もの》を予《よ》が側《そば》へ呼《よ》べ」作「ソレ見《み》たか、叱《しか》られたナ」家「控《ひか》えイッ。コリャ〳〵お館様《やかたさま》の御上意《ごじょうい》で有《あ》る、お乗物《のりもの》の側《そば》へ参《まい》れ」作「ハア御免《ごめん》なさいませ」と無作法千万《ぶさほうせんばん》にもお乗物《のりもの》の側《そば》に来《きた》り、ピタリと其《そ》れへ平伏《へいふく》する。此時光圀卿《このときみつくにきょう》はお乗物《のりもの》の引戸《ひきど》を開《あ》けさせ、光「コレヨ、其方《そのほう》は何《なん》と申《もう》す者《もの》じゃ」作「ハア吾《わ》し馬場村《ばばむら》の百姓《しょう》作兵衛《さくべえ》と云《い》いやす」光「フムそうか。シテ其方予《そのほうよ》に申《もう》し度《た》き義有《ぎあ》ると云《い》うは何事《なにごと》じゃ」作「ハア外《ほか》の事《こと》じゃアございませんが、吾々百姓共《われわれひゃくしょうども》が、暑《あつ》い寒《さむ》いも厭《いと》わず、朝早《あさはや》く星《ほし》を頂《いただ》いて出《で》て、夕景月《ゆうけいつき》を頂《いただ》いて帰《かえ》る迄《まで》、農業《のうぎょう》に精出《せいだ》して居《お》りますは、何《なに》の為《た》めと思召《おぼしめ》して在《い》らっしゃいますか。年々豊作《ねんねんほうさく》が続《つづ》きますれば御年貢米滞《ごねんぐまいとどこお》りなく御上納致《ごじょうのういた》しますが、万《まん》一凶年《きょうねん》の年《とし》に御年貢米不納致《ごねんぐまいふのういた》しまする時《とき》は郡方《こおりかた》お役人《やくにん》が御出張《ごしゅっちょう》に成《な》って其者《そのもの》を召捕《めしと》り、水牢《みずろう》へ入《い》れたり其《そ》れ〴〵の処分《しょぶん》をせられます。其《そ》う云《い》う悲《かな》しみを見《み》るのが辛《つら》さに、斯《か》くの通《とお》り農業《のうぎょう》に精出《せいだ》して居《い》るのでございます。其《そ》れにお殿様《とのさま》が、日々《にちにち》三度宛《どずつ》吾々《われわれ》が農作《のうさく》して居《い》る処《ところ》を御通行《ごつうこう》に成《な》りますれば、ソレお通《とお》りジャと鋤《すき》、鍬《くわ》捨《す》てて土下坐《どげざ》して敬礼《けいれい》を致《いた》します、其間《そのあいだ》は農作《のうさく》をする事《こと》が出来《でき》ません。此《こ》の間《あいだ》無駄《むだ》に費《ついや》す時間《じかん》を一年《ねん》に積《つも》りますれば、却々大《なかなかたい》したものでございます。何卒其辺《なにとぞそのへん》の処《ところ》をお考《かんが》え遊《あそ》ばして下《くだ》さいまする様願《ようねが》い奉《たてまつ》ります」と申上《もうしあ》げた。御明君水戸黄門光圀卿《ごめいくんみとこうもんみつくにきょう》は、ハタッとお膝《ひざ》を叩《たた》かれ、光「フム其方《そのほう》の申《もう》する処道理至極《ところもっともしごく》で有《あ》る。予《よ》は農民共《のうみんども》の苦心《くしん》を知《し》らず只《ただ》うか〱通行《つうこう》したのは、予《よ》が考《かんが》えが無《な》かったので有《あ》る。最早明日《もはやみょうにち》よりは汝等共《なんじらども》の農業《のうぎょう》を妨《さまた》げる様《よう》な事《こと》は致《いた》さんぞよ。就《つい》ては予《よ》は其方《そのほう》にチト尋《たず》ね度《た》き事《こと》が有《あ》れば、明日早天西山村《みょうにちそうてんにしやまむら》の別館迄来《べっかんまでき》て呉《く》れぬか」作「ハア恐《おそ》れ入《い》ります。来《こ》いと仰《おっしゃ》るなら明早朝相違《みょうそうちょうそうい》なくお伺《うかが》いを致《いた》します」光「フム其《そ》れでは必《かなら》ず待《ま》って居《い》るぞよ。ソレ乗物《のりもの》を行《や》れエ」と仰《おお》せられて、其儘西山村《そのままにしやまむら》の御別館《ごべっかん》へお帰《かえ》りと成《な》る。後《あと》に多《おお》くの百姓《しょう》は、△×「ヤア作兵衛爺《さくべえじい》さん豪《えら》い。お前遂々《まえとうとう》お殿様《とのさま》を理屈詰《りくつづ》めに閉口《へこ》さしてしまった。何《ど》うも感心《かんしん》〱」と、ワイ〱と賞《ほ》め囃《はや》す。作「何《ど》うじゃ一同《どう》、豪《えら》かろうが」と鼻高々《はなたかだか》として村方《むらかた》へ帰《かえ》って参《まい》り、其翌早天朝飯《そのよくそうてんあさめし》を仕舞《しま》い、襤褸《ぼろぼろ》の筒袖《つつそで》に、泥《どろ》の付《つ》いた千草《ちぐさ》の股引《ももひき》、草鞋《わらじ》を穿《は》き、鍬《くわ》を担《かた》げて畠《はたけ》へ出掛《でか》けに廻《まわ》り途《みち》をして、西山村《にしやまむら》の御別館《ごべっかん》へ来《き》て見《み》ると、早御門《はやごもん》も開《ひら》いて居《い》るから、ズッとお玄関先《げんかんさ》きに通《とお》り大《おお》きな野良声《のらごえ》を出《だ》して、作「ヤア御免《ごめん》なさい。何方《どなた》かお出《い》でゞ有《あ》りませんか」と呼《よば》わって居《い》る所《ところ》へ、一人《ひとり》の御《ご》家来其《けらいそ》れへお出《い》でに成《な》り、家「ヤイ〱何《なん》だ貴様《きさま》は……、鋤《すき》、鍬担《くわかた》げて玄関《げんかん》に立《た》ちはだかるとは無礼《ぶれい》な奴《やつ》一体其方《たいそのほう》は何《なに》しに参《まい》った」作「ハア吾《わ》し此先《このさ》き馬場村《ばばむら》の百姓作兵衛《しょうさくべえ》と云《い》いやすが、昨日野外《さくじつやがい》に於《おい》て当《とう》お殿様《とのさま》にお目通《めどお》りを致《いた》しました。其時《そのとき》チト其方《そのほう》に尋《たず》ね度《た》き事《こと》が有《あ》るから、出《で》て来《こ》いと仰《おっ》しゃりました故《ゆえ》に、只今参《ただいままい》りました。何《ど》うか此段《このだん》お取次《とりつ》ぎを願《ねが》いやす」取「フーム然《そ》うか、愈々夫《いよいよそ》れに違《ちが》い無《な》いか」作「ハア吾《わ》し嘘《うそ》は云《い》いやせん」取「ヨシ然《しか》らば暫《しばら》く其処《そこ》に控《ひか》えて居《お》れエ」と云《い》い置《お》いて内《うち》へ這入《はい》り、軈《やが》て再《ふたた》び其処《そこ》に出《い》で来《きた》り、取「コリャ〳〵作兵衛《さくべえ》とやら、お館様《やかたさま》へ申上《もうしあ》げたる処《ところ》、其方《そのほう》を直《す》ぐ庭先《にわさ》きへ通《とお》せとの仰《おお》せである。其儘《そのまま》ズッとお庭《にわ》へ廻《まわ》れ」と取次《とりつぎ》の武士《ぶし》は作兵衛《さくべえ》を案内《あんない》して、大広庭《おおひろにわ》のお沓脱石《くつぬぎいし》の処迄《ところまで》連《つ》れ来《きた》り、取「暫《しばら》く其処《そこ》に控《ひか》えて居《お》れ」作兵衛《さくべえ》はピタリとお庭《にわ》に跪付《ひざまず》いて居《い》る処《ところ》へ、正面《しょうめん》のお襖左右《ふすまさゆう》に開《ひら》かせ、お側衆《そばしゅう》を前後《ぜんご》に従《したが》えシズ〳〵とお椽側迄近《えんがわまでちか》くお進《すす》み出《い》でに成《な》り、設《もう》けのお褥《しとね》の上《うえ》にしとやかにお着座《ちゃくざ》あらせられ、お声朗《こえほが》らかに、光「コレヨ農民作兵《のうみんさくべ》衛《え》、苦《くる》しゅうない面《おもて》を挙《あ》げい」とお声《こえ》が掛《かか》る。如何《いか》に無作法千万《ぶさほうせんばん》な百姓《しょう》でも、此処《ここ》へ出《で》て見《み》ると、只何《ただなん》と無《な》く其威光《そのいこう》に打《う》たれて、自然《しぜん》と頭《かしら》が下《さが》る。お側《そば》のお家来《けらい》が、家「コリャ〳〵面《おもて》を挙《あ》げよとの御諚《ごじょう》で有《あ》る、面《おもて》を挙《あ》げい」と云《い》われて作兵衛《さくべえ》は、作「ヘッ」と頭《あたま》を挙《あ》げる。光「コリャ其《そ》の方《ほう》は当年何歳《とうねんなんさい》に成《な》り居《お》るか」作「ハア私《わ》しですか、私《わ》しは六十二でございます」光「フーム、六十二歳《さい》か。何《ど》うも壮健《そうけん》な者《もの》じゃな。予《よ》は当年《とうねん》六十歳《さい》に成《な》るが、時折《ときおり》に病気《びょうき》で苦《くる》しむが、其方《そのほう》でも矢張《やは》り煩《わずら》う事《こと》が有《あ》るで有《あ》ろうの」作「ハア吾《わ》し生《う》まれてから此年《このとし》に成《な》る迄《まで》、嚔一《くしゃみひと》つした事《こと》はございません」光「フーム何《なに》か、風邪《かぜ》を一度《ど》も引《ひ》いた事《こと》はないと申《もう》すのか」作「ハア然《そ》うでございます」光「予《よ》は今《いま》も申《もう》す通《とお》り時《とき》に病気《びょうき》の為《た》めに苦《くる》しみをするが、其方《そのほう》は六十有余歳《ゆうよさい》に成《な》って居《い》て、風邪《かぜ》を引《ひ》いた事《こと》も無《な》いと申《もう》すが、是《こ》れは一体《たい》何《ど》う云《い》うもので有《あ》ろうか」作「ハア誠《まこと》に恐《おそ》れ入《い》った事《こと》を云《い》う様《よう》でございまするが、上流方《うえつかた》は、お奥様《おくさま》が有《あ》りますにも関《かか》わらず、お妾足掛《めかけあしか》けのと……」家「コリャ〳〵無《ぶ》礼《れい》な事《こと》を申《もう》すな」光「コリャ決《けっ》して無礼咎《ぶれいとが》めをするな。彼《あ》れは農民《のうみん》の事故《ことゆえ》、礼儀作法《れいぎさほう》と云《い》う事《こと》を弁《わき》まえて居《お》らぬ者《もの》じゃ。無礼咎《ぶれいとが》めをすると、却《かえっ》て口吃《くちごも》って宜《よ》う答《こた》えを致《いた》さぬ、捨《す》て置《お》け〳〵。シテ其《そ》れから何《ど》うしたと申《もう》すのじゃ」作「ハア然《そ》して、御酒《ごしゅ》や又《また》は美味《うま》い物《もの》を召《め》し上《あが》って、別《べつ》に運動《うんどう》を成《な》されぬから、召《め》し上《あが》った物《もの》が消化《こなれ》ません。夫《そ》れが為《た》めに溜飲《りゅういん》だとか、目《め》が霞《かす》むとかの病気《びょうき》を拵《こし》らえるのでございます。吾々《われわれ》百姓《しょう》は麦飯《むぎめし》に塩辛《しおから》い沢庵《たくわん》、肴《さかな》と云《い》ったら塩鰯《しおいわし》が関《せき》の山《やま》でございます。然《そ》うして朝《あさ》から晩迄野外《ばんまでやがい》へ出《で》て働《はたら》きまするから、其食《そのた》べる物《もの》が能《よ》く消化《こな》れます。然《そ》うして別《べつ》に過食《くいすぎ》と云《い》う事《こと》を致《いた》しませずキチンと決《きま》って居《お》ります。夫《そ》れで病気《びょうき》と云《い》うものは知《し》りません」光「フーム、然《そ》うか」作「恐《おそ》れ乍《なが》らお殿様《とのさま》も、然《そ》う云《い》う病気《びょうき》の起《おこ》らぬ様《よう》にしたいと云《い》う思召《おぼしめ》しなら、斯《こ》う成《な》さいませ。人《ひと》は畳《たたみ》一畳有《じょうあ》れば眠《ね》起《お》きの出来《でき》るものでございます。仍《よっ》て此大《このおお》きな御殿《ごてん》を取潰《とりつぶ》し、廻《まわ》りの梅《うめ》の木《き》を山手《やまて》の方《ほう》へやってお仕舞《しま》いなされて、此処《ここ》一面田畑《めんたはた》にして、麦《むぎ》の時分《じぶん》は麦《むぎ》を蒔《ま》き、或《あるい》は稲《いね》を作《つく》り、大根《だいこん》、牛房《ごぼう》の様《よう》な野菜《やさい》を作《つく》り、吾々同様《われわれどうよう》に農業農作《のうぎょうのうさく》を成《な》されたならば、決《けっ》してお病気《びょうき》と云《い》うものは起《おこ》りません。仍《よっ》て然《そ》うなさりましたら何《ど》うでござりまする」と申上《もうしあ》げた。お側《そば》に聞《き》いて居《い》た御家来衆《ごけらいしゅう》は呆《あき》れ返《かえ》り、家「此奴《こいつ》ッ酷《ひど》い事《こと》を申上《もうしあ》げるわい」と思《おも》い乍《なが》ら無言《だま》って側《そば》で聞《き》いて居《い》る。スルと黄門光圀卿《こうもんみつくにきょう》は、ニコ〳〵とお笑《えみ》を含《ふく》ませ給《たま》い、光「オウ宜《よ》き事《こと》を教《おし》えて呉《く》れた。然《しか》らば其方《そのほう》の申《もう》する通《とお》り当別館《とうべっかん》を取崩《とりくず》し一面田畑《めんたはた》にして仕舞《しま》うに仍《よっ》てその方農業《ほうのうぎょう》の教導《きょうどう》をして呉《く》れるか」作「ハア宜《よろしゅ》うございます。麦蒔《むぎま》き、米蒔《こめま》き、野菜物《やさいもの》を作《つく》ります事《こと》一切《さい》、吾《わ》しが御教導《ごきょうどう》を申《もう》し上《あ》げます」光「それでは其方《そのほう》に申付《もうしつ》ける。先《ま》ず今日《こんにち》は帰《かえ》れ」と仰《おお》せられて、作兵衛《さくべえ》を下《さ》げおかれたあとで、日頃《ひごろ》お気《き》にいりの御家来《ごけらい》で、直真《じきしん》影流剣道《かげりゅうけんどう》の達人《たつじん》、佐々木助三郎《ささきすけろう》、起倒流柔術《きとうりゅうじゅうじゅつ》の達人《たつじん》、渥美格之丞《あつみかくのじょう》の両人《りょうにん》をおそばにめされて、光「只今其方等《ただいまそのほうら》もきく通《とお》りの次第《しだい》であるから、早々人夫《そうそうにんぷ》に申《もう》しつけ、この別館《べっかん》をとり崩《くず》しまたは、梅林《ばいりん》を悉皆向《ことごとくむこ》うの山際《やまぎわ》に植《う》えかえさせ、こゝ一面《めん》を田畑《たはた》にして仕舞《しま》え」と、仰《おお》せつけられた。両人「ハヽッ畏《かしこま》り奉《たてまつ》る」とおうけに及《およ》び、すぐに人夫《にんぷ》をよびあつめて、梅林《ばいりん》は悉《ことごと》く片傍《かたえ》へとりのけ、御別館《ごべっかん》はとり崩《くず》され、ホンの主従《しゅじゅう》がお休《やす》みなさる処丈《ところだ》けを残《のこ》し置《お》き、その他《た》は悉《ことごと》く取潰《とりつぶ》して一面《めん》の田畑《たはた》に致《いた》して仕舞《しま》い、然《しか》して馬場村《ばばむら》の百姓作兵《しょうさくべ》衛《え》を召《め》されて、光圀卿主従《みつくにきょうしゅじゅう》は百姓《しょう》の姿《すがた》に身《み》を変《へん》じ、籾蒔《もみま》き田植《たうえ》その他野菜物《たやさいもの》を作《つく》りまする事迄《ことまで》、日々《にちにち》に教導《きょうどう》を受《う》けて居《お》られる。始《はじ》めの間《あいだ》は随分辛《ずいぶんつら》いと思召《おぼしめ》したが、追々馴《おいおいな》れて御出《おい》でに成《な》ると、真《しん》の百姓同様《しょうどうよう》に染《そま》り込《こ》んでお仕舞《しま》い成《な》され、知《し》った者《もの》は兎《と》に角知《かくし》らぬ者《もの》は水《すい》府《ふ》の老侯《ろうこう》と見《み》る者《もの》はございません。然《しか》るに誰《だ》れ云《い》うと無《な》く、此事《このこと》が江戸表小石川《えどおもてこいしかわ》お上屋敷《かみやしき》に御座遊《ござあそ》ばす水戸中納言綱條卿《みとちゅうなごんつなえだきょう》のお耳《みみ》に這入《はい》りましたからして、綱條卿《つなえだきょう》は殊《こと》の外《ほか》お驚《おどろ》き遊《あそ》ばし、綱「万《まん》一此事《このこと》が将軍家《しょうぐんけ》の御上聞《ごじょうぶん》に達《たっ》する時《とき》は一大事《だいじ》、其《そ》れ誰《た》れか有《あ》る。中山備前《なかやまびぜん》を呼《よ》べ」家「ハッ」と答《こた》えてお側衆《そばしゅう》、此旨御付家老《このむねおつけかろう》たる中山備前守殿《なかやまびぜんのかみどの》へ、斯《か》くと申《もう》し上《あ》げると、畏《かしこま》って中山備前守《なかやまびぜんのかみ》は、すぐに君侯《くんこう》の御前《ごぜん》に伺候致《しこういた》す。綱「備前《びぜん》、其方《そのほう》をめしたるは余《よ》の儀《ぎ》にあらず。予《よ》が仄《ほのか》に承《うけたまわ》れば、お父上《ちちうえ》が本国久慈郡西山村御別館《ほんごくくじごおりにしやまむらごべっかん》にあって、云々斯様《しかじかかよう》〳〵とのこと、万《まん》一このことが将軍家《しょうぐんけ》の御上聞《ごじょうぶん》に達《たっ》するときは一大事《だいじ》である。仍《よっ》て其方急《そのほういそ》ぎ西山村《にしやまむら》に参《まい》って、お父上《ちちうえ》に御意見《ごいけん》を申《もう》しあげよ」備「ハヽッ、委細畏《いさいかしこま》りたてまつる」とおうけにおよび、すぐお身仕度《みしたく》をなされ、江戸表《えどおもて》を御発足《ごはっそく》、三十有余里《ゆうより》の道程《みちのり》を、いそぎにいそいで常陸国久慈郡西山村《ひたちのくにくじごおりにしやまむら》にきたり、御老公光圀卿《ごろうこうみつくにきょう》へ御意見《ごいけん》を申《もう》しあげるという一段《だん》。

◎老臣中山備前守光圀卿《ろうしんなかやまびぜんのかみみつくにきょう》へ御諫言《ごかんげん》

常陸国松岡《ひたちのくにまつおか》の領主《りょうしゅ》二万《まん》八千石《せんごく》、大公儀《おおこうぎ》よりのお付家老《つけかろう》、中山備前守《なかやまびぜんのかみ》は馬上《ばじょう》に打跨《うちまたが》り、七八名《めい》の供人《ともびと》をしたがえ、西山村《にしやまむら》にきてみると御老公《ごろうこう》の御座遊《ござあそ》ばしたる御別館《ごべっかん》もみえなければ、また名所《めいしょ》の梅林《ばいりん》もスッカリなくなっていまするからして、堤《つつみ》のうえに駒《こま》をとめて、備「ハテナ、たしか御老公《ごろうこう》の御隠居所《ごいんきょじょ》はこのへんと心得《こころえ》ているのに、一向《こう》見当《みあた》らぬ。ことにこのへん一面《めん》梅林《ばいりん》であったのがなくなっているは、どうも不思議《ふしぎ》なことであるわい」といいながら、ヒョイッと堤《つつみ》のしたをながめると、丁度《ちょうど》そのしたが一面《めん》の田《た》で、百姓《しょう》が所々《しょしょ》に菅笠《すげがさ》をかぶって頻《しきり》に田《た》の草《くさ》とりをしている様子《ようす》をみて、備「コリャ〳〵そこにいる百姓共《しょうども》、其方等《そのほうら》にチトものをたずぬるが、当《とう》お国《くに》の御老公様《ごろうこうさま》の御隠居所《ごいんきょじょ》は、たしかにこのへんと心得《こころえ》ているのじゃが、今来《いまき》てみるとスッカリかわって仕舞《しま》っているが、一体《たい》これはどうなったのか、その方等《ほうら》はしらぬか」とたずねられた。此方《こなた》の百姓《しょう》は、これなん水府光圀《すいふみつくに》卿《きょう》でございます。そばにいる佐々木《ささき》、渥美《あつみ》の二人《ふたり》に向《むか》い小声《こごえ》で、光「コレ佐々木《ささき》、渥美《あつみ》の両人《りょうにん》、あれをみよ。堤防《ていぼう》のうえにいるは中山備前《なかやまびぜん》じゃ。予《よ》が別館《べっかん》をとり崩《くず》し、かく百姓《しょう》をしているということが、江戸邸《えどやしき》へきこえたので、中納言綱條《ちゅうなごんつなえだ》の命《めい》をうけて、予《よ》を意見《いけん》にきたのじゃ」両人「ハッ左様《さよう》にございますか」光「仍《よ》ってわれ〳〵がこの姿《すがた》をみせて一ツ中《なか》山備前《やまびぜん》をこの田《た》のなかへ引張《ひっぱ》りこみ、田《た》の草《くさ》とりをさせてやろう」と、光「ハイ〳〵、おたずねの御隠居所《ごいんきょじょ》はこのへんでございましたのを、それをおとり崩《くず》しになりまた梅林《ばいりん》もこの向《むこ》うの山際《やまぎわ》へうえかえられてこの通《とお》り一面《めん》に田畑《たはた》になされたのでございます」備「フーム、そうか。そうしてなにか、御老公《ごろうこう》やおつきの御家来衆《ごけらいしゅう》の起伏《おきふ》しをなさるところはどこだ」光「ハイそれはその向《むこ》うにみえます藁家葺《わらやぶき》の小《ち》いさな家《いえ》が、即《すなわ》ち御隠居様《ごいんきょさま》の寝起《ねお》きをなさるところでございます」備「フム何《ど》うもかわればかわるものじゃ。シテ御老公様《ごろうこうさま》はあれにいられるか」光「ハイ朝《あさ》ははやく星《ほし》ので〻いる時分《じぶん》に鋤鍬《すきくわ》をかたげて、田畑《たはた》へおでかけになり夕景月《ゆうけいつき》を頂《いただ》いておかえりになりますするから昼間《ひるま》は彼家《あれ》においではございません」備「フーム、そうか、シテ只今《ただいま》はどこに農作《のうさく》をしていられるか」光「ハイ、どこへもおいでにはなさいません、ツイ目《め》のさきにいらっしゃいます」備「何《な》に、目《め》のさきとはどこにいらせられる〳〵」光「備前《びぜん》、その方《ほう》はまだわからんか、光圀《みつくに》はこゝにいるぞ」と仰《おお》せられて、かむりしお笠《かさ》をパッとお脱《ぬ》ぎなさるを、中山備前守《なかやまびぜんのかみ》は馬上《ばじょう》よりよくよくみればコハいかに、顔《かお》から手足《てあし》、色真黒《いろまっくろ》けにおなりなされ、お姿《すがた》までスッカリかわっておりますけれども、紛《まが》う方《かた》なき御老公光圀卿《ごろうこうみつくにきょう》でございますからして、アッとおどろき馬《うま》よりとびおり堤《つつみ》のうえに低頭平身《ていとうへいしん》している。光「備前《びぜん》、その方《ほう》はなにしにまいった」備「ハッ御老公様《ごろうこうさま》にも御機嫌《ごきげん》のよき体《てい》を拝《はい》し、恐悦至極《きょうえつしごく》にぞんじたてまつります。臣備前此度此地《しんびぜんこのたびこのち》にまいりしは余《よ》の儀《ぎ》でもございません。御老公様《ごろうこうさま》が御当地《ごとうち》へ御隠居《ごいんきょ》をなされしのち、農民《のうみん》とゝもにお交《まじわ》りをあそばし、云々斯様《しかじかかよう》〳〵のことをなされてござるということが、仄《ほの》かに江戸表《えどおもて》へきこえましたるに就《つい》て、当中納言様殊《とうちゅうなごんさまこと》のほかの御心痛《ごしんつう》。万《まん》一お父上《ちちうえ》が御病気《ごびょうき》にでもなってはあいならぬに依《よっ》て、その方本国《ほうほんごく》へまいりお諫《いさ》め申《もう》しあげよとの御諚《ごじょう》を承《うけたまわ》り、かく参上仕《さんじょうつか》まつりましたる儀《ぎ》にございまする」光「フームそうか、それは大暑《たいしょ》の時分遠路大儀《じぶんえんろたいぎ》である。

しかし備前《びぜん》、予《よ》はながく江戸《えど》小石川邸《こいしかわやしき》にありつるときには兎角病気勝《とかくびょうきが》ちであったが、かく隠居《いんきょ》ののちあれにいる馬場村《ばばむら》の作兵衛《さくべえ》というものより、農業《のうぎょう》、農作《のうさく》の伝授《でんじゅ》をうけ、百姓《しょう》となって麦飯《むぎめし》、菜《さい》は梅干香物《うめぼしこうのもの》、肴《さかな》といえば塩鰯《しおいわし》位《ぐら》いなものじゃ、それを食《しょく》して日々野外《にちにちやがい》にで〻働《はたら》いていると、身体壮健《しんたいそうけん》になり、モウ溜飲《りゅういん》、疝《せん》なぞの病《やまい》は殆《ほとん》どわすれて仕舞《しま》った。備《び》前《ぜん》、その方《ほう》はどうもみるところが顔《かお》の色《いろ》がわるいぞ。どうじゃ目《め》がかすむとか、あるいは溜飲《りゅういん》なぞで、さだめてこまるであろう。丁度来《ちょうどき》たを幸《さいわ》いにそういう病気《びょうき》のおこらぬ様《よう》に、心《こころ》をいれかえて百姓《しょう》になってみい、壮健《そうけん》になるぞよ。こ〻に今精出《いませいだ》して田《た》の草《くさ》とりをしているのは、佐々木助三郎《ささきすけろう》、渥美格之丞《あつみかくのじょう》の両人《りょうにん》じゃ。サアその方《ほう》もこの田《た》のなかへ這入《はい》って一《ひと》つ田《た》の草《くさ》をとってみい」備「イヤこれは恐《おそ》れいります」光「イヤなにも恐《おそ》れいることはない。コリャ助三郎《すけろう》、格之丞《かくのじょう》の両人《りょうにん》、はやく備前《びぜん》を田《た》のなかへ引張《ひっぱ》りこみ、田《た》の草《くさ》とりをおしえてやれ」両「ハッ畏《かしこま》りました」と両人《りょうにん》は泥《どろ》だらけの身体《からだ》をして堤《つつみ》のうえへとびあがり、両「御家老様《ごかろうさま》、御老公《ごろうこう》の仰《おお》せでございます。サア此方《こなた》へおいでなさい」と左右《さゆう》からてをとって田《た》のなかへ引張《ひっぱ》りこまんとする。備「これは〱」とおおきにこまっている。光「コリャ備前《びぜん》、なにをぐず〱している。はいれ〱」と後《うし》ろからドンと身体《からだ》をおつきなさる。中山備前守《なかやまびぜんのかみ》は泥田《どろた》のなかへ袴《はかま》、羽織《はおり》をつけたる儘《まま》放《ほ》りこまれ、顔《かお》から手足《てあし》一面《めん》の泥《どろ》だらけ。イヤ早驚《はやおどろ》いたの驚《おどろ》かんのではございません。光「どうじゃ備前《びぜん》よい心持《こころも》ちじゃろう」備「なにがこれが心持《こころもち》がようございましょう」光「サアこれからわしが、田《た》の草《くさ》をとるのに無言《むごん》でいてはいかん、歌《うた》を一《ひと》つおしえてやる」備「これはどうも誠《まこと》に……」光「なにがこれはどうも誠《まこと》にじゃ。備前《びぜん》、その方《ほう》江戸表《えどおもて》へ立《たち》かえり、当中納言《とうちゅうなごん》へ左様伝《さようつた》えい。予《よ》の身体《からだ》は病気《びょうき》どころではない、至極壮健《しごくそうけん》である。以来意見《いらいいけん》なぞにくることはならぬと申《もう》せ。その方永居《ほうながい》をすると下肥桶《こえたご》を担《かつ》がせるぞ」中山備前守《なかやまびぜんのかみ》は却々意見《なかなかいけん》どころではございません、かえって酷《ひど》い目《め》にあって、備「ハッ、恐《おそ》れいッた」とホウ〳〵の体《てい》でその場《ば》をにげかえって仕舞《しま》いました。跡《あと》に光圀卿《みつくにきょう》は大口開《おおぐちあ》いて高笑《たかわら》い。光「アハヽヽ、何《ど》うじゃ佐々木《ささき》、渥美面白《あつみおもしろ》い喃《のう》。モウこれで予《よ》を意見《いけん》にくることもあるまい」とこれよります〳〵農業《のうぎょう》に御熱心《ごねっしん》なされて、大凡《おおよ》そ二年間《ねんかん》というものは百姓《しょう》となってお暮《くら》しなされましたからして、この西山村界隈《にしやまむらかいわい》のものこそ、あれは水府《すいふ》の御老公光圀卿《ごろうこうみつくにきょう》ということをしっておりまするけれども、そのほかにはたれ有《あ》ってしっているものはございません。スッカリと百姓《しょう》に染《そ》まってお仕舞《しま》いなされた。そこで光圀卿《みつくにきょう》はいろ〳〵お考《かんが》えなさいますに、光「成程《なるほど》百姓《しょう》というものは国《くに》の宝《たから》、百姓《しょう》があればこそ世界《せかい》の人間《にんげん》が命《いのち》を繫《つな》いでゆけるのじゃ。その大《だい》事《じ》の百姓《しょう》を苦《くる》しめ非道《ひどう》の年貢《ねんぐ》、加役《かやく》をとりたてるものがある。既《すで》にわれ副将軍《ふくしょうぐん》を勤《つと》めていたとき、下総国印旛郡佐倉《しもうさのくにいんばごおりさくら》の城主《じょうしゅ》十八万石《まんごく》、堀田上野介《ほったこうずけのすけ》の領地《りょうち》、高津新田上岩橋《こうづしんでんかみいわはし》三ケ村兼《そんけん》帯名主木内宗吾《たいなぬしきうちそうご》が、二百二十九ケ村数万人《そんすまんにん》、農民《のうみん》の代表者《だいひょうしゃ》となって命《いのち》を抛《なげう》ち可愛《かわい》い妻子迄《つまこまで》もすてゝ、恐《おそ》れ多《おお》くも徳川《とくがわ》四代将軍厳有院殿家綱侯《だいしょうぐんげんゆういんでんいえつなこう》へ御直訴《ごじきそ》をなしたるは、是皆堀田家《これみなほったけ》の悪役人《あくやくにん》が農民《のうみん》を苦《くる》しめたからである。しかしなにも堀田家《ほったけ》計《ばか》りにあらず、これかならず他《た》の大名《だいみょう》の城下《じょうか》にも、かゝる悪人《あくにん》があって百姓《しょう》を苦《くる》しめているやつがあるに違《ちが》いない。これを綿密《めんみつ》に調《しら》べんとすれば迚《とて》も居乍《いなが》らにしていては、この悪役人《あくやくにん》をとり挫《ひし》ぐことができない。その昔《むかし》し北条相模守時頼《ほうじょうさがみのかみときより》が、天下《てんか》の政治《せいじ》の乱《みだ》れしを歎《なげ》き、この政治《せいじ》を正《ただ》しくして下万《しもばん》民塗炭《みんとたん》の苦《くる》しみを救《たす》けてやりたいという厚《あつ》き志《こころざし》にて、最明寺入道《さいみょうじにゅうどう》と行脚僧《あんぎゃそう》に身《み》を扮《やつ》し、諸国《しょこく》をまわられたる例《ため》しあり。仍《よっ》てわれも諸国《しょこく》を漫遊《まんゆう》なし、その国々大名《くにぐにだいみょう》の政治《せいじ》の善悪《ぜんあく》を正《ただ》し、民《たみ》百姓《しょう》の苛《くる》しみをたすけてやろう。丁度《ちょうど》百姓《しょう》になりしを幸《さいわ》い、その百姓《しょう》の姿《すがた》に身《み》を扮《やつ》し、国々《くにぐに》をまわらん」というお考えになり、御寵愛《ごちょうあい》の御家来《ごけらい》、佐々木《ささき》、渥美《あつみ》の両人《りょうにん》をそばにめされて、光「さて両人《りょうにん》のもの、予《よ》はこの度斯様《たびかよう》〳〵のことをおもいたち諸国《しょこく》をまわるについて、其方両人《そのほうりょうにん》のものにともを申《もう》しつけるから左様心得《さようこころえ》い」両人「ハヽ、それは誠《まこと》によき思召《おぼしめ》しでございます。しかしながらお忍《しの》びでおでかけますから、お名《な》はなんとおつけなさいます」光「オウ、そうじゃ、百姓《しょう》の名《な》がなければならん。それでは予《よ》は西山村《にしやまむら》の百姓光右衛門《しょうみつえもん》と名乗《なの》り、その方《ほう》は畑男《はたおとこ》の助《すけ》八、格《かく》八と名乗《なの》れ」両「ハイ畏《かしこま》りました」とこゝで主従《しゅじゅう》三人《にん》が申合《もうしあわ》せて、頃《ころ》は元禄《げんろく》四年《ねん》の九月末《がつすえ》より、着替《きか》えの衣類《いるい》を手荷物《てにもつ》にして、主従《しゅじゅう》三人《にん》が百姓《しょう》の姿《すがた》になって秘《ひそ》かに久慈郡西山村《くじごおりにしやまむら》をおでましになりまして、これよりいよ〳〵奥羽両国《おううりょうごく》の間《あいだ》を御漫遊《ごまんゆう》をなさるというおはなし……。

◎鮫川渡船場《さめがわわたしば》に御用飛脚取挫《ごようひきゃくとりひし》がる

さて水戸黄門光圀卿《みとこうもんみつくにきょう》は、常陸国久慈郡西山村《ひたちのくにくじごおりにしやまむら》の百姓光右衛門《しょうみつえもん》とおなりなされ、佐々木助《ささきすけ》三郎《ろう》を助《すけ》八、渥美格之丞《あつみかくのじょう》を格《かく》八と命名《なづ》け、主従《しゅじゅう》三人《にん》が御出立《ごしゅったつ》、あれから浜通《はまどお》りをゆこうと枝川《えだがわ》から、佐和《さわ》、助川《すけかわ》、小木津《おきつ》、松原《まつばら》、高萩《たかはぎ》をすぎて奥州磐城平《おうしゅういわきたいら》五万石《まんごく》、安藤対馬守様《あんどうつしまのかみさま》の御城下《ごじょうか》にきたられ、いましも通《とお》りかゝりし鮫川《さめがわ》の堤防《どて》、スルトこゝは鮫川《さめがわ》という大川《おおかわ》があって、向《むこ》うへわたる渡船場《わたしば》でございます。わたし船《ぶね》には大勢《おおぜい》の人《ひと》が乗《の》って今船《いまふね》をだそうというところ、このとき渡船守《わたしもり》の喜之助《きのすけ》という男《おとこ》が、喜「オイオイお百姓《しょう》〱、お前方《まえがた》三人《にん》は向《むこ》うへわたるのじゃア無《ね》エか。わたるのなら丁度今船《ちょうどいまふね》がでるところだから、サア早《はや》くのりなさい」光「ハイ〱、それじゃ何《ど》うかわたして貰《もら》いましょう」と三人《にん》が船《ふね》に打乗《うちの》り、光「渡船賃《わたしちん》は幾何《いくら》でございます」喜「満水《まんすい》のときは八文《もん》だが、平水《へいすい》のときは五文《もん》だ」光「それではこゝへおきます」と十五文《もん》の銭《ぜに》を払《はら》い船《ふね》の中央《まんなか》のところへ腰《こし》を打掛《うちか》け、火打《ひうち》道具《どうぐ》をだして火《ひ》をうちだし、真鍮《しんちゅう》の煙管雁首《きせるがんくび》の凹《へこ》んだ奴《や》ツをとりだし、パクリ〱と煙草《たばこ》を喫《くゆ》らしていられる。その内《うち》に早船《はやふね》は鮫川《さめがわ》の真中程迄《まんなかほどまで》きました。スルト乗合《のりあい》の客《きゃく》が、△「ナアモシ、この鮫川《さめがわ》は随分川幅《ずいぶんかわはば》が広《ひろ》うございますから退屈《たいくつ》します。つきましては時折々《ときおりおり》諸大名《しょだいみょう》の御用《ごよう》の飛脚《ひきゃく》に出会《でくわ》しますと、御用《ごよう》〱とよびとめられ、折角出《せっかくで》た船《ふね》を後戻《あともど》りを為《な》され、陸《おか》へおいあげられてその御用飛脚《ごようひきゃく》が向《むこ》うへついてまた戻《もど》って来《く》る迄《まで》またねばならんのは誠《まこと》にこまります。どうぞ今日《きょう》は首尾《しゅび》宜《よ》うわたりたいものでございますなア」□「左様《さよう》〱」と話《はな》しているを渡船守《わたしもり》喜之助《きのすけ》は、喜「オイ〱客人《きゃくじん》、そんな余計《よけい》な話《はな》しをしチャア不可無《いけね》エよ。得《え》てしてそういうことはいいあてるもんだ」といいながら、はや船《ふね》が六七分《ぶ》も彼方《あなた》の岸《きし》へきたと思《おも》う頃《ころ》おい、はたして此方《こなた》の堤防《どて》にたったる二人《ふたり》の御用飛脚《ごようひきゃく》、御用《ごよう》状箱《じょうばこ》を刀《かたな》の柄《つか》へ括《くく》りつけそれを肩《かた》に引担《ひっかつ》ぎ、飛「ヤイ〳〵船頭《せんどう》、御用《ごよう》だ御用《ごよう》だ、其船《そのふね》を此方《こなた》へ戻《もど》せッ」と大音声《だいおんじょう》によんでいる。喜「そうれ客人《きゃくじん》、いいなさんなといったのはこゝだ。遂々《とうとう》いいあてゝ仕舞《しま》った、どうも仕方《しかた》がねエ。船《ふね》をあとへ戻《もど》さにゃアなら無《ね》エ」と呟言《つぶやき》ながら、ギリリッと船《ふね》をまわして、以前《いぜん》の岸《きし》へ戻《もど》してきて、喜「サア〳〵皆様《みなさま》あがってください」乗合《のりあい》の客《きゃく》は皆々陸《みなみなおか》にあがる。スルトこのとき船《ふね》の中央《まんなか》に腰《こし》打ちかけている光《みつ》右衛門《えもん》は、うえへあがりもせずに煙草《たばこ》をパクリ〳〵と喫《くゆ》らしている。喜「オイ〳〵お百姓《しょう》、お前《まえ》そこでなにをしているんだい。サア〳〵はやくあがってくんねエ」光「ヘイ私《わた》しは向《むこ》うへわたして貰《もら》いますものじゃ」喜「サア向《むこ》うへわたしてあげるつもりだったけれども、どうも御用《ごよう》のお飛脚《ひきゃく》と来《き》た日《ひ》にゃアしかたがないじゃアねエか」光「サアそれはそうでございましょうが、みれば御用《ごよう》のお飛脚《ひきゃく》はお二人《ふたり》じゃ。われ〳〵三人《にん》が乗《の》っていたところが、べつに邪魔《じゃま》にならんじゃございませんか」喜「オイ〳〵爺《じい》さん、お前《まえ》そんな小理屈《こりくつ》をいったって駄目《だめ》だよ。ぐず〳〵いっている間《ま》に尚暇《なおひま》がいるよ」光「ケレどナ、わたしはモウ六十からの老人《ろうじん》、あがったり乗《の》ったりするのが大層《たいそう》でたまりません。何卒《どう》ぞその由《よし》をお飛脚《ひきゃく》にいって、吾々《われわれ》三人《にん》を同船《どうせん》を許《ゆる》してもろうてください」と却々《なかなか》あがる様子《ようす》がみえませんからして、件《くだん》の御用飛脚《ごようひきゃく》は堪《たま》りかねてバラ〳〵ッと船《ふね》へ飛《と》び乗《の》り、飛「ヤイ〳〵百姓《しょう》、貴様《きさま》は却々老人《なかなかろうじん》の癖《くせ》に強情《ごうじょう》だナ。最前《さいぜん》から御用《ごよう》〳〵といってるのが、貴様《きさま》の耳《みみ》にはいら無《ね》エか」光「ハイ、よくきこえております。貴方方《あなたがた》は御用《ごよう》〳〵と仰《お》っしゃいますが、何方《どちら》の御用《ごよう》でございます」飛「吾々《われわれ》は伊達《だて》家《け》の臣《しん》にして森山甚兵衛《もりやまじんべえ》、枝川兵太郎《えだがわへいたろう》ともうすものじゃ。こんぱんときの御老中《ごろうじゅう》よりお判《はん》の据《すわ》った御書《ごしょ》をもって、本国青葉山仙台城《ほんごくあおばさんせんだいじょう》にござるお殿様《とのさま》へ火急《かきゅう》の御用《ごよう》あってまいるものじゃ。即《すなわ》ちこの御用状箱《ごようじょうばこ》のなかに、御老中御判《ごろうじゅうごはん》のすわった御書《ごしょ》がいれてあるのじゃ。ダカラ貴様等《きさまら》のような者《もの》に同船《どうせん》をゆるすことは罷《まか》りならぬ。下《さが》れッ」光「そうでございますか。貴方《あなた》も御用《ごよう》ならわたしも御用《ごよう》でございます」飛「ヤイ、貴様等《きさまら》はなんの用《よう》じゃ」光「ハイ、私《わたし》は常陸国久慈郡西山村《ひたちのくにくじごおりにしやまむら》の百姓光右衛門《しょうみつえもん》様《さま》が奥州《おうしゅう》のほうへ見物《けんぶつ》においでなさるごようでございます」飛「黙止《だま》れッ。此奴《こや》つ怪《け》しからんことをいう奴《やつ》じゃ。貴様《きさま》いよ〳〵あがらんとすれば身《み》のためにならんぞ」光「アハヽヽヽハヽ」と、たかわらいをしながら、平気《へいき》の平左《へいざ》でパクリッ〳〵と煙草《たばこ》を喫《くゆ》らしている。飛「ヤア枝川氏《えだがわうじ》、この爺《じじ》はわれ〳〵を馬鹿《ばか》にしている不埒《ふらち》なやつ。それはやく引磨《ひきず》りあげてお仕舞《しま》いなされ」枝「ヨシッ」と枝川兵太郎《えだがわへいたろう》は、光右衛門《みつえもん》の腕首《うでくび》とって、兵「サアあがれッ」と、引《ひき》あげんとするを、側《そば》で見《み》ていた佐々木助三郎《ささきすけろう》の助八《すけ》は、万《まん》一御老公《ごろうこう》の御尊体《ごそんたい》にお怪我等《けがとう》があってはならんとおもいましたからして、突然《いきな》り枝川兵太郎《えだがわへいたろう》の襟髪《えりがみ》に手《て》がかゝるや否《いな》や、助「ヤッ」と、声蒐《こえか》け衣冠《きぬかつ》ぎにして鮫川中流《さめがわちゅうりゅう》へドブーンとなげこむ。不意《ふい》を喰《くら》った枝川兵太郎《えだがわへいたろう》は、水《みず》を喰《くら》って水中《すいちゅう》でアプ〳〵いっている。これをながめて森山甚兵衛《もりやまじんべえ》は、甚「己《おの》れ無礼《ぶれい》の百姓奴《しょうめ》ッ」と飛《と》び蒐《かか》ってくる奴《や》つを、渥美格之丞《あつみかくのじょう》の格八《かく》が、腕首《うでくび》とって肩《かた》にとかつぎ、格「ヤッ」とかけたる声諸共《こえもろとも》、おなじく水中《すいちゅう》へほりこむ。

スルト向《むこ》う此方《こなた》の両岸《りょうぎし》にたって、このありさまをみていた多《おお》くの百姓《しょう》、町人《ちょうにん》は、△「ワアーッ〳〵」と異口同音《いくどうおん》に囃《はや》したてるこえ、暫《しば》しなりはやみません。このとき渡船守《わたしもり》は、あいた口《くち》も閉《ふさ》がらずあきれかえって只茫然《ただぼうぜん》としてみております。此方《こなた》の三人《にん》はすこしも騒《さわ》がず、なげこまれた二人《ふたり》の武士《ぶし》の態《ざま》を、ニコ〳〵笑《わら》いながらみている。ところが仙台《せんだい》の御用《ごよう》飛脚《ひきゃく》、枝川《えだがわ》、森山《もりやま》の両人《りょうにん》は、はやく向《むこ》うの岸《きし》へでも流《なが》れ渡《わた》りにすればよいものを、面喰《めんくら》ってほりこまれた岸辺《きしべ》の方《ほう》へ、泳《およ》ぎわたりに戻《もど》ってくる。光「助《すけ》八、格《かく》八、彼《あ》の二人《ふたり》の武士《ぶし》が此方《こなた》の岸《きし》へかえってきた。はやく二人《ふたり》をこの船《ふね》のなかにある荒縄《あらなわ》で縛《くく》って仕舞《しま》え」両

「ハッ」と二人《ふたり》は二筋《すじ》の荒縄《あらなわ》をとり、今《いま》あがってくる二人《ふたり》の武士《ぶし》を難無《なんな》くとっておさえて引括《ひっくく》り、片辺《かたえ》の棒杭《ぼうぐい》に縛《しば》ってしまった。スルト枝川《えだがわ》、森山《もりやま》の両人《りょうにん》は真青《まっさお》な顔《かお》して、両「ヤイ貴様《きさま》は一体何者《たいなにもの》じゃ。伊達家《だてけ》の御用《ごよう》お飛脚《ひきゃく》を水中《すいちゅう》へなげこむあまつさえ、縛《しば》りつけるとはなにごとじゃ」光「アハヽヽヽ、なにもいうことはありません。いまに判《わか》りますから、暫《しばら》く辛抱《しんぼう》していなさい」とせきもさわぎもせず泰然自若《たいぜんじじゃく》として在《い》らせられるを、渡船守《わたしもり》の喜之助《きのすけ》は、このありさまをみてたまりかね、喜「オイ〳〵お百姓《しょう》、お前《まえ》はなんだい途方《とほう》もないつよい人《ひと》だナア。こんな乱暴《らんぼう》なことをしてこのまゝにいって貰《もら》っては俺《お》れがこまるよ」光「なにも心配《しんぱい》することはございません。ときに船頭《せんどう》さん、こゝは天領《てんりょう》か私領《しりょう》か」喜「ヘイ、こゝはもとは天領《てんりょう》でありましたが、いまじゃ安藤対馬守様《あんどうつしまのかみさま》の御領地《ごりょうち》でございます」光「ハヽアそうかナ、安藤対州《あんどうたいしゅう》は当時《とうじ》は天下《てんか》の若年寄《わかとしより》を勤《つと》めていられるな」喜「オイ〳〵爺《じい》さん、おまえはよく知《し》って居《い》るナア」光「ハイ風《かぜ》のたよりにきいております。ところでこのへんの支配《しはい》をなさるお役人《やくにん》は何方《どなた》じゃ」喜「そうだ、この向《むこ》うに白壁《しらかべ》の邸《やしき》がみえるだろう」光「ハイ〳〵みえます」喜「あのお邸《やしき》がこの界隈《かいわい》を御支配《ごしはい》なさる郡方《こおりかた》お奉行《ぶぎょう》、平川《ひらかわ》友之進様《とものしんさま》のお邸《やしき》だよ」光「左様《さよう》か。それでは船頭様《せんどうさま》、お前《まえ》は御苦労《ごくろう》だが、一寸《ちょっと》平川様《ひらかわさま》のお邸迄《やしきまで》つかいにいってくださらんか」喜「なんだ俺《お》れにつかいに行《ゆ》けエ……、シテなんといってゆくんだ」光「今鮫川《いまさめがわ》の渡船場《わたしば》で、云々《しかじか》かよう〱の騒動《そうどう》が起《おこ》っていますから、御苦《ごく》労《ろう》ながら御出張《ごしゅっちょう》してくださいと、いってきてもらいたい」喜「シテお前《まえ》の名《な》はなんというんだ」光「私《わ》しかナ、わたしの名《な》は水隠梅里《すいいんばいり》といって貰《もら》いたい」喜「妙《みょう》な名《な》だナ、まるで風薬《かぜぐすり》みた様《よう》だよ。じゃあいってくるからお前《まえ》にげチャいけないよ」光「イヤ〱此事件《このじけん》が落着《らくちゃく》するまで、めったににげはしません。はやくいってきてください」喜「ヨシッ」と喜之助《きのすけ》は、一散走《さんばし》りに郡方奉行《こおりかたぶぎょう》は平川友之進《ひらかわとものしん》の邸門前《やしきもんぜん》にきたり、喜「ヘイ、御門番様《ごもんばんさま》へ申《もう》し上《あ》げます」門「オウ手前《てま》エ渡船守《わたしもり》の喜之助《きのすけ》じゃねエか。狼狽《あわただ》しくなんだ」喜「ハイ今《いま》渡船場《わたしば》で云々斯様《しかじかかよう》〱の大騒《おおさわ》ぎがはじまったのです。それでその乱暴《らんぼう》をした爺《じい》が、当《とう》お邸《やしき》へお届《とど》けをしてくれエというので、やってきたのです。どうか御苦労様《ごくろうさま》ながら御出役《ごしゅつやく》をお願《ねが》い申《もう》します」門「そうか、申《もう》しあげるからしばらくそこにまっておれエ」とまたしておいて門番《もんばん》は、内《うち》へはいってこの由御重役《よしごじゅうやく》の衆《しゅう》へ申《もう》しいれる。スルト重役人《じゅうやくにん》は、奥《おく》の一間《ま》にきたって、重「ハッ、もうしあげます」奉「オウなにごとじゃ」重「只今鮫川《ただいまさめがわ》の渡船場《わたしば》において、斯《か》く〱斯様《かよう》〱のしだいでございます」奉「フーム、これはどうもけしからんことじゃ。シテその乱暴《らんぼう》を働《はたら》きし百姓《しょう》というものは自体《じたい》なんだ」重「ハイ、水隠梅里《すいいんばいり》ともうすものでございます」奉「ナニ、水隠梅里《すいいんばいり》、フヽーム」と暫《しばら》く小首《こくび》を傾《かたむ》けて考《かんが》えていましたが、奉「フム、そうであろう。たゞの百姓爺《しょうじじ》が仮染《かりそ》めにも伊達家《だてけ》の御用飛脚《ごようひきゃく》を、てごめにするという所以《いわれ》なし。それぞ全《まっ》たく水府前《すいふさき》の中納言当時黄門光圀卿《ちゅうなごんとうじこうもんみつくにきょう》に相違《そうい》あるまい」重「へヽエ、どうしてそれを御存《ごぞん》じでございます」奉「されば、中納言光圀卿《ちゅうなごんみつくにきょう》は先年副将軍《せんねんふくしょうぐん》を辞《じ》して、常陸国久慈郡西山村《ひたちのくにくじごおりにしやまむら》に御隠居《ごいんきょ》あらせられて、そのゝち仄《ほの》かに承《うけたまわ》れば百姓《しょう》とおなりあそばして、農民《のうみん》を友《とも》にしていられるということを承知《しょうち》している。しかしてこんぱんどうやらお忍《しの》びで奥州筋《おうしゅうすじ》へ御漫遊《ごまんゆう》においでなされたとのこと、江戸表《えどおもて》のお殿《との》より秘《ひそ》かにお報知《しらせ》があって、万《まん》一その地《ち》へおいでになるやも斗《はか》り難《がた》く、その際必《さいかなら》ず不都合《ふつごう》のなきようにいたせよとのことである。水隠梅里《すいいんばいり》とおおせらるは御俳名《ごはいみょう》じゃ。シテみればこのまゝに打捨《うちす》ておくことはできない。ソレ麻上下《あさかみしも》をだせエ」とおおせられて、さっそく麻上下《あさかみしも》をつけ、玄関《げんかん》より福草履《ふくぞうり》をはき、一両人《りょうにん》の供人《ともびと》を従《したが》えて、いそぎ渡船場《わたしば》にきたってみると、光右衛門《みつえもん》は渡船小屋《わたしごや》のまえの床几《しょうぎ》に腰《こし》をかけて、相変《あいかわ》らず咬《くわ》え煙管《きせる》をしていらせられる。お姿《すがた》はかわっているがどこやらに威有《いあ》って猛《たけ》からぬは、紛《まが》う方《かた》なき水府《すいふ》の御老侯《ごろうこう》に相違《そうい》ないからして、平川友之進《ひらかわとものしん》はバラ〳〵ッとおそばにきたって、友「ハッ」とそれへ跪《ひざ》まずいて両手《りょうて》をつかえた。光「アイヤ郡方《こおりかた》お奉行《ぶぎょう》にはこれはなにをなさる。吾々《われわれ》ごとき百姓《しょう》に跪《ひざ》まずいて両手《りょうて》をつかえられるとはなにごとでござる。マア〳〵お手《て》をおあげなされ」と頻《しき》りに目配《めくば》せをしていられるのは、そのそばにいる多《おお》くのものにそれとなる丈《だ》けしれない様《よう》にとのお考《かんが》え。それと察《さっ》して平川友之進《ひらかわとものしん》は漸々頭《ようようかしら》をあげた。光「お役人様《やくにんさま》御出役御苦労《ごしゅつやくごくろう》にございます。そこでお願《ねが》い申《もう》しまするは、こゝに縛《しば》ってある二人《ふたり》の武士《ぶし》は、しか〴〵、かよう〳〵、御老中《ごろうじゅう》のごはんのすわりし御用状《ごようじょう》であると町人《ちょうにん》、百姓《しょう》を嚇《おど》かし、折角船《せっかくふね》に乗《の》っている者《もの》を引戻《ひきもど》すはあまりのことかと心得《こころえ》ます。どうかそのへんのところをわれ〳〵がこゝをたったあとで、よくお調《しら》べを願《ねが》い度《と》うぞんじます。そうしてこゝへこれをおいておきまする」と腰《こし》に差《さ》していられた扇子《せんす》をとって、矢立《やたて》の筆《ふで》にてサラ〳〵となにかお認《した》ためなされ、光「どうぞ、あと〳〵これで宜敷《よろしゅ》う頼《たの》みます」とそれを郡奉行平川《こおりぶぎょうひらかわ》友之進《とものしん》にわたして、そのまゝ渡船《わたし》にのってむこうの岸《きし》におわたりとなる。のちに郡奉行平川友之進《こおりぶぎょうひらかわとものしん》は、縛《しば》られている二人《ふたり》の縄《なわ》をとき、邸《やしき》へつれてもどってきて、友「只今《ただいま》の百姓《しょう》の爺《じじ》は普通《ただ》の百姓《しょう》だとおもうているか。あれはまったく水府老侯光圀卿《すいふろうこうみつくにきょう》が、よをしのんで奥《おう》羽《う》を御漫遊《ごまんゆう》なさるのである。其許《そこもと》御両名《ごりょうめい》が全《まった》く御老中《ごろうちゅう》の御判《ごはん》の据《すわ》りし御状《ごじょう》をもってござるのか」と尋《たず》ねられて両人《りょうにん》は恐《おそ》れいり、両「決《けっ》してそうではございません。只江戸家老《ただえどかろう》より火急《かきゅう》の御用《ごよう》あって本国仙台《ほんごくせんだい》へいそぐものでございます。それをわれ〳〵が御老中《ごろうちゅう》のお名前《なまえ》をかたったのは、重々《じゅうじゅう》わるうございました」と平謝《ひらあやま》りに謝罪《あやま》る。そこで懇々《こんこん》と以後《いご》かようなことのなき様《よう》にと意見《いけん》をして内済《ないさい》にすましました。又光圀卿《またみつくにきょう》が扇面《せんめん》にかきのこされたる文意《ぶんい》は、

一武家《ぶけ》たり共無銭相成《ともむせんあいな》らざるの事《こと》
一御用《ごよう》たり共四民同船勝手《ともしみんどうせんかって》たる可《べ》き事《こと》
一喧嘩口論堅《けんかこうろんかた》く無用《むよう》の事《こと》
右之条々能《みぎのじょうじょうよ》く相守《あいまも》る可《べ》き事《こと》

梅《ばい》　里《り》

鮫川渡船守《さめがわわたしも》りへ

これが御維新以前迄《ごいしんいぜんまで》、奥州鮫川《おうしゅうさめがわ》にのこった扇子《せんす》の箇条《かじょう》と申《もう》して世《よ》に名高《なだか》いのはこれでございます。

◎農家《のうか》の老媼《ばば》に火吹竹《ひふきだけ》にて頭《かしら》を打《う》たる

されば光右衛門《みつえもん》主従《しゅじゅう》三名《めい》は、鮫川《さめがわ》の渡船《わたし》をわたっておい〱と、とまりをかさね日《ひ》をかさね、漸々《ようよう》こゝに奥州中村《おうしゅうなかむら》六万石《まんごく》、相馬大膳之亮《そうまだいぜんのすけ》殿御城下手前《どのごじょうかてまえ》、原田村迄《はらだむらまで》おいでになる。しかるに光右衛門《みつえもん》は、あまり道《みち》をいそぎになりましたので、呼吸《いき》がはずみ、どこかこのへんで茶《ちゃ》を一杯《ぱい》飲《の》みたいものじゃと、みやる傍《かた》えの百姓家《しょうや》の表《おもて》に、秋《あき》のとりいれがすんだものとみえて、米俵《こめだわら》が七八俵《ひょう》つんである。その米俵《こめだわら》のうえに腰《こし》をおかけになって、内《うち》を覗《のぞ》いて御覧《ごらん》なさると、年《とし》のころなら六十五六、色真黒《いろまっくろ》けにて、いかにも頑丈《がんじょう》な婆《ばあ》さんが、しきりに火吹竹《ひふきだけ》で釜《かま》のしたをブー〱ふいている。光「コレ婆《ばあ》さんや、申《もう》しかねましたが茶《ちゃ》を一《ひと》つ馳走《よん》でくださらんか」スルト婆《ばあ》さんは、表口《おもてぐち》をみるとそこにつんである米俵《こめだわら》のうえに、六十斗《ばか》りの親爺《おやじ》が、腰打《こしう》ちかけているのをみて大《おお》いに怒《いか》り、婆「己《おの》れ百姓《しょう》の身《み》としてお米《こめ》のあり難《がた》いことをしらぬか。米《こめ》というものは抑《そ》も籾蒔《もみま》きからとりいれ迄《まで》、八十八度人《どひと》の手《て》をくぐるじゃから、それで八十八とかいて米《こめ》という字《じ》に読《よ》ます。その位《くらい》な大切《たいせつ》なお米《こめ》のうえに腰《こし》をかけて、茶《ちゃ》をくれエなぞと、宜《よ》うそんな図々敷《ずうずうし》いことがいわれたものじゃ。己《おの》れは誠《まこと》の百姓《しょう》ではあるまい。この偽《にせ》百姓《しょう》奴《め》がッ」ととんでで〻、腰《こし》をかけておられたる光圀卿《みつくにきょう》の禿頭《はげあたま》を、もったる火吹竹《ひふきだけ》で、ポカンと殴《なぐ》った。イヤはや痛《いた》いの痛《いた》くないの、候《そうろ》うのではございません。光圀卿《みつくにきょう》はおどろいて、そのまゝドン〱そこをおにげだしになる。婆《ばば》アは、婆「己《おの》れッこの偽《にせ》百姓《しょう》奴《め》、待《ま》ちアがれエ」とトン〱〱あとをおっかけくる。主従《しゅじゅう》三名《めい》は這々《ほうほう》の体《てい》で、よう〱中村《なかむら》の御城下《ごじょうか》いり口迄《くちまで》にげきたり、光「ヤレ〱おどろいた、どうも甚《ひど》い婆《ばば》アもあったものだ。どうじゃ助《すけ》八、格《かく》八、おまいらも吃驚《びっく》りしたであろう」助「ヘイ、われ〱もじつに驚《おどろ》きました。火吹竹《ひふきだけ》をもって貴君《あなた》のお頭《つむ》りを、なぐるなぞとは、にっくき婆《ばば》アでございます」光「イヤ〱そうでない。これはわたしがわるかったのじゃ。なぜなればいまもあの婆《ばば》アのいうとおり、米《こめ》というものは一粒万《りゅうまん》倍《ばい》と申《もう》して大切《たいせつ》にせねばならんもの。その大切《たいせつ》なる米《こめ》に腰《こし》をかけて、茶《ちゃ》を馳走《よん》でくれエといったから、あの婆《ばば》アが怒《おこ》ったのじゃ。私《わ》し等《ら》はまだその百姓《しょう》の極意《ごくい》がわからなんだ。偽《にせ》百姓《しょう》といわれては仕方《しかた》がない。これで百姓《しょう》の極意《ごくい》がわかったのである、アハヽヽ」とお笑《わら》いなされて、少《すこ》しもお憤《いきどお》りをなされません。これが所謂《いわゆる》御名君《ごめいくん》でございます。漸々《ようよう》中村《なかむら》の御城下《ごじょうか》へおいでなされたのが、丁度午《ちょうどひる》の刻頃《ころ》。光「何《ど》うじゃ助《すけ》八、格《かく》八、あまりドン〳〵かけったので、余程腹《よほどはら》が減《へ》ってきた。どこかこのへんで昼飯《ちゅうじき》をしようではないか」とみやる側《かたえ》に、村田屋佐平《むらたやさへい》という宿屋《やどや》がございます。この家《や》は宿《やど》もいたしまするし、または料理《りょうり》も兼業《けんぎょう》にしております。その宿屋《やどや》の表《おもて》からズイッとお這入《はい》りになり、光「ハイご免《めん》ください。どうか中飯《ちゅうじき》をさせてくださいませんか」佐「ヘイいらっしゃい」ととんでゞた主人《しゅじん》の佐平《さへい》は、三人《にん》の姿《すがた》をよく〳〵みると、木綿縞《もめんじま》の衣類《いるい》の襟垢染《えりあかじ》みたるをきているから、佐「オイ〳〵お百姓《しょう》、俺《おれ》の家《うち》は上等《じょうとう》の宿屋《やどや》なりまたは、料理屋《りょうりや》も兼業《けんぎょう》している。お前等《まえら》の様《よう》なものが俺《おれ》の家《うち》でちゅうじきするところじゃア無《ね》エ。この御城下《ごじょうか》はずれへ行《い》くと、一膳飯《ぜんめし》、お酒肴《さけさかな》いろ〳〵としてある安飯屋《やすめしや》があるから、そこへいってしたくをしなさい」といわれて光右衛門主従《みつえもんしゅじゅう》三名《めい》は、互《たがい》に顔見合《かおみあわ》せ、心《こころ》の中《うち》に、光「ハヽアさてはわれ〳〵の身装《みなり》がわるいから、斯《こ》ういうのであろう」と思召《おぼしめ》し、光「イヤ御亭主《ごていしゅ》、お前《まえ》さんところはなんですか、身装《みなり》のわるい者《もの》は支度《したく》ができんのですか」佐「ナアニ、できんという訳《わけ》は無《ね》エが、お前《まえ》さん等《ら》の様《よう》な人《ひと》の支度《したく》するところは、今云《いまい》う御城下外《ごじょうかはず》れに一膳飯屋《ぜんめしや》があるといったのだ」光「不用《いら》んお世話《せわ》じゃ。仮令身装《たとえみな》りが汚《きた》のうても、懐中《かいちゅう》には金《かね》はもっております。その金《かね》を払《はら》いましても、おまいさんところで中飯《ちゅうじき》が出来《でき》無《にく》いのでございますか」佐「ナニそうじゃ無《ね》エ。お払《はら》いさえもらえば誰《た》れでもお客《きゃく》だ」光「それでは銭《ぜに》を払《はら》いますから、支度《したく》をさせてください」佐「宜敷《よろし》い、じゃア此様《こちら》へおいでなさい。この椽側《えんがわ》に腰《こし》をかけていてください。この座敷《ざしき》へあがっちゃあ不可《いけ》ませんよ。近頃金《ちかごろかね》を用《い》れてたてた新座敷《しんざしき》です。ここは当御領主相馬様《とうごりょうしゅそうまさま》の御家中《ごかちゅう》より外《ほか》に、一人《ひとり》もあげないところだから、決《けっ》してうえにあがっちゃアいけませんよ」といいおいて亭主《ていしゅ》は台所《だいどころ》の方《ほう》へはいってゆく。あとに光右衛門《みつえもん》は、光「何《ど》うじゃ助《すけ》八、格《かく》八、甚《ひど》いことをいう奴《やつ》じゃないか。この座敷《ざしき》へあがるなとは何事《なにごと》じゃ。銭《ぜに》を払《はら》えばお客《きゃく》じゃ。その客《きゃく》が座敷《ざしき》へあがれないという法《ほう》はあるまい。なにも遠慮《えんりょ》することはない。サアあがろう」格「ケレ共亭主《どもていしゅ》が、あがってくれなと申《もう》しました」光「ナアニ、あゝいうことを申《もう》すと、意地《いじ》になってあがってみたい。サア介意《かまわ》んからあがれ、あがれ」と草鞋《わらじ》の紐《ひも》をとき、足《あし》をも洗《あら》わずそのまま三人《にん》が座敷《ざしき》へとおる。光「フヽムこゝの亭主《ていしゅ》は、大分座敷《だいぶざしき》を凝《こ》ってたてたとみえる。百日紅《さるすべり》の床柱《とこばしら》、ハヽア床《とこ》のまには土佐派《とさは》の軸物《じくもの》、または盆栽物《ぼんさいもの》もいろ〳〵ならべて却々《なかなか》凝《こ》った座敷《ざしき》であるわい」と仰《おお》せられて、態《わざ》と新畳《しんたた》みのうえを、真黒《まっくろ》けな泥《どろ》だらけの足《あし》で磨《す》っておあるきなされてござる。ところへ折柄表《おりからおもて》のかたより、はいってきた三人《にん》の若武士《わかざむらい》、剣術《けんじゅつ》の稽古戻《けいこもど》りとみえまして、銘々《めいめい》に面《めん》、小手《こて》、竹刀《しない》の道具《どうぐ》をかたげて、三人「コリャ〳〵亭主《ていしゅ》はいるか」佐「ヘイ、イヤこれは村山様《むらやまさま》に岡崎様《おかざきさま》に沢様《さわさま》でございますか。お稽古戻《けいこもど》りですか」三人「オッそうじゃ。ときに亭主《ていしゅ》、うけたまわれば貴様《きさま》は此頃新座敷《このごろしんざしき》を建築《けんちく》したそうじゃの」佐「ヘイ、さようでございます」三人「それを今日《きょう》われ〳〵が、はいけんかた〴〵一杯飲《ばいの》まして貰《もら》おうと思《おも》ってまいったのだ。その座敷《ざしき》はあいているか」佐「ヘイその座敷《ざしき》は、当御家中様《とうごかちゅうさま》より、ほかに客《きゃく》は致《いた》しません」三人「そうか、シテその新座敷《しんざしき》というのはどこじゃ」佐「ヘイ、この向《む》うの座敷《ざしき》でございます。どうかお通《とお》りくださいませ」佐「それでは御同役《ごどうやく》、新座敷《しんざしき》へまいって一酌備《しゃくもよお》そうではござらぬか」と三人打連《にんうちつ》れ立《だ》って座敷《ざしき》へあがろうとすると、色真黒《いろまっくろ》けな爺《じじ》と、おなじくとしわかの百姓《しょう》、つごう三人《にん》が、まわり歩《ある》いているをみて、三人「コリャ亭主貴様《ていしゅきさま》は誰《た》れも外《ほか》に客《きゃく》は致《いた》さんと申《もう》したが、あのとおり三人《にん》の百姓《しょう》が座敷《ざしき》へとおっているではないか」佐「ヘイ、そんなことはない筈《はず》でございます」といいながら新座敷《しんざしき》をみると、百姓《しょう》三人《にん》があがって泥《どろ》だらけの足《あし》で新畳《しんたた》みのうえを、ズル〳〵あるいている。亭主佐平《ていしゅさへい》は大《おお》いに驚《おどろ》き、佐「ヤイ〳〵、手前《てめ》エ等《ら》はなんだ。今彼《いまあ》れくらいにあがっちゃア不可無《いけね》エといっておいたに、ずう〳〵敷《しゅ》うあがりアがって、この結構《けっこう》な新畳《しんたた》みを、泥《どろ》の足形《あしがた》だらけにしやアがった。コン畜生奴《ちくしょうめ》早《はや》くおりあがれエ」と三人《にん》を下《した》へつきおとし、佐「コレお梅《うめ》、はやく雑巾《ぞうきん》をかたく絞《しぼ》って、この畳《たたみ》についた足形《あしあと》をはやくふけエ」梅「ヘイ」佐「サア旦那方《だんながた》、どうぞお通《とお》りくださいませ」三人《にん》の若武士《わかざむらい》は座敷《ざしき》へ通《とお》り、酒肴《さけさかな》を誂《あつら》える。軈《やが》てそこへ酌婦《しゃくふ》が台《だい》のうえに酒肴《さけさかな》をのせてもちきたる。こゝで三士《し》は互《たがい》に盃《さかずき》のとりやりをして、酒宴《さかも》りをはじめる。こなた光右衛門主従《みつえもんしゅじゅう》は椽側《えんがわ》の隅《すみ》で小《ちい》さくなって御飯《ごはん》をめしあがっていられる。スルト相馬家《そうまけ》の若武士《わかざむらい》は追々酒酣《おいおいさけたけなわ》になってくると、沢《さわ》秀太郎《ひでたろう》という武士《ぶし》が、沢「ときに村山氏《むらやまうじ》、拙者《せっしゃ》も武術《ぶじゅつ》を励《はげ》みしお蔭《か》げで、御指南番《ごしなんばん》より免《めん》許《きょ》をいただいた。ついては井《い》のうちの蛙《かわず》で、只当一国斗《ただとうこくばか》りで修業《しゅぎょう》をしていては、諸国《しょこく》にどういう先生《せんせい》があるということはわからない。よって明年《みょうねん》はお殿様《とのさま》にお暇《いとま》を願《ねが》い、三ケ年《ねん》の間諸国《あいだしょこく》を遍歴《へんれき》をなしあらゆる先生方《せんせいがた》と手合《てあわ》せをいたし、今《いま》一層武術《そうぶじゅつ》の修業《しゅぎょう》を仕様《しよう》と存《ぞん》ずる。ところが先生《せんせい》のいわれるのには、そのゆきがけに常陸国水戸《ひたちのくにみと》へまわって、水戸家《みとけ》の御《ご》指南番《しなんばん》、直真影流《じきしんかげりゅう》の達人《たつじん》、佐々木助三郎《ささきすけろう》という先生《せんせい》がある、その道場《どうじょう》へまいって手合《てあわ》せをしてみられよ。かならず三本試合《ぼんしあい》の内《うち》二本迄《ほんまで》は貴殿《きでん》がおかちなさるから、是非《ぜひ》まいって立《たち》会《お》うてみられよといわれたから、明年《みょうねん》はいって立会《たちあ》って見様《みよう》と心得《こころえ》る」村「ハヽア左様《さよう》でござるか。拙者《せっしゃ》もじつは明年殿様《みょうねんとのさま》にお暇《いとま》を願《ねが》って、武術修業《ぶじゅつしゅぎょう》に出様《でよう》と心得《こころえ》ておった。ならば御同道《ごどうどう》してまいって、三十五万石《まんごく》の御指南番《ごしなんばん》、佐々木助三郎《ささきすけろう》を両人《りょうにん》して打据《うちす》えにいこうではござらぬか」と両人《りょうにん》が、しきりに大言《たいげん》をはいているを、此方椽側《こなたえんがわ》に腰《こし》をかけてきいてござった光右衛門《みつえもん》、光「どうじゃ、助《すけ》八、格《かく》八、あれをきいたか。人間《にんげん》もかてもせんのにかてると思《おも》うて居《い》ればこそ、生《い》きておられるのじゃ。あの慾《よく》がなかったら死人《しにん》も同然《どうぜん》じゃナ、アハヽヽ」と大口開《おおぐちあ》いてお笑《わら》いなされてござるのを、きいた三人《にん》の若武士《わかざむらい》は、ムッと致《いた》したとみえて、三「ヤイそれに控《ひか》えている百姓共《しょうども》、われ〳〵が今《いま》こゝできいておれば、かてもせんのに勝《か》てるとおもえばこそ生《い》きていられるのじゃとは、不届《ふとどき》なことをもうす奴《や》つじゃ」光「ハイこれはどうもお耳障《みみざわ》りなことをもうしましてあいすみませんが、しかし水戸家《みとけ》の御指南番《ごしなんばん》、佐々木助三郎《ささきすけろう》という先生《せんせい》と手合《てあわ》せをして、お勝《か》ちなさることは六ツケしゅうございましょう」沢「ナニ、勝《か》つことは六ツケしいと申《もう》すが、貴様《きさま》はその佐々木助三郎《ささきすけろう》という先生《せんせい》をしっているか」光「ハイしっております、といいまするは、私《わたく》しは常陸国水戸様《ひたちのくにみとさま》の御領分《ごりょうぶん》、西山村《にしやまむら》の百姓光右衛門《しょうみつえもん》と申《もう》すものでございます。これにおります畑男《はたおとこ》の助《すけ》八というものは、その佐々木先生《ささきせんせい》の門人《もんじん》で免許以上《めんきょいじょう》のものでございます」沢「フーム、なんだ、そのものが佐々木先生《ささきせんせい》の門人《もんじん》で免許以上《めんきょいじょう》と申《もう》すか」光「ハイ、百姓《しょう》をしておりましても剣術《けんじゅつ》は一人前《にんまえ》やります。なんなら論《ろん》より証拠《しょうこ》、どうですこゝで貴方々御《あなたがたご》三方《かた》と、この助《すけ》八と、一本手合《ぽんてあわ》せをして御覧《ごらん》なさいまし。この助《すけ》八は、佐々木先生《ささきせんせい》と三本試合《ぼんしあい》、かならず二本《ほん》は勝《か》ちます。仍《よ》ってこのものと立会《たちあ》ってお勝《か》ちなされたら、それは貴君方《あなたがた》が、明年常陸《みょうねんひたち》の水戸《みと》へおいでなされて、佐々木先生《ささきせんせい》に勝《か》てんことはございませんが、さもなければ到底駄目《とうていだめ》です」三「フム、それあ面白《おもしろ》い。それではその佐々木《ささき》の門人《もんじん》とこゝにおいて、一本試合《ぽんしあい》をしてやる。用意《ようい》をせい」光「ハイシテそのたちあいの場所《ばしょ》はどこでいたしましょう」三「そうじゃ、この村田屋《むらたや》の裏手《うらて》に広場《ひろば》があるから、そこで試合《しあい》をいたす。コリャ亭主《ていしゅ》、今云々斯様《いましかじかかよう》〳〵のことであるゆえ、このものとわれ〳〵三名立会《めいたちあ》いをして見様《みよう》とおもうから、このむこうの広場《ひろば》を暫時《ざんじ》かしてくれ」佐「ヘイ宜敷《よろしゅ》うございます。この糞《くそ》たれ百姓奴《しょうめ》ッ、生意気《なまいき》なことをぬかしやがる。俺《お》れ処《とこ》の新座敷《しんざしき》の新畳《あらたたみ》に泥《どろ》の足形《あしがた》をつけあがった。どうか旦那方《だんながた》、充分《じゅうぶん》にぶって〳〵ぶち据《す》えておやりなさい」三「フム心得《こころえ》た。サア百姓共《しょうども》、此方《こちら》へこい」光「ハイ、まいりましょう」と光圀卿《みつくにきょう》はこれより、裏手《うらて》の広場《ひろっぱ》において、佐々木助三郎《ささきすけろう》と、相馬家《そうまけ》の若武士《わかざむらい》とたちあわせ、かの三名《めい》のものを嬲《なぶ》りものになさるという滑稽奇談《こっけいきだん》……。

◎駒《こま》ケ峰《みね》の関所《せきしょ》に於《お》いて関守役人嘲弄《せきもりやくにんちょうろう》せらる

相馬家《そうまけ》の藩士村山金十郎《はんしむらやまきんろう》、沢秀太郎《さわひでたろう》、岡崎重三郎《おかざきじゅうろう》の三人《にん》は、水戸黄門光圀卿《みとこうもんみつくにきょう》、佐々木助《ささきすけ》三郎《ろう》、渥美格之丞《あつみかくのじょう》の主従《しゅじゅう》三名《めい》が、百姓姿《しょうすがた》にみをやつし、奥羽両国《おううりょうごく》を御漫遊《ごまんゆう》してござるとはゆめにもしらず、裏手《うらて》の広場《ひろっば》へつれきたる。スルト今村田屋《いまむらたや》の裏手《うらて》で、剣術《けんじゅつ》の試合《しあい》があるということをきゝつたえ、近所界隈《きんじょかいわい》の者《もの》が追々《おいおい》に出《で》てきて、見物《けんぶつ》をしている。軈《やが》て村山金《むらやまきん》十郎《ろう》が、村「サア、此稽古道具《このけいこどうぐ》を一組貸《くみか》して遣《や》るから、用意《ようい》をしてまいれ」佐々木助三郎《ささきすけろう》の助《すけ》八は、助「ヘイ、わたしは素面《すめん》、素小手《すこて》でこの竹刀《しない》だけを拝借《はいしゃく》して、お対手《あいて》になりましょう」村「ナニ、素面《すめん》、素小手《すこて》だッ。小癪《こしゃく》なことをいう奴《やつ》だ。ヨシさらば対手《あいて》になってやろう」と面《めん》を冠《かむ》り小手《こて》を着《つ》け、竹刀《しない》を携《たずさ》えすゝんでいで、ジッと双方気合《そうほうきあい》をはかっている内《うち》に、村「ヤッ」と、声蒐《こえか》け村山《むらやま》が、只一打《ただひとう》ちと脳天《のうてん》よりうちおろしてくる奴《やつ》を助《すけ》八が、助「エイッ」と右《みぎ》に払《はら》った。竹刀《しない》をもったまゝで村山《むらやま》は、キリヽッと右《みぎ》へ一廻《まわ》り廻《まわ》る。またもや、村「ヤッ」と打下《うちおろ》してくるを、助「其《そ》れ今度《こんど》は左《ひだり》へお廻《まわ》り成《な》さい……」バチーンと横《よこ》に払《はら》う。今度《こんど》はひだりへクルリとまわった。助「ヤア、却々《なかなか》お前《まえ》さんはお廻《まわ》りなさるのがお上手《じょうず》だ。ソレモウ一遍《ぺん》まわって其処等《そこら》でお辞儀《じぎ》をなさい」それでは宛然《まるで》お猿《さる》だ。村山金《むらやまきん》十郎《ろう》の、身体《からだ》はヘナ〳〵になり、とう〳〵竹刀《しない》を其処《そこ》へなげすて、村「参《まい》ったッ」助「サアおつぎは誰方《どなた》だ」此体《このてい》眺《なが》めて沢秀太郎《さわひでたろう》は大《おお》いに怒《いか》り、沢「己《おの》れ一打《う》ちにしてくれん」と沢「ヤッ」と声蒐《こえか》けうちこんでくるを、ポン〳〵ッと三四合打合《ごううちあわ》して居《い》る間《ま》に、助《すけ》八は、助「お脳《のう》一本《ぽん》ッ」ピシリッと烈《は》げしく打《う》った奴《や》つが、よほど甚《ひど》かったと見《み》えて、沢秀太郎《さわひでたろう》は眼眩《めんくら》んで呼吸《いき》急《はず》み、まいったという声《こえ》をかけなかったからまたも、助「お脳《のう》だッ」ピシーッと打《う》つ。沢「マア……」助「まだかッ」ピシーッ。沢「イヽ……」助「これでもかッ」沢「たゝ……」まいったのなし崩《くず》しでございます。とう〳〵三人《にん》のものは、三「何《ど》うもお手《て》の内恐《うちおそ》れいった」光「どうですお三名《めい》、お前《まえ》さんがたも百姓《しょう》ごときものに不覚《ふかく》を取《と》ったとあっては、無念口惜《むねんくちお》しいて夜《よ》もねられますまい。今《いま》わたしがいうことがあるから、一寸耳《ちょっとみみ》をお貸《か》しなさい」と三人《にん》のものゝ耳《みみ》に口《くち》を寄《よ》せて、なにかブツ〳〵おっしゃったかとおもうと、三名《めい》の者《もの》は大《おお》におどろき、三「ハッ」と其処《そこ》へ両手《りょうて》をつかえ、恐縮《きょうしゅく》している。光「どうじゃ判《わか》りましたか。なにもいうことはなりませんぞ」と目配《めく》ばせをなさる。三名《めい》のものはなにもいわず、そのまゝ這々《ほうほう》の体《てい》で逃《に》げだして仕舞《しま》いました。これを見《み》ていた大勢《おおぜい》の見物人《けんぶつにん》をはじめ、村田屋《むらたや》の亭主《ていしゅ》も、なにがなにやら薩張《さっぱ》りわかりません。光「大《おお》きに御亭主《ごていしゅ》、お宅《たく》をさわがしてお気《き》の毒《どく》でございます」と勘定《かんじょう》をして、そこを御出立《ごしゅったつ》になる。ところへ軈《やが》て暫《しばら》くして、相馬家《そうまけ》の家老《かろう》、畑代《はたしろ》三左衛門《ざえもん》といえるものが、一挺《ちょう》の乗物《のりもの》を担《かつ》がせ、村田屋方《むらたやかた》へお出《い》でになる。これは何故《なぜ》かともうしまするに、今《いま》の御《ご》領主《りょうしゅ》相馬《そうま》大膳《だいぜん》之《の》亮殿《すけどの》は、元《もと》常陸国《ひたちのくに》新治郡《にいはるごおり》土浦《つちうら》九万八千石《せんごく》、土屋《つちや》但馬守殿《たじまのかみどの》の御次男《ごじなん》、長門守《ながとのかみ》宗起《むねおき》とおおせられたおかたでございます。せんねん光圀卿《みつくにきょう》の御媒妁《ごばいしゃく》によって当相馬家《とうそうまけ》へ御《ご》養子《ようし》においでなされて六万石《まんごく》の主侯《あるじ》とおなりなされたのでございます。ところが只今伺《ただいまうかが》いました三名《めい》が、城内《じょうない》へにげかえり、しか〲斯様《かよう》〱と御殿《おんとの》へ申上《もうしあ》げましたからして、相《そう》馬《ま》大膳《だいぜん》亮殿《のすけどの》は、さっそく家老《かろう》畑代《はたしろ》三左衛門《ざえもん》をめされ、はやく水府《すいふ》の御老公《ごろうこう》をむかえたてまつれよともうしつけられた。そこで家老《かろう》の畑代《はたしろ》は乗物《のりもの》をかつがせ、光圀卿《みつくにきょう》をおむかえもうさんと、こゝへ出《で》てまいられたのである。家「コリャ亭主《ていしゅ》はいるか」亭「ヘイこれは御家《ごか》老様《ろうさま》、何《なに》か御用《ごよう》でございますか」家「いまそのほう宅《たく》に、これ〳〵斯様《かよう》の百姓《しょう》御《ご》三名《めい》が、いられたよしうけたまわりしが、そのお三方《かた》はどこにおいでなさるか」亭「へイ彼《あ》の三人《にん》の百姓《しょう》でございますか。それはたゞいま斯様《かよう》〳〵で、いますこし先《さき》に出立致《しゅったつい》しました」家「そうか、それはまことに残念《ざんねん》なことをいたした」亭「シテ御家老様《ごかろうさま》、一体《たい》彼《か》の百姓《しょう》はなにものでございます」家「其方《そのほう》は何《な》にも知《し》らんナ。かの御《ご》三名《めい》の内《うち》、一番御年配《ばんごねんぱい》のお方《かた》が、彼《あ》れぞ水戸黄門光圀卿《みとこうもんみつくにきょう》が世《よ》を忍《しの》んでござるのじゃ」亭「エーッ、そんなことをしったなら、叮重《ていねい》にお待遇《もてなし》をいたしまするものを、どうも豪《えら》いことをいたしました」家「豪《えら》いことゝはどうした」亭「へイ最前《さいぜん》この新座敷《しんざしき》の新畳《あらたたみ》の上《うえ》へ、光圀卿《みつくにきょう》のお足形《あしがた》がついておりました。これでものこしておいたら、わたしほうの名誉《めいよ》になるのでございます。惜《お》しいことをいたしました」家「コリャ手形《てがた》なら役《やく》にたつけれども、足形《あしがた》では役《やく》に立《た》たぬわい」とそのまゝお引取《ひきと》りになる。さて此方光右衛門《こなたみつえもん》は、二人《ふたり》を連《つ》れて中村《なかむら》の城下《じょうか》をあとに、いましも駒《こま》ケ峰《みね》のお関所手前《せきしょてまえ》にさしかゝる。片辺《かたえ》の茶店《ちゃみせ》に腰《こし》打ち掛《か》け、光「姐《ねえ》さん、茶《ちゃ》を一《ひと》つください」女「ハイ、いらっしゃいませ」と茶《ちゃ》を汲《く》んでもってくる。女「彼《あ》の貴君方《あなたがた》は、これより駒《こま》ケ峰《みね》をお越《こ》しなさるのでございましょう」光「ハイ〳〵」女「お関所《せきしょ》をお通《とお》りなされますのに、お切手《きって》をもっていらっしゃいますか」光「イヤ、そんなものはもっておりません」女「お関所《せきしょ》のとおり切手《きって》が無《な》ければお関所《せきしょ》はとおられませんよ」光「ヘエ、其《そ》れア何《ど》うもこまりますが、何《ど》うしたら宜《よろ》しゅうございます」女「わたしのほうにこのとおり切手《きって》を売《う》っております。それをもってお出《い》で成《な》さいましたら、仔細《しさい》なくとおられます」光「フーム、関所《せきしょ》のとおり切手《きって》を売捌《うりさば》くというのは、一体《たい》それはどういう事由《わけ》です」女「ハイ、それはこういう事由《わけ》でございます。此《この》お関所《せきしょ》のお役人《やくにん》馬場様《ばばさま》と岡村様《おかむらさま》のお二人《ふたり》が、御《ご》退屈《たいくつ》のときおり、この茶店《ちゃみせ》へおいでなさいまして店《みせ》にならべてある茹卵《うでたまご》や、果物《くだもの》のたぐいを、召《め》し喰《あが》ります。其入用《そのいりよう》に切手《きって》をこしらえ、通行人《つうこうにん》にこれをうって費用《ひよう》になさるのでございます」此事《このこと》を聞《き》いて光右衛門《みつえもん》は心《こころ》のうちに、光「ハヽアさては関守《せきもり》の役人《やくにん》が、自分《じぶん》らの鼻《はな》のしたの喰殿献立《くうでんこんりゅう》をするがために、切手《きって》をこしらえうるなぞとは不届至極《ふとどきしごく》、かようなことを此儘《このまま》に捨《す》てておくときは、此街道《このかいどう》を通行《つうこう》する人民《じんみん》が、如何程難儀《いかほどなんぎ》をするやら、あいわからん。以来《いらい》かゝることのなきように、関守役人《せきもりやくにん》どもをとり挫《ひし》いで呉《く》れん」と思召《おぼしめ》して、光「アヽ、姐《ねえ》さん、それでは切手《きって》を三枚《まい》と、山路《やまじ》をあるきますのに退屈《たいくつ》で有《あ》りますから、この卵《たまご》を十《とお》ください」と銭《ぜに》をはらって、左右《さゆう》の袂《たもと》へ茹卵《うでたまご》を五《いつ》つ宛《ずつ》いれて、駒ケ峰《こまみね》を指《さ》してドン〳〵とおあがりになり、漸々《ようよう》お関所《せきしょ》の御門《ごもん》の前《まえ》まできてみると、突棒《つくぼう》、刺股《さすまた》、袖搦《そでがら》みの三ツ道具《どうぐ》、玄関《げんかん》には相馬家《そうまけ》の定紋《じょうもん》のつきし幕《まく》を打張《うちは》り、弓矢《ゆみや》、鉄砲《てっぽう》を飾《かざ》りたて、イトも厳《おごそ》かなる構《かま》えをいたしております。そこへ主従《しゅじゅう》三名《めい》は、ツカツカッととおらんとするを関所役人《せきしょやくにん》は、役「コリャ〳〵百姓《しょう》ども、そのほうらはどこのもの、どこへゆくのじゃ」光「ハイ、吾々《われわれ》は常州《じょうしゅう》久慈郡西山村《くじごおりにしやまむら》のもので、奥州仙台《おうしゅうせんだい》のほうへまいるものでございます」役「シテ関所《せきしょ》のとおり切手《きって》を所持《しょじ》しているか」光「イエそれはもってはおりません」役「持《も》っておらねばとおることは罷《まか》りならぬ。貴様等《きさまら》このふもとをとおる時《とき》に、茶店《ちゃみせ》の女《おんな》になんにもきゝはせなかったか」光「ハイ、うけたまわりましたが、しかし吾々《われわれ》は道中《どうちゅう》で旅費《りょひ》につき、おおきに困難《こんなん》をいたしております。それゆえにとおり切手《きって》をもとめずに参《まい》りました。なにとぞ今度《こんど》のところはお役人様《やくにんさま》のおなさけにて、おとおしの程《ほど》を願《ねが》います」役「イヤ左様《さよう》な事《こと》は相成《あいな》らん。是非麓《ぜひふもと》へさがって切手《きって》を求《もと》めて参《まい》れ」光「ハイそれは実《じつ》にこまります。それではお役人様《やくにんさま》、こうしてくださいませんか。実《じつ》は吾々《われわれ》は旅稼《たびかせ》ぎの芸人《げいにん》でございます。此処《ここ》で何《なに》か一芸《げい》を御覧《ごらん》にいれますから、それでどうかとおしていただきとうぞんじます」役「フームそうか。シテ何《ど》ういうことをして見《み》せるか」光「ヘイ、私《わた》しは竹沢《たけざわ》広治《ひろじ》と云《い》う手品師《てじなし》でございます。道中《どうちゅう》で零《なぐ》れて、手品《てじな》の道具《どうぐ》もなにもかも、宿屋《やどや》へ宿料《しゅくりょう》の抵当《ていとう》にとられて仕舞《しま》いまして、なにもこれにはもっておりませんが、此処《ここ》に茹卵《うでたまご》が十《とお》ございます」と左右《さゆう》の袂《たもと》から卵《たまご》をお取《と》りだしになる。役「フム、シテ其卵《そのたまご》をどうするじゃ」光「これを皮《かわ》を剝《む》き塩《しお》をつけて、ムシャ〳〵と食《くっ》て仕舞《しま》いますのです」役「無言《だま》れッ。卵《たまご》の皮《かわ》を剝《む》いて塩《しお》をつけて喰《くっ》て仕舞《しま》うことは誰《た》れでもするのだ」光「サアそこです。その喰《た》べました卵《たまご》をパット口中《こうちゅう》へ種《たね》を一《ひと》つかよわしまするると素《もと》のとおりの卵《たまご》になってゞまするのでございます」役「フーム、これは面白《おもしろ》い。岡村氏《おかむらうじ》、退屈《たいくつ》まぎれに一《ひと》つさせてみようでござらぬか」岡「フムこれは一興《きょう》〳〵、然《しか》らばそこでやって見《み》せい」光「ヘイ、かしこまりました。囃子《はやし》の道具《どうぐ》もなにももっておりませんから、口囃子《くちばやし》で行《や》らしていたゞきます」岡「囃子《はやし》はあってもなくてもよい。はやく行《や》れ」光「それではどうぞ少々塩《しょうしょうしお》をいたゞきとう存《ぞん》じます」役「コリャ〳〵、手品《てじな》にするのに塩《しお》もなにもいらんではないか」光「イヤ〳〵、それでも塩《しお》をつけませんとあじがございません」役「ヨシ、それ塩《しお》をもってきてやれ」役「ハッ」と下役人《したやくにん》が、手塩皿《てしおざら》に塩《しお》をいれてもちきたる。此方《こちら》にひかえし助《すけ》八、格《かく》八の両人《りょうにん》は、たがいに目引《めひ》き、袖引《そでひき》して、クツ〳〵わらっている。二人「ハヽア、また御老《ごろう》公様《こうさま》は関守役人《せきもりやくにん》をお嬲《なぶ》りなさるのじゃ」と眺《なが》めている。光「それではお役人《やくにん》、はじめますから御覧《ごらん》を願《ねが》います。宜《よろ》しいか左右《さゆう》の手《て》を奇麗《きれい》にあらためます」と卵《たまご》をとってまえなる敷《しき》居《い》にコツッと打《あ》てゝ、爪《つめ》のさきで皮《かわ》を剥《む》き、塩《しお》をつけてムシャ〳〵と、二ツ三ツは召《め》し上《あが》ったが、なか〳〵この茹卵《うでたまご》は、そう沢山《たくさん》喰《た》べられんものでございますから、光「サア助《すけ》八、格《かく》八、このゝこりはお前方二人《まえがたふたり》で喰《た》べてしもうて呉《く》れ」役「コリャ〳〵、其方《そのほう》がする手品《てじな》を、外《ほか》のものに食《く》わしてはいけんじゃアないか」光「イエ〳〵、外《ほか》のものが食《た》べましても、同《おな》じように素《もと》のとおりに出《で》るのでございます」役「そうか、それは妙《みょう》じゃ。早《はや》く出《だ》して見《み》せい」光「エーエイ、テテンテン〳〵テンテン〳〵チャン〳〵チャン」と光《みつ》圀卿《くにきょう》は口三味線《くちさみせん》を、おはじめ成《な》され、光「サア口中《こうちゅう》へ種《たね》を一《ひと》つかよわせます。パッ、口中《こうちゅう》へ種《たね》を一《ひと》つかよわせます。パアッ、口中《こうちゅう》へ種《たね》を一《ひと》つかよわせます」パアッ、光「口中《こうちゅう》へ一《ひと》つう……」役「コリャ〳〵何遍口中《なんべんこうちゅう》へ種《たね》をかよわすのじゃ。はやくいださんか」光「なか〳〵腹部《ふくぶ》に這入《はい》りました卵《たまご》が、そう急《きゅう》にはでません。いまにでますから宜《よ》くお目《め》をとめて御覧《ごらん》のほどをねがいます」と真面目《まじめ》な顔《かお》して、妙《みょう》な手付《てつ》きで役人《やくにん》をお嬲《なぶ》りなされてござる。処《ところ》へ折《おり》しもあなたより、二三十名《めい》の供人《ともびと》を従《したが》え、相馬大膳亮殿《そうまだいぜんのすけどの》馬上《ばじょう》に打跨《うちまたが》り、水《み》戸黄門光圀卿《とこうもんみつくにきょう》をお迎《むか》えもうさんと、いそぎ駒《こま》ケ峰《みね》の関所《せきしょ》におかゝりになる。先払《さきはら》いの御《ご》家来一人《けらいひとり》、バラ〱ッとそこへ出《い》できたり、役「アイヤそれなる馬場氏《ばばうじ》、岡村氏《おかむらうじ》、只今《ただいま》この処《ところ》へ吾君様《わがきみさま》ごつうこうでござるぞ」聞《き》いて驚《おどろ》き馬場《ばば》、岡村《おかむら》は、二「コリャ〱手品《てじな》師《し》、卵《たまご》をだすのはあとで宜《よ》い。そのほうは、しばらく彼方《あなた》へ這入《はい》って居《お》れ」光「お役人《やくにん》、モウいまでます。イヨーッ、チャン〱〱チッヽンツン」役「宜《よ》い〱、あとでよいんだ」と、役人《やくにん》は、三人《にん》のものを隅《すみ》の方《ほう》へおいやって仕舞《しま》い、自分《じぶん》は玄関敷台《げんかんしきだい》におりて、両手《りょうて》をつかえてけいれいをして居《い》る。と、相馬大膳亮殿《そうまだいぜんのすけどの》は馬上《ばじょう》にあって、殿「コリャ馬《ば》場《ば》、岡村《おかむら》、日々《にちにち》の勤役《きんやく》、大儀《たいぎ》であるの」二人「ハッ」殿「只今此処《ただいまここ》へかよう〱の身装《みな》りをして、三名《めい》のお百姓《しょう》が、御通行《ごつうこう》はなかったか、どうじゃ」とお尋《たず》ねなさるを、馬場《ばば》、岡《おか》村《むら》の両人《りょうにん》は、たがいに目《め》と目《め》を見合《みあわ》し、変《へん》な顔《かお》をして居《い》ると、片隅《かたすみ》の方《ほう》に隠《かく》れておいでなさった光圀卿《みつくにきょう》は、ヒョイとむこうを御覧成《ごらんな》さると、見覚《みおぼ》えある長門守当時《ながとのかみとうじ》の相馬大膳亮《そうまだいぜんのすけ》でございますから、ヤレ懐《なつ》かしやと思召《おぼしめ》したか、ツカ〱ッと馬前《ばぜん》におすゝみいでにあいなり、光「ヤア、長門《ながと》か、まことに久《ひさ》しいのう」声掛《こえか》けられて大膳亮《だいぜんのすけ》は、馬上《ばじょう》より能《よ》く〱みれば、紛《まが》う方《かた》なき水府《すいふ》の御老公様《ごろうこうさま》であるからして、ハッとおどろき馬《うま》よりとびおり、殿

「ハヽッ」とそれへ平伏《へいふく》をしてござる。光「オヽ、長門《ながと》、よいところへきあわした。今予《いまよ》はこゝで面白《おもしろ》い手品《てじな》をしているところじゃ。よくみて呉《く》れエ」殿「ハッ、御老公様《ごろうこうさま》が手品《てじな》をなさるとは怪《け》しかりません。それは一体《たい》何《ど》ういうわけでございます」光「左《さ》ればその訳《わけ》はしか〴〵かよう〳〵である」とおおせられるを、聞《き》いて相馬大膳亮殿《そうまだいぜんのすけどの》は、烈火《れっか》の如《ごと》くのお憤《いきどお》り。殿「己《おの》れッ、水府《すいふ》の御老公《ごろうこう》に、手品《てじな》をさせて見《み》るとは、なんたることである。それ馬場《ばば》、岡村《おかむら》の両人《りょうにん》に縄打《なわう》てッ」光「アヽ、イヤ〳〵、長門《ながと》、まて、馬場岡村《ばばおかむら》とやらのしかたは重々宜敷《じゅうじゅうよろし》くない。さりながらべつに縄《なわ》をかけて咎《とが》めをもうしつける程《ほど》のことでもない。こうらい斯《かか》ることのない様《よう》に申《もう》し聞《き》かせて、こんどのところは許《ゆる》しつかわせ」殿「ハッ、コリャ馬場《ばば》、岡村《おかむら》、寛仁大度《かんじんたいど》のありがたきお言葉《ことば》をきいたか。此度《こんど》のところはゆるしつかわす。以来斯様《いらいかよう》なことはあいならんぞ」二人「ハヽッ」殿「御老公様《ごろうこうさま》には、何卒《どう》ぞ一《ひと》先《ま》ず中村城中《なかむらじょうちゅう》までお出《い》でのほどをねがわしくぞんじまする」光「イヤ〳〵折角《せっかく》の勧《すす》めじゃが、此度《こんど》はしのびのことゆえ、城中《じょうちゅう》へはまいらぬ。いずれかえりには立寄《たちよ》って、なにかと四方山《よもやま》の物語《ものがた》りをいたすであろう」殿「其《そ》れではしいてお止《と》めはもうしません。どうぞ御《ご》道中御尊体大切《どうちゅうごそんたいたいせつ》にあそばさせられまする様《よう》」光「オヽ、左《さ》らばで有《あ》る」と、こゝで一同《どう》にわかれて、相《あい》もかわらず二人《ふたり》を連《つ》れられ、御道中別《ごどうちゅうべつ》にかわりしお話《はな》しもなく、よう〳〵に此処《ここ》に奥州《おうしゅう》の岩沼迄《いわぬままで》お出《い》でに成《な》りましたは、ちょうど其日《そのひ》の黄昏《たそが》れ時《どき》。何処《どこ》か宿《やど》をとってとまりたいものじゃと、みると片側《かたわき》に出羽屋喜助《でわやきすけ》と云《い》う宿屋《やどや》がある。これへズイッと這入《はい》ってこられて、光「ヘイ頼《たの》みます」亭「ヘイ入《い》らっしゃい」光「何《ど》うぞ吾々《われわれ》三人《にん》今宵《こよい》一宿《しゅく》をねがいます」亭「ヘイ何《ど》うぞお宿《とま》りください。ソレお松《まつ》、洗足《すすぎ》のお湯《ゆ》くんでもって来《こ》い」女「ハイ」と下女《げじょ》は盥《たらい》に湯《ゆ》を汲《く》んでもってまいる。三名《めい》は足《あし》を洗《あら》って下女《げじょ》の案内《あんない》につれて、奥《おく》の一間《ひとま》へとおり、湯《ゆ》にもはいり、夕飯《ゆうはん》も済《す》まし、御道中《ごどうちゅう》のお疲《つか》れも出《で》たから、床《とこ》をしかしていますでに床《とこ》に入《い》らんとする折柄《おりから》、表《おもて》の方《かた》が、ワアーッワッというにわかの人《ひと》声《ごえ》。光「ハテなにごとやらん」と耳《みみ》を澄《す》ましてきいてござると、此界隈《このかいわい》の博徒《ばくと》と見《み》えて三四人《にん》、銘々《めいめい》に長刀《どす》を一本宛《ぼんず》つぶちこんで、今宿屋《いまやどや》の奥《おく》へ乱暴込《あばれこ》まんとするありさま。抑《そ》も此奴等《こやつら》は何者《なにもの》にして、如何《いか》なる訳《わけ》にて此出羽屋《このでわや》のうちへ乱暴込《あばれこ》んできたか、それは次席《じせき》においてお判《わか》りになります……。

◎悪漢藤蔵《あっかんとうぞう》を御戒《おいまし》め成《な》さる

茲《ここ》に此岩沼《このいわぬま》より、少《すこ》しはなれましたるところに、渡《わた》りと云《い》うところがあります。此処《ここ》に藤屋富右衛門《ふじやとみえもん》という砂糖屋《さとうや》がございまして、一人娘《ひとりむすめ》のお千代《ちよ》というのが此辺《このへん》で評判《ひょうばん》の美人《びじん》。ところが新浜《しんはま》に、大船乗《おおふねの》りの藤蔵《とうぞう》というものがあって此奴《こやつ》は年《ねん》が年中船博奕《ねんじゅうふなばくち》を打《う》って、二三十人《にん》の乾児《こぶん》もあり、このあたりでの憎《に》くまれものでございます。この藤蔵《とうぞう》がお千代《ちよ》に懸想《けそう》をして、折々藤屋《おりおりふじや》の店先《みせさき》へ砂糖《さとう》を買《か》いにきては、色文《いろぶみ》をつけたり、淫《いや》らしいことをいいかける。お千代《ちよ》は柳《やなぎ》に風《かぜ》と其場脱《そのばのが》れにうまくいっておりましたが、藤蔵《とうぞう》はそれをつけこみ、ますます〳〵いやなことをいい出《だ》すので、お千代《ちよ》はこのことを、父《ちち》の富右衛門《とみえもん》にはなしをしました。スルト富右衛門《とみえもん》は、富「コレは娘《むすめ》を家《いえ》においては、いまにどんなことがおこるかもしれぬ」と心配《しんぱい》していたが、丁度《ちょうど》さいわい仙台《せんだい》の御城下国分町《ごじょうかこくぶちょう》、大島屋利右衛門《おおしまやりえもん》と云《い》う、伊達家《だてけ》の御用達《ごようたつ》をしている大金持《おおがねも》ち、此家《ここ》より媒介人《なこうど》をもて藤屋《ふじや》の娘《むすめ》を嫁《よめ》にもらいたいというはなし。これさいわいと、早速良辰吉日《さっそくりょうしんきちじつ》を撰《えら》んで、大島屋利右衛門方《おおしまやりえもんかた》へ嫁《よめ》入《い》りをさせて仕舞《しま》いました。そのことをきいて大船乗《おおふねの》りの藤蔵《とうぞう》はおおきに怒《いか》り、藤「おのれよくもおれを馬鹿《ばか》にしやアがった、いまにおりもあったら、恋《こい》のかなわぬ意趣晴《いしゅばら》し、目《め》に物見《ものみ》せてくれん」と二六時中《じちゅう》に付《つ》け狙《ねら》っていた。処《ところ》へ或時大島屋利右衛門夫婦《あるときおおしまやりえもんふうふ》が、わたりの藤屋富右衛門方《ふじやとみえもんかた》へ、さとがえりにやってきた。一晩泊《ばんとま》ったその翌日都合《よくじつつごう》によって、昼前頃《ひるまえごろ》にわたりをたってかえってくる途中《とちゅう》、岩沼《いわぬま》の宿出羽屋喜助方《しゅくでわやきすけかた》へとまったのでございます。それを大船乗《おおふねの》りの藤蔵《とうぞう》がしって、乾児《こぶん》の久太《きゅうた》、大造《だいぞう》、五郎《ろう》八という三人《にん》をよんで、藤「ヤイ、手前等《てまえら》これから出羽屋方《でわやかた》へいって、大島屋利右衛門夫婦《おおしまやりえもんふうふ》がとまっている、其次《そのつぎ》のまにどんな客《きゃく》がいようが介意《かま》わ無《ね》エから、あけさせて仕舞《しま》え。そこへ俺《お》れが今夜乗《こんやの》り込《こ》んで行《い》って、夫婦《ふうふ》の奴等《やつら》が寝《ね》ていやアがるをフン縛《しば》り、簀巻《すま》きにして海《うみ》へほりこんで仕舞《しま》おう」三「へいようございます」と三人《にん》の乾児《こぶん》は長刀《どす》を打《う》ちこんで、出羽屋方《でわやかた》へ乗《の》りこんできて、三「ヤイ〱喜助《きすけ》はいるか」喜「ヤアこれは大船乗《おおふねの》りのお身内《みうち》の衆《しゅう》でございますか。サア何卒《どう》ぞおあがり……」三「オウ喜助《きすけ》、手前《てめ》エの方《ほう》に、今夜大島屋利右衛門夫婦《こんやおおしまやりえもんふうふ》が泊《とま》っているだろう」喜「ヘイお泊《とまり》になっております」三「その大島屋夫婦《おおしまやふうふ》の寝《ね》ている次《つぎ》の間《ま》に、どんな客《きゃく》が居様共介意無《いようともかまわね》エから、放《ほ》りだしてしまえッ。そこへいまに親分《おやぶん》がお出《い》でになるんだから、よいか、それを手前《てまえ》のほうで拒《こば》んで、出来《でき》るの出来《でき》ねエのとぬかしやがると、此家《このや》に火《ひ》をつけてやいて終《しま》うよ」喜「ヘッ、火《ひ》を附《つ》けてやかれちゃア堪《たま》りません。早々隣《そうそうとな》りの間《ま》に居《い》る客《きゃく》を脇《わき》へやってしまいます」三「宜《よ》し、じゃア酒肴《さけさかな》もチャンとこしらえておけ。シカといっておくよ」と其《その》まゝ表《おもて》へとびいだす。出羽屋喜助《でわやきすけ》はブル〳〵震《ふる》え出《だ》し、喜「是《こ》りゃア躊躇《ちゅうちょ》していたら、どんなことになるかもしれない」と案《あん》じ気《き》遣《づか》い、大島屋利右衛門夫婦《おおしまやりえもんふうふ》の泊《とま》って居《い》る次《つぎ》の間《ま》に、今夜《こんや》お泊《とま》りに成《な》った光右衛門主従《みつえもんしゅじゅう》三人《にん》の居《い》る座敷《ざしき》へやってきて、喜「ヘイ、御隠居様《ごいんきょさま》サゾお疲《つか》れでございましょうが、まことに何《ど》うもこんなことをいいまするは、お気《き》の毒《どく》ではございますが、どうぞ貴君方《あなたがた》三人《にん》は、二階座敷《かいざしき》と変《かわ》ってくださいませんか」光「吾々《われわれ》は、永《なが》の道中《どうちゅう》で疲《つか》れが出《で》て、今夜《こんや》は早《はや》く寝様《ねよう》と、折角《せっかく》このところへ蒲団《ふとん》をしいて貰《もら》い、今眠《いまねむ》りにつかんとするときに、かわってくれといわれてはまことにこまります」喜「其《そ》れは其《そ》うでございましょうが、どうしても此処《ここ》を明《あ》けて頂《いただ》かねば成《な》りません。トもうしまするは、ツイこのさきの新浜《しんはま》と云《い》う処《ところ》の海辺《うみべ》に居《お》ります大船乗《おおふねの》りの藤蔵《とうぞう》と云《い》う、博徒《ばくと》の親分《おやぶん》でございます、これが此界隈《このかいわい》で毛虫《けむし》の様《よう》に忌《い》やがられている、おそろしい悪徒《あくと》です、それがこのお前様方《まえさまがた》の寝《ね》ている座敷《ざしき》をあけさせいともうします。それをあけさせないと兎《と》や角《かく》いいますと、貴方方《あなたがた》はそれでようございますが、わたくしの方《ほう》では火《ひ》をつけて焼《や》かれて終《しま》いますから、どうぞ二階座敷《かいざしき》と換《かわ》っていたゞき度《と》うぞんじます」光「フームそうですか。それはどうもお困《こま》りじゃ。イヤよろしい、それでは二階座敷《かいざしき》と換《かわ》って進《あ》げましょう。サア助《すけ》八、格《かく》八、折角寝様《せっかくねよう》とおもっていたが、今《いま》聞《き》く通《とお》りの次第《しだい》じゃ。何《ど》うも仕方《しかた》がない。サア二階座敷《かいざしき》へかわることに仕様《しよう》」と手荷物《てにもつ》を提《さ》げて、いますでに其間《そのま》を出《で》て行《ゆ》こうと成《な》さるところへ、相《あい》の唐紙《ふすま》開《ひら》いて出《で》て来《き》た大島屋《おおしまや》利右衛門《りえもん》、利「モシお次《つ》ぎのまにお泊《とま》りになっております御隠居様《ごいんきょさま》、わたくしは仙台城下《せんだいじょうか》国分町《こくぶちょう》の大島屋利右衛門《おおしまやりえもん》と申《もう》す者《もの》でございます。今晩当家《こんばんとうけ》へ合宿《あいやど》をいたしました。貴君方《あなたがた》が二階座敷《かいざしき》へおかわりになりまするならば、何卒《どう》ぞ吾々《われわれ》も一緒《しょ》に連《つ》れて行《い》っていたゞきとうぞんじます」光「イヤ〱大島屋《おおしまや》さんとやら、貴君方御夫婦《あなたがたごふうふ》の間《ま》をあけさせエというのではありません。吾々《われわれ》のいるまが是非入用《ぜひにゅうよう》だということです」利「サア御隠居様《ごいんきょさま》、貴君《あなた》は何《な》にも御存《ごぞん》じはございませんが、実《じつ》はそのわけともうしまするは、斯様《かよう》〱しか〲、仍《よ》って吾々夫婦《われわれふうふ》の寝《ね》て居《い》る次《つぎ》の間《ま》へ来《き》って、乱暴《らんぼう》を働《はたら》こうというかれらの仕組《しく》みでございます。何卒《どう》か救《たす》けるとおもって一緒《しょ》につれていってお呉《く》れなさいませ」光「ハヽア、それで判《わか》りました。よろしい、マアお役《やく》にはたちますまいが、お力《ちから》になってあげましょう。サア此方《こなた》へ一緒《しょ》においでなさい」と大島屋利右衛門夫婦《おおしまやりえもんふうふ》を連《つ》れて、二階座敷《かいざしき》へとおあがりになる。しかるに大船乗《おおふねの》りの藤蔵《とうぞう》は、銀作《ぎんづく》りの長刀《どす》をうちこみ、乾児《こぶん》をつれて出羽屋方《でわやかた》へ歩って参《まい》り、藤「ヤイ〳〵喜助《きすけ》、最前乾児《さいぜんこぶん》を寄越《よこ》して、いいつけておいたとおりにして有《あ》るだろう」喜「ヘイ〳〵もうチャンと、となりにおりました客《きゃく》は、二階《かい》とかえさせておきました」藤「オウそうか、じゃア其間《そのま》へ案内《あんない》をしろ」喜「ヘイ宜敷《よろしゅ》うございます」とよう〳〵其間《そのま》へ案内《あんない》をする。藤「オウ喜助《きすけ》、はやく酒肴《さけさかな》をもって来《こ》い」喜「ヘイかしこまりました」とおい〳〵其処《そこ》へ酒肴《さけさかな》を運《はこ》ばす。ここで悪徒共《あくとども》は酒宴《しゅえん》をはじめ、酒酣《さけたけなわ》になって来《く》ると、大船乗《おおふねの》りの藤蔵《とうぞう》は、藤「ヤイ〳〵となりの間《ま》にねている大島屋《おおしまや》の女盗人《おんなどろぼう》奴《め》ッ。今夜《こんや》はてめエにいいぶんがあってきたんだ。サアこれへでろッ、ヤイ大島屋《おおしまや》の女盗人《おんなどろぼう》奴《め》ッ」と大《おお》声《ごえ》あげて怒鳴《どな》りつけているのに、となりのまでは膿《うん》だものがつぶれたともいいません。藤「ヤイこん畜生《ちくしょう》、狸寝《たぬきね》いりをしていやがるな。おれがこんなにいっているのが判《わか》ら無《ね》エことはあるめエ。ヤイわかい奴等《やつら》、介意《かまわ》ねエから隣《とな》りのまへいって寝《ね》ている蒲団《ふとん》のうえからフン縛《じば》って仕舞《しま》えッ」二「ヘイ合点《がってん》です、それゆけエッ」と手《て》ん手《で》に長刀《どす》を引提《ひっさ》げて、あいの唐紙《からかみ》パッと足《あし》にて蹴外《けはず》し、バラ〳〵ッと隣《とな》りのまに、踏《ふ》みこんでみると藻脱《もぬ》けの殻《から》か、寝床《ねどこ》ばかりが敷《し》いて有《あ》って本人《ほんにん》が居《お》りませんから、二「ヤア親分《おやぶん》、大島屋奴《おおしまやめ》ア風《かぜ》をくらってどこかへにげましたよ」藤「馬鹿《ばか》をいうな。此岩沼《このいわぬま》は俺《お》れの縄張《なわば》り地《ち》で、にげてゞないようにチャアンと諸方《しょほう》へ張《は》りがだしてある。どうして其中《そのなか》がにげられてたまるもんかい。何処《どこ》かにかくれているにちげエねエ。亭主《ていしゅ》の喜助《きすけ》をよべッ」二「ヘイ〳〵、ヤイ〳〵喜助《きすけ》」喜「ヘイ親分様《おやぶんさま》、なにか御用《ごよう》ですか」藤「ヤイ手前《てめ》エは俺《お》れをばかにしやあがったな」喜「どうしまして、なか〳〵貴君《あなた》を馬鹿《ばか》にするようなことアございません」藤「コラ、最前乾児《さいぜんこぶん》にいいつけて、大島屋夫婦《おおしまやふうふ》のとまっている隣《とな》りのまの客《きゃく》を脇《わき》へほりだし、俺《お》れが今夜此処《こんやここ》へのりこんできたのは、彼等夫婦《かれらふうふ》にいいぶんがあるからだ。サアその大島屋《おおしまや》夫婦《ふうふ》を手前《てめ》エどこへかくしやがった」喜「滅想《めっそう》な、どういたしまして。大島屋夫婦《おおしまやふうふ》のしゅうをわたくしがゝくしそうなことはございません」藤「ヤイ、てめエがゝくさ無《ね》エのに、大島屋夫婦《おおしまやふうふ》がこゝにいぬと云《い》うのは何《ど》うしたんだ」喜「ヘエー、イヤ大抵判《たいていわか》りました。これは此隣《このとな》りのまにいた三人連《にんづ》れの百姓《しょう》が、二階《かい》へ上《あが》るときに大島屋夫婦《おおしまやふうふ》を連《つ》れて上《あが》ったに違《ちが》いございません。よろしい、私《わたく》しがこれから二階《かい》へいって見届《みとど》けましたら、いましたらすぐに大島屋夫婦《おおしまやふうふ》をこゝへつれてきます」藤「フム、はやくしろッ」喜「ヘイ」と亭主《ていしゅ》の喜《き》助《すけ》は、二階《かい》にあがって唐紙開《からかみひら》いてうちをのぞいてみると、御隠居《ごいんきょ》は寝《ね》もやらず、パクリ〳〵と煙草《たばこ》をくゆらしている。喜「モシ御隠居《ごいんきょ》、いまおまえさんが二階《かい》へお上《あが》りなさるときに、万一《もし》や隣《とな》りのまにいなすった大島屋御夫婦《おおしまやごふうふ》が、一緒《しょ》におあがりなさりゃアしなかったか」光「ハイ〳〵私《わた》しが二階《かい》へあがろうとするときに、左右《さゆう》の腰《こし》へ男女《だんじょ》のねつけがついてきました」喜「オイ〳〵御隠居《ごいんきょ》、おまえさんがそんなことをしなさるから、いましたは大変《たいへん》なさわぎだ。サアその大島屋御夫婦《おおしまやごふうふ》をこれへだしなさい」光「イヤ滅《めっ》たにだしません。窮鳥懐中《きゅうちょうふところ》にいるときは、猟夫《りょうし》もこれをとらずとかもうしまして猟夫《りょうし》は鳥《とり》を射《う》つのを商売《しょうばい》にしていましても、懐中《ふところ》にはいった鳥《とり》はかならず逃《に》がして遣《や》ります。マシテいわんや人間《にんげん》が、どうぞ助《たす》けてくれといわれた以上《いじょう》は、どうしてこれが捨《す》てゝおかれましょう。仍《よ》ってわたしは何処《どこ》までも助《たす》けますのじゃ」喜「オイ御隠居《ごいんきょ》、おまえそういう強情《ごうじょう》なことをいうと、いまにこゝへ大船乗《おおふねの》りの藤蔵親分《とうぞうおやぶん》があがってきて、どんなことを成《な》さるかしれねエよ」光「イヤ大船《おおふね》であろうが、海嘯《つなみ》がこようと、そんなことにビクともするものじゃ無《な》い。仍《よ》って言《い》い分《ぶん》があるなら、いつでも私《わた》しが対手《あいて》になるのじゃ」喜「オイ隠居《いんきょ》、じゃア親分《おやぶん》にそう云《い》うよ」と喜助《きすけ》はしたへおりてきて、大船乗《おおふねの》りの藤蔵《とうぞう》へしか〴〵斯様《かよう》〳〵という。藤「なんだ、生意気《なまいき》なことを吐《ぬか》しアがる。ヨシッいまに其奴《そいつ》らも、ともに目《め》に物見《ものみ》せてやる。ヤイ若《わか》い奴等《やつら》、手前達《てめえたち》ア二階《かい》へあがってその百姓《しょう》の梅干老爺《うめぼしおやじ》を、引磨《ひきず》りおろせ」三「エイ、ようございます」と三人《にん》の乾児《こぶん》は、段梯子《だんばしご》を足音荒《あしおとあら》く、ドン〳〵〳〵あがってくるようすを、きいてござった光右衛門《みつえもん》は、光「サア助《すけ》八、格《かく》八、いよ〳〵悪徒《あくと》どもが乱暴《らんぼう》をはたらくに違《ちが》いない。またお前方二人御苦労《まえがたふたりごくろう》だが一《ひと》はたらきしてもらわねばならん」二「ハイ宜敷《よろしゅ》うございまする」と助《すけ》八、格《かく》八の両人《りょうにん》は、サアこいきたれとまちうけているところへ、パッと襖《ふすま》を蹴外《けはず》し、三「ヤイ土《ど》百姓《しょう》、手前《てめ》エらはおれらの親分《おやぶん》が、いいぶんのある大島屋夫婦《おおしまやふうふ》の奴等《やつら》を隠《かく》しやがって、だすの出《だ》さねエのとぬかしアがるそうだが、それじゃア手前《てめ》エのために宜《よ》くねエぞ。サア文句《もんく》をいわずに此処《ここ》へ出《だ》せ」光「イヤなんとお前方《まえがた》が云《いわ》っしゃっても、此爺《このじじ》がひきうけたからには滅多《めった》にだしませんのじゃ」三「エーイッこの渋紙老爺奴《しぶかみおやじめ》ッ、ださなけアうぬからさきにこうしてくれるッ」と手早《てばや》く長刀《どす》を引《ひき》抜《ぬ》き、△「ヤアッ」とばかりに真向《まっこ》うより、斬《き》りおろしてきた奴《や》つを、ヒラリッと交《かわ》された光右衛門《みつえもん》、空《くう》を討《う》たしておいて、グイッと利腕《ききうで》を引摑《ひっつか》まえ、年《とし》こそとっていられても、御幼年《ごようねん》のころより、文武両道《ぶんぶりょうどう》に御鍛練成《ごたんれんな》されし御老公《ごろうこう》が、お摑《つか》みなされたのであるから、余程堪《よほどこた》えたものとみえて、△「アヽ痛《いて》エ〱ッ、兄弟《きょうだい》かゝってくれッ」残《のこ》りの二人《ふたり》の悪徒《あくと》は、二「此糞《このくそ》百姓奴《しょうめ》ッ、なにをしやがる」とおなじく長刀《どす》の鞘《さや》をはらって、二「ヤアッ」とばかりに斬《き》ってかゝるを、茲《ここ》なんめりと助《すけ》八、格《かく》八は、白刀《しらは》のしたをかい潜《くぐ》り、パッと手元《てもと》へとびこむがいなや、腕首《うでくび》取って肩口《かたぐち》に担《かつ》ぎ、衣冠《きぬかつ》ぎにして、ズン転倒《でんどう》と其《そ》れへ投《な》げつけた。起《お》きあがらんとするところを襟首《えりくび》とって三人共《にんとも》そこへ引据《ひきす》えた。押《おさ》えられたる悪《あく》徒共《ども》は、三「ヤア親分《おやぶん》、きてくださいッ」と声《こえ》を掛《か》けられた大船乗《おおふねの》りの藤蔵《とうぞう》は南無《なむ》三仕損《しそん》じたかと、そこにあったる長刀押取《どすおっと》り、ドン〱〱ソレと段梯子《だんばしご》を駆《か》けあがってくると、三人《にん》の乾児《こぶん》は引押《ひきおさ》えられ、今後《いまうし》ろ手《て》に縛《しば》られんとしている。これを眺《なが》めた大船乗《おおふねの》りの藤蔵《とうぞう》は、藤「ウヌッ」といいさま抜《ぬ》き討ちに、ドット斬《き》りこんできた奴《や》つを助《すけ》八は、ヒラリッと体《たい》をかわしておいて、突然《いきな》り襟首《えりくび》に手《て》が掛《かか》ったかと思《おも》うと、これ又同《またおな》じくそこへ、ズドーンと許《ばか》りに投《な》げ付《つ》け、起《お》きあがらんとするところを膝《ひざ》の下《した》にと引据《ひきす》え、遂々《とうとう》四人乍《にんなが》ら引括《ひきくく》ってお仕舞《しま》いなされた。藤「ヤイ〱土《ど》百姓《しょう》、手前《てめ》エ等《ら》は俺《お》れを縛《しば》って何《ど》うしやアがるんだ」光「マア〱矢釜敷《やかまし》いことはいわんでも宜《よ》いわい。夜《よ》のあけるまでまったらわかる。その夜明《よあ》け迄《まで》ジッと斯《こ》うしてもおられぬ。アノ御当家《ごとうけ》の御主人《ごしゅじん》、大船乗《おおふねの》りの親分《おやぶん》が、したで飲《の》み食《く》いをしていた酒肴《さけさかな》の残物《ざんぶつ》がありましょう。それを此処《ここ》へもって来《き》てください。朝《あさ》まで此処《ここ》で一杯《ぱい》飲《や》りましょう」と酒肴《さけさかな》を二階《かい》へ持《も》ってあがらせ、光「サア大島屋《おおしまや》の御夫婦《ごふうふ》、お前《まえ》さん方《がた》はこゝへきて、ともに一杯《ぱい》お飲《や》んなさい」利「ハイ有《あ》り難《がと》うございます」光「大船乗《おおふねの》りの親分《おやぶん》、大《おお》きに御馳走様《ごちそうさま》、残物頂戴致《ざんぶつちょうだいいた》しまする」藤「此奴《こやつ》ツ等《ら》、俺《おれ》があつらえた酒肴《さけさかな》を、勝手《かって》に飲《の》んでいやアがる。人《ひと》を馬鹿《ばか》にしやアがる」と歯噛《はが》みをならしていても、身《み》は縛《いまし》められているから、どうすることも出来《でき》ません。彼是《かれこれ》するうちに、早《はや》や鶏鳴《けいめい》の東白《しのの》めとなる。スルト光右衛門《みつえもん》の御隠居《ごいんきょ》は、光「アノ御亭主《ごていしゅ》、剃刀《かみそり》と砥石《といし》を貸《か》してくださらんか」喜「御隠居《ごいんきょ》、なにゝなさいますんです」光「ハイ此《この》四人《にん》の片鬢《かたびん》を剃《そ》りおとしますのじゃ」是《こ》れをきいて藤蔵始《とうぞうはじ》め乾児《こぶん》の奴等《やつら》は、四「片鬢《かたびん》を剃《そ》りおとされてたまるもんか。ヤイ老爺《おやじ》、どうかそんなことをしないでたすけてくれ」光「イヤ〳〵お前等《まえら》はこのまゝにたすけておいたところで、迚《とて》も改心《かいしん》する人間《にんげん》じゃ無《な》い。よって片鬢《かたびん》を剃《そ》りおとし、此宿《このしゅく》はずれの、小川《おがわ》の地蔵堂《じぞうどう》のまえに、珠数繋《じゅずつな》ぎにして晒者《さらしもの》にするのじゃ」と剃刀《かみそり》をあわし、光「サア四人《にん》の奴等《やつら》、片鬢《かたびん》をそってやる」と顔《かお》を顰《しか》めている奴《や》つを、とう〳〵四人《にん》ともに片鬢《かたびん》を剃《そ》り落《おと》してお仕舞《しま》い成《な》さる。光「御亭主《ごていしゅ》、この二階《かい》の押《お》し入《い》れの戸《と》を一枚《まい》借《か》りますよ」喜「御隠居《ごいんきょ》、其《そ》れア何《なに》に成《な》さいます」光「この四人《にん》のもの丶罪状《ざいじょう》を書《か》きますのじゃ」喜「串戯《じょうだん》じゃアございません。ツイこのあいだあつらえた戸《と》へ、罪状書《ざいじょうか》かれちゃたまりません」光「イヤ〱、お前《まえ》さんところへも、こんなものを泊《と》めたのが不運《ふうん》じゃと諦《あきら》めなさい」と硯《すずり》をとりよせ、筆《ふで》とって、お認《したた》めになりました。その罪状《ざいじょう》の文意《ぶんい》は、

一此者共儀《このものどもぎ》、身持《みも》ち宜《よろ》しからざるに付《つき》、天罰《てんばつ》を加《くわ》え梟首《きょうしゅ》せしむるものなり

年《ねん》　月《がつ》　日《び》

水《すい》　隠《いん》　梅《ばい》　里《り》

伊《だ》　達《て》　安《あ》　房《わ》　へ

と筆太《ふでふと》にお書《か》きになりまして、光「サア御亭主《ごていしゅ》、これをおまえさんところの表口《おもてぐち》へたて丶おきなさい。そうすると夜《よ》があけたら、このことが地頭《じとう》へ聞《きこ》える。役人《やくにん》が是《こ》れへかならず出張《しゅっちょう》するにちがいない。そのときこれを役人《やくにん》に見《み》せるのじゃ。スルトこの戸《と》を三拝《ばい》九拝《はい》して押《おし》いたゞくのじゃ」喜「誰《だ》れがこんな罪状《ざいじょう》書《が》きをみて押頂《おしいただ》く奴《や》つがありますか」光「イヤ〱、其《そ》うで無《な》い。屹度《きっと》三拝《ばい》九拝《はい》するにちがいない。サア大島屋御夫婦《おおしまやごふうふ》、ボツ〱

出掛《でか》けましょう」と四人《にん》の奴《やつ》を珠数繋《じゅずつな》ぎにして、こゝを御出立《ごしゅったつ》となり、大島屋利右衛門《おおしまやりえもん》とともに、四人《にん》をつれ、宿外《しゅくはず》れの地蔵堂《じぞうどう》へ梟《さら》しものにしておいて、仙台《せんだい》の御城下《ごじょうか》へお乗込《のりこ》みとあいなる一段《だん》……。

◎仙台青葉山城《せんだいあおばやまじょう》へ御登城《ごとじょう》

扨夜《さてよ》があけますると、岩沼《いわぬま》の宿《しゅく》はうえをしたへと大騒動《おおそうどう》、はやくもこのことが代官池田《だいかんいけだ》隣之丞《りんのじょう》の邸《やしき》へ訴《うった》えた者《もの》が有《あ》りますからして、代「コハ容易《ようい》ならんこと」と手先《てさき》をひきつれ池田隣之丞《いけだりんのじょう》は、岩沼宿出羽屋喜助《いわぬましゅくでわやきすけ》の宅《たく》へかけつけきたり。代「コリャ亭主《ていしゅ》は居《お》るか」喜「コレハお代官様《だいかんさま》、御出役御苦労《ごしゅつやくごくろう》にぞんじます」代「そのほう宅《たく》へ昨夜泊《さくやとま》りし三名《めい》の百姓《しょう》が、しか〴〵かよう〳〵なことうったえたものがある。シテそいつ等《ら》はいずれへ参《まい》った」喜「ハイ今朝方《けさがた》大船《おおふね》乗《の》りの藤蔵《とうぞう》、以下都合《いかつごう》四人《にん》のものゝ片鬢《かたびん》を剃《そ》り落《おと》し、珠数繋《じゅずつな》ぎにして、このさきの小川地蔵堂《おがわじぞうどう》へ梟《さら》しものにいたしおき、そうして大島屋利右衛門夫婦《おおしまやりえもんふうふ》とゝもに、仙台御城下《せんだいごじょうか》の方《ほう》へ参《まい》りましてございます。その行《ゆ》き掛《が》けに、私《わたし》方《かた》二階《かい》の押《お》し入《い》れの戸《と》に罪状書《ざいじょうがき》を認《したた》め、お役人方《やくにんがた》が御出役《ごしゅつやく》になったら、是書《これ》を見《み》せよと申《もう》しました。どうか御覧《ごらん》くださいませエ」と差出《さしいだ》すを、池田隣之丞《いけだりんのじょう》は如何《いか》なることがゝいて有《あ》るかと、両手《りょうて》を以《もっ》て戸《と》を引寄《ひきよ》せてよく〳〵見《み》ると、伊達安房《だてあわ》へ、水隠梅里《すいいんばいり》と達筆《たっぴつ》に認《したた》めてあるのをみて大《おおい》におどろき、代「水隠梅里《すいいんばいり》と申《もう》さるゝは、正《まさ》しく水府黄門光圀卿《すいふこうもんみつくにきょう》に相違《そうい》ない」と戸《と》をとって、代「ハヽアッハヽアッハヽアッ」と三拝《ばい》九拝《はい》をしていたゞいておりまするを、出羽屋《でわや》喜助《きすけ》は、喜「フーム成程《なるほど》、三拝《ばい》九拝《はい》した。これは妙《みょう》じゃ」代「亭主《ていしゅ》、此戸《このと》は欠所《けっしょ》としておかみへお取《と》り上《あ》げになるから、左様心得《さようこころえ》い」喜「アッ、わやじゃ、押入《おしい》れの戸《と》は片輪《かたわ》に成《な》って仕舞《しま》った」代官池田隣之丞《だいかんいけだりんのじょう》は、戸《と》を手先《てさ》きのものにもたせて、そのまゝそこを引揚《ひきあ》げる。扨《さ》てもこなたの光右衛門主従《みつえもんしゅじゅう》三名《めい》は、大島屋利右衛門夫婦《おおしまやりえもんふうふ》とゝもに、仙台《せんだい》の御城下国《ごじょうかこく》分町《ぶちょう》へお出《い》でになりました。スルト大島屋利右衛門《おおしまやりえもん》は、利「時《とき》に御隠居《ごいんきょ》、貴君方《あなたがた》お三人《にん》は何処《どこ》かで宿《やど》をお取《と》りなさるのでございましょう。それなれば私《わたく》しがよき宿《やど》へお差《さ》し宿《やど》をいたします」光「イヤ〳〵吾々《われわれ》はお前《まえ》さんのお宅《たく》で泊《と》めて貰《もら》う心算《つもり》で来《き》ましたのじゃ」利「滅想《めっそう》な。夫《そ》れは吾々夫婦《われわれふうふ》の命《いのち》の無《な》い処《ところ》をお助《たす》け下《くだ》されたのですから、お宿《やど》をするのが当《とう》然《ぜん》でございまするが、併《しか》し上役人《かみやくにん》でもないのに四人《にん》の悪徒《あくと》を召捕《めしと》り、片鬢《かたびん》を落《おと》して、梟《さら》しものになさるようなお方《かた》を、わたくしほうへお泊《と》めもうしたら、何《ど》んなお咎《とが》めをこうむるやも知《し》れません。恩《おん》は恩《おん》で報《ほう》じますから、何卒《どうぞ》宿屋《やどや》でお泊《とま》りくださりませ」光「もし大《おお》島屋《しまや》さん、お前《まえ》さんはどうも不人情《ふにんじょう》な人《ひと》じゃな。自分等《じぶんら》の難儀《なんぎ》なときは人《ひと》に頼《たの》んでおいて、其恩人《そのおんじん》をとめんというのはなにごとでございます」利「サアそういわれますと、実《じつ》にわたくしは辛《つろ》うございます」光「此光右衛門《このみつえもん》は偏屈者《へんくつもの》です。お前《まえ》さんのようにそういうことをいわれますと、意地《いじ》からでもとまりたい。ナア助《すけ》八、格《かく》八、そうじゃないか」二「へイ其《そ》れはモウ御隠居《ごいんきょ》、貴方《あなた》の仰《おっしゃ》るところが御道理《ごどうり》です。ナアニ介意《かまい》ません是《これ》から大島屋《おおしまや》の旦那《だんな》のあとへついて行《い》って泊《とま》れば、なにも仔細《しさい》はございません。サア〱お出《い》で成《な》さい」大島屋利右衛門《おおしまやりえもん》も、殆《ほと》んどこれには困《こま》って仕舞《しま》ったが何《ど》うも仕方《しかた》がない。よう〱自《じ》分《ぶん》のいえへかえって来《く》る。スルト何《なに》しろ六十有余万石《ゆうよまんごく》、仙台侯《せんだいこう》のお金御用達《かねごようたつ》をしておりますから、なか〱立派《りっぱ》な家構《いえがま》え。店《みせ》の番頭《ばんとう》、小僧《こぞう》、手代《てだい》がおむかえに出《で》まして、皆「ヘイ旦那様《だんなさま》お帰《かえ》り、ヘイ御新造様《ごしんぞうさま》、お帰《かえ》り〱……」と皆々《みなみな》それへ出《で》て挨拶《あいさつ》をする。利右衛門《りえもん》夫婦《ふうふ》は中庭《なかにわ》のところより上《あが》って、奥《おく》へとおってゆく。そのあとより色《いろ》の黒《くろ》い豆狸《まめだぬき》の様《よう》な顔《かお》をした光右衛門主従《みつえもんしゅじゅう》三名《めい》は、おなじく中庭《なかにわ》の沓脱《くつぬ》ぎ石《いし》の処《ところ》へ草鞋《わらじ》を脱《ぬ》ぐとうえへあがってゆこうとするのを見《み》て番頭《ばんとう》は、番「モシ旦那様《だんなさま》、貴方《あなた》のうしろから参《まい》りました彼《あ》の百姓《しょう》三人《にん》は、彼《あ》りゃア何《なん》です」利「番頭《ばんとう》、その人達《ひちた》ちにはこまっておるのじゃ。じつはこう〳〵云々《しかじか》」と前夜以来《ぜんやいらい》のしまつを一伍一什《いちぶしじゅう》と物語《ものがた》る。番「ヘエー、そうでございますか。いかに御恩人《ごおんじん》とは云《い》いながら、あんなきたない人《ひと》を此座敷《このざしき》へもとおされませんよって、店《みせ》のまの、行燈入《あんどんい》れへとおして今夜寝《こんやね》させましたら何《ど》うでございます」利「フム、其処《そこ》はお前《まえ》にまかすから、よきようにしてください」番「ヘイ宜敷《よろしゅ》うございます。もし〳〵お前《まえ》さん方《かた》は此方《こなた》へお出《い》でなさいませ」と行燈部屋《あんどんべや》へつれてきて、番「エー今夜《こんや》は此間《このま》で寝《やす》んでください」光右衛門《みつえもん》の御隠居《ごいんきょ》は、是《こ》れを眺《なが》めて、光「モシおまえさんが御当家《ごとうけ》の御支配人《ごしはいにん》ですか」番「ヘイ、そうです」光「イヤ何《なに》ですか、伊達家《だてけ》のお金御用達《かねごようたつ》をしてござる仙台《せんだい》一の金満家《きんまんか》、大島屋《おおしまや》さんともいわれるお家《いえ》が、命《いのち》の恩人《おんじん》をいれるのに、こんな油臭《あぶらくさ》い、湿気臭《しっけくさ》い行燈部屋《あんどんべや》より外《ほか》に寝《ね》るところはないのですか」番「ナアニ外《ほか》には間《ま》はいくまもあります。ことに此奥《このおく》には三十有余畳《ゆうよじょう》敷《し》ける大広間《おおひろま》、襖《ふすま》、或《あるい》はお床《とこ》の間《ま》に飾《かざ》ってあるお道具《どうぐ》一切《さい》、なにもかも竹《たけ》に雀《すずめ》の御紋散《ごもんちら》し、こゝの裏手《うらて》にお成《な》り門《もん》というのがあって当仙台《とうせんだい》の太《たい》守《しゅ》、伊達中将綱村卿《だてちゅうじょうつなむらきょう》が、月《つき》に両《りょう》三度《ど》おなりなさる御殿《ごてん》であります」光「フヽムなんといわれます。此奥《このおく》にある三十余畳《よじょう》の大広間《おおひろま》は、中将綱村殿《ちゅうじょうつなむらどの》がまいられる御殿《ごてん》であるか、それはどうも結構《けっこう》〱。サア助《すけ》八、格《かく》八、何《なに》も遠慮《えんりょ》は入用《いら》ぬ。おなじとめて貰《もら》うなら美麗《きれい》な座敷《ざしき》で寝《ね》さしてもらう。サア〱ゆこう」と三人《にん》が、勝手《かって》も判《わか》らんのに無暗《むやみ》に奥《おく》へ這入《はい》ってきて、彼方此方《あなたこなた》とあるきまわりとう〱三十有余畳《ゆうよじょう》、伊達中将綱村卿《だてちゅうじょうつなむらきょう》お成《な》りの間《ま》へとおってしまった。イヤ只番頭《ただばんとう》はおどろいたのおどろかないのじゃございませぬ。番「モシ旦那《だんな》様《さま》、三人《にん》の百姓《しょう》は伊達《だて》の太守様《たいしゅさま》の、おなり御殿《ごてん》へ通《とお》りました」利「どうも番頭《ばんとう》、よわってしまった。命《いのち》の恩人《おんじん》だからほりだすという訳《わけ》にもゆかん。何《ど》うも仕方《しかた》がない。なんだか彼《あ》の百姓《しょう》は訳《わけ》のわからん妙変手古《みょうへんてこ》な人達《ひちた》ちだ。マア〱今夜《こんや》はそのまゝにすてゝおけエ」と湯《ゆ》にも入《い》れ御飯《ごはん》も喰《た》べさせ、其夜《そのよ》は寝《ね》て翌朝夜《よくちょうよ》があけると、岩沼《いわぬま》の代官池田隣之丞《だいかんいけだりんのじょう》は早馬《はやうま》にて、国分町大島屋利右衛門《こくぶちょうおおしまやりえもん》のおもて口《ぐち》に駆《か》けつけたり。代「コレ大島屋利右衛《おおしまやりえもん》、其方夫《そのほうふう》婦《ふ》は先夜岩沼《せんやいわぬま》の宿《しゅく》、出羽屋喜助方《でわやきすけかた》へとまりしさい、かよう〱しかぐ〱なことがあったか」利「ヘイございました」代「シテその御《ご》三名《めい》のお百姓《しょう》はどうせられた」利「ヘイ、そのものでモウ夜前《やぶん》から腹《はら》をいためております。その身上役人《みかみやくにん》でないのに、四名《めい》のものゝ片《かた》鬢《びん》を剃《そ》って梟《さら》しものにするとは余《あま》りのこと。そこでわたくしほうに宿《やど》をいたし、後日《ごじつ》どの様《よう》な迷惑《めいわく》に成《な》ろうも知《し》れぬと思《おも》いましたによって、他《た》へ差宿《さしやど》をすると申《もう》しまするに、いのちの恩人《おんじん》をとめんと云《い》うのは不人情《ふにんじょう》で有《あ》ると、無理《むり》に吾々《われわれ》夫婦《ふうふ》に付《つ》いて参《まい》りました。そこで手前《てま》エ方《かた》の番頭《ばんとう》が、行燈部屋《あんどんべや》へ入《い》れました。其《そ》うすると仙台《せんだい》一の金満家《きんまんか》の家《いえ》に、恩人《おんじん》をいれるのにこんなところよりないのかともうしましたによって番頭《ばんとう》が、大守様《たいしゅさま》のおなり御《ご》殿《てん》が有《あ》ると云《い》いまするると、それは結構《けっこう》〳〵、中将綱村殿《ちゅうじょうつなむらどの》のおなり御殿《ごてん》があるか、それならばなにも遠慮《えんりょ》の不用《いら》んことじゃと申《もう》して、遂々其《とうとうその》お成《な》りの間《ま》へ通《とお》りましたのには、ほとんど迷惑《めいわく》をいたしております」代「フムそうか、左《さ》もあらん〳〵、それはそう無《な》くてはならん」利「何《なに》が左《さ》もあらんでございます」代「何《なん》でも宜《よ》い、後《あと》で相判《あいわか》ることじゃ。就《つ》いてはいまに大守綱村卿《たいしゅつなむらきょう》、わたりの楯主伊達安房殿《たてしゅだてあわどの》がお供《とも》をして、その御隠居様《ごいんきょさま》に御対面《ごたいめん》においでになるから、不都合《ふつごう》のなきよう大切《たいせつ》にいたせ。確《しか》といいつけるぞ」と馬《うま》をはやめてドン〳〵と駆《か》けつけ行《ゆ》く。後《あと》に大島屋利右衛門《おおしまやりえもん》は、利「番頭《ばんとう》、奥《おく》の老爺《おやじ》は一体《たい》なんじゃ」番「サア、なんだか訳《わけ》の判《わか》らん人物《じんぶつ》でございます」と、主従《しゅじゅう》が不審《ふしん》をたてゝいる。さて伊《だ》達《て》中将綱村卿《ちゅうじょうつなむらきょう》は、御幼名《ごようみょう》を亀千代丸《かめちよまる》と申《もう》して、お年《とし》十三才《さい》のときに、御家督御相続《ごかとくごそうぞく》をあそばしたお方《かた》でございます。すでに仙台《せんだい》お家騒動《いえそうどう》のさい六十有余万石《ゆうよまんごく》のお高《たか》に傷《きず》のつかんとするを、黄門光圀卿《こうもんみつくにきょう》が天下《てんか》の副将軍《ふくしょうぐん》で在《い》らせられたるときに、伊達家《だてけ》の為《た》めにおおいにお力《ちから》をつくされたがゆえに、お禄高《ろくだか》に少《すこ》しも傷《きず》がつかなかったのでございます。よって中将《ちゅうじょう》綱村卿《つなむらきょう》には、水戸黄門光圀卿《みとこうもんみつくにきょう》に御恩《ごおん》がありますからして、是非青葉山城《ぜひあおばやまじょう》へおむかえをもうしあげて、充分《じゅうぶん》なるお待遇《もてなし》をせねばならんと、お馬《うま》に召《め》され御一門亘理《ごもんわたり》の楯主《たてしゅ》三万石《まんごく》、伊達安房《だてあわ》をお供《とも》にしたがえ、駒《こま》を早《はや》めてよう〱国分町《こくぶちょう》の、大島屋利右衛門《おおしまやりえもん》の表口迄《おもてぐちまで》おのりつけになり、ヒラリとお馬《うま》からお飛《と》び下《お》りに成《な》る。スルトおともの御家来《ごけらい》は、バラ〱ッと内《うち》へはいってまいり、供「コリャ〱大島屋利右衛門《おおしまやりえもん》は居《い》るか」店《みせ》におったる番頭《ばんとう》は、伊達《だて》の太守綱村卿《たいしゅつなむらきょう》のおなりと見《み》て、吃驚《びっくり》いたしそのまま奥《おく》へ参《まい》ってこのことを云《い》う。利右衛門《りえもん》は早速袴《さっそくはかま》、羽織《はおり》を着《つ》けて中庭《なかにわ》お玄関口《げんかんぐち》へまいり、手《て》をつかえて平伏《へいふく》していると、伊達安房《だてあわ》が、安「コリャ利右衛門《りえもん》、その方宅《ほうたく》に常州久慈郡西山村《じょうしゅうくじごおりにしやまむら》の光右衛門《みつえもん》とおおせられたる御老体《ごろうたい》が、お泊《とま》りになって在《い》らせられるであろう」利「ヘイ、左様《さよう》でございます」安「その御老体《ごろうたい》にこれに在《い》らせられる太守綱村卿《たいしゅつなむらきょう》、又《また》はかくもうす伊達安房《だてあわ》、お目通《めどお》りいたしたく推参《すいさん》におよんだ。このよしをもうしあげエ」利右衛門《りえもん》は変《へん》な顔《かお》をして、利「高《たか》の知《し》れたる百姓《しょう》に、太守様《たいしゅさま》や貴方《あなた》がお目《め》どおりとはなにごとでございます」安「エイ何《なん》でも宜《よ》い。そうもうしたらわかるのじゃ。はやくゆけエ」利「ヘッ」と利右衛門《りえもん》は、三十有余畳《ゆうよじょう》のおなりの間《ま》にきたってみると、御隠居光右衛門《ごいんきょみつえもん》は、床《とこ》の間《ま》にあったる碁盤《ごばん》をとりいださせ、渥美格之丞《あつみかくのじょう》の格《かく》八を対手《あいて》に、パチッ〱ッと碁《ご》を囲《かこ》うていらせられる。利「モシ御隠《ごいん》居《きょ》、只今表《ただいまおもて》へ当御国《とうみくに》の太守様《たいしゅさま》と、御老臣伊達安房様《ごろうしんだてあわさま》がお越《こ》しになり、しか〴斯様《かよう》〱ともうしていられまするが、どうしましょう」光「フヽームそうか、綱村殿《つなむらどの》がこられたか、伊達安房《だてあわ》がきたか。くるしゅうない、これへ通《とお》してくれ」利右衛門《りえもん》は、利「図々《ずうずう》しいことをいう哩《わい》」と思《おも》いながら、此方《こなた》へでゝ来《き》たって、利「ヘイ、ただいまの御口上《ごこうじょう》のおもむきを申入《もうしい》れましたる処《ところ》、フム中将綱村殿《ちゅうじょうつなむらどの》が来《こ》られたか、伊達安房《だてあわ》が来《き》たか。くるしゅうない、これへ通《とお》せともうしております」安「フムさもあらん、さもあらん」利「なんじゃ、又《また》さもあらんじゃ」安「然《しか》らば御案内《ごあんない》を申《もう》し上《あ》げよ」利「ハイ、かしこまりました」と利右衛門《りえもん》は、宛然狐《さながらきつね》にでも誑《ば》かされたようなおもいで、其儘伊達《そのままだて》の太守綱村公《たいしゅつなむらこう》と伊達安房《だてあわ》、それにつきしたがう御家来衆《ごけらいしゅう》を案内《あんない》をして、奥《おく》の広間《ひろま》へおとおしもうしました。スルト綱村卿《つなむらきょう》は、ピタリとこなたに両手《りょうて》をつかえてござる。光「オウこれはまことに久《ひさ》しや綱村殿《つなむらどの》。そこもとも無事壮健《ぶじそうけん》にて重畳《ちょうじょう》〱」殿「ハッ、水府御老公様《すいふごろうこうさま》にはまず以《もっ》て御《ご》機《き》嫌《げん》麗《うる》わしき体《てい》をはいし、恐悦至極《きょうえつしごく》にぞんじたてまつります」と御挨拶《ごあいさつ》をもうしあげる。続《つづ》いて伊達安房《だてあわ》も同《おな》じく御挨拶《ごあいさつ》をもうしあげている。スルトこのとき主人《しゅじん》の利右衛門《りえもん》は、利「何《ど》うも奥《おく》に泊《とま》って居《い》る隠居《いんきょ》は、訳《わけ》の判《わか》らん人物《じんぶつ》である。当仙台《とうせんだい》の太守様《たいしゅさま》なり、伊《だ》達《て》安《あ》房《わ》様《さま》がお目《め》どおりをなさるとは、一円《えん》合点《がてん》がまいらん。何《なん》でもわけある人《ひと》にちがいない」と秘《そっ》と襖際《ふすまぎわ》にきたって細目《ほそめ》に襖《ふすま》を開《あ》け、立聞《たちぎ》きをしておりましたところが、果《はた》して隠《いん》居《きょ》は水戸黄門光圀卿《みとこうもんみつくにきょう》ということがわかったから、これはとばかりにおどろいて居《い》る。此方《こなた》光圀卿《みつくにきょう》の光右衛門《みつえもん》は、それとお察《さっ》し遊《あそ》ばしたか、光「扨《さ》て綱村殿《つなむらどの》、其許《そこもと》の後《うし》ろに控《ひか》えて居《い》るのは、伊達安房《だてあわ》じゃ喃《のう》。其又次《そのまたつ》ぎに控《ひか》えて居《い》るは附添《つきそ》いの若武士共《わかざむらいども》で有《あ》る喃《のう》。其後《そのうし》ろの襖《ふすま》の外《そと》にひかえているのはたれじゃ」とお尋《たず》ねになりましたからして、伊達安房《だてあわ》はヒョイッと後辺《あと》をふりかえってみると、大島屋利右衛門《おおしまやりえもん》は、襖《ふすま》の隙間《すきま》から内《うち》をのぞいているようす。安「コリャそこにいるのは主人《しゅじん》の利右衛門《りえもん》ではないか。無礼者奴《ぶれいものめ》がッ」と叱《しか》りつけられ利右衛門《りえもん》は、利「ハッ」とお襖際《ふすまぎわ》の処《ところ》に両手《りょうて》をつかえて平伏《へいふく》している。安「ハッもうしあげます。彼《あ》の襖《ふすま》のそとにひかえておりますものは、当家《とうけ》の主人大島屋利右衛門《しゅじんおおしまやりえもん》でございます」光「フム其《そ》うか。綱村殿《つなむらどの》にも伊達安房《だてあわ》にも、以来《いらい》利右衛門《りえもん》を、旦那《だんな》〱とうやもうてやってくだされ」殿「ハッ、ヤアッそこにいられる大島屋《おおしまや》の旦那《だんな》、何《ど》うぞこなたへ……」安「御当家《ごとうけ》の旦那《だんな》ズッとこなたへお通《とお》りなさい」大島屋利右衛門《おおしまやりえもん》は煙《けむり》に巻《ま》かれて仕《し》舞《ま》い、利「貴君方《あなたがた》は、よってたかってわたくしを嘲弄成《ちょうろうな》されますか」光「ナアニ嘲弄《ちょうろう》するのではない。旦那《だんな》だから旦那《だんな》というのじゃ。サアこなたへお通《とお》りなされエ、アハヽヽヽハヽ」と高笑《たかわら》いをして在《い》らせられる。中将綱村公《ちゅうじょうつなむらこう》は、殿「水戸御老公《みとごろうこう》へもうしあげたてまつる。何卒《どう》ぞ一度《ど》青葉山城《あおばやまじょう》へお出《い》でを願《ねが》わしく存《ぞん》じまする」光「フム、吾《わ》れこのたびかく農民《のうみん》と姿《すがた》を扮《やつ》し、奥羽両国《おううりょうごく》を漫遊《まんゆう》いたしているのであるから、青葉山城《あおばやまじょう》へ登城《とじょう》はいたすまいとぞんじたが、当伊達家《とうだてけ》の忠臣《ちゅうしん》、松前鉄之助《まつまえてつのすけ》や、老女浅岡《ろうじょあさおか》にも久々対面致《ひさびさたいめんいた》したいに仍《よっ》て、旁々《かたがた》もって登城《とじょう》をする」とおおせられた。そこで予《かね》て用意《ようい》のお乗物《のりもの》、またはお召換《めしか》えのお衣服《いふく》をもちきたる。光圀卿《みつくにきょう》はお衣服《いふく》をお改《あらた》めになり、佐々木助《ささきすけ》三郎《ろう》、渥美格之丞《あつみかくのじょう》をしたがえ、中将綱村卿《ちゅうじょうつなむらきょう》、伊達安房《だてあわ》の案内《あんない》につれられて、仙台青葉山城《せんだいあおばやまじょう》へ御登城《ごとじょう》と相成《あいな》り、御《ご》本丸《ほんまる》の大白書院《おおしろしょいん》へお通《とお》りとなり、正面《しょうめん》に設《もう》けし褥《しとね》の上《うえ》にピタリとお着座《ちゃくざ》、お側《そば》には伊達《だて》中将綱村卿《ちゅうじょうつなむらきょう》、御老臣《ごろうしん》には片倉小《かたくらこ》十郎《ろう》、伊達兵庫《だてひょうご》、伊達弾正《だてだんじょう》、伊達上野《だてこうずけ》、伊達安房《だてあわ》、藻庭周《もにわす》防《おう》をはじめとして、いずれも綺羅《きら》を飾《かざ》って前後左右《ぜんごさゆう》にいならび、席定《せきさだ》まるや一々水府御老《すいふごろう》公《こう》へ御挨拶《ごあいさつ》があいすむと、軈《やが》て其処《そのところ》へおつぎのほうよりお小姓衆《こしょうしゅう》が、山海《さんかい》の珍味《ちんみ》、種々《さまざま》なる馳走《ちそう》と、お銚子《ちょうし》を持《も》ち出《い》でる。是《これ》より御酒宴《ごしゅえん》がはじまり酒酣《さけたけなわ》に成《な》ると、光圀卿《みつくにきょう》は中将綱村公《ちゅうじょうつなむらこう》にうちむかい、光「中将殿《ちゅうじょうどの》、御当家《ごとうけ》の礎《いしずえ》と唱《うた》われたる忠臣浅岡《ちゅうしんあさおか》、又《また》は松前和泉《まつまえいずみ》に対面《たいめん》を致《いた》したい。はやく両人《りょうにん》をこれへめされよ」殿「ハッ夫《そ》れお次《つ》ぎに控《ひか》えし老女浅岡《ろうじょあさおか》、水府《すいふ》御老公《ごろうこう》のお許《ゆる》し成《な》れば、これへ参《まい》れよ」とお声《こえ》がかゝる。浅「ハッ」とこたえてお次《つぎ》の間《ま》より襠裲《うちかけ》の裾長《すそなが》く引磨《ひきず》り静々進《しずしずすす》みいでたるはこれなん男勝《おとこまさ》りの烈女浅岡《れつじょあさおか》、もはや老《おい》暮れたりとみえて頭《かしら》の髷《まげ》は椎茸髷《しいたけまげ》に結《ゆ》うてはおりまするが、惣《そう》一面《めん》の白髪《しらが》にして、顔《かお》には青海《せいかい》の波《なみ》を打寄《うちよ》せたる如《ごと》く、皺《しわ》があらわれている。軈《やが》て正面遥《しょうめんはる》か此方《こなた》に諸手《もろて》をつかえて、浅「ハヽアッ」とさしひかえていると水戸黄門光圀卿《みとこうもんみつくにきょう》は、御声朗《おんこえほが》らかに、光「オウそれに出《い》でしは浅岡《あさおか》か、苦《くる》しゅう無《な》い近《ちこ》う〳〵」浅「ハヽアッ」光「そのほうは当年何才《とうねんなんさい》に成《な》った」浅「ハッ、妾《わたく》しは六十三才《さい》に相成《あいな》りましてございます」光「オヽ然《そ》うか。過《す》ぎつる寛文《かんぶん》の年間《ねんかん》、伊達家《だてけ》に悪人蔓《あくにんはびこ》りしを、これに在《い》られる中将殿《ちゅうじょうどの》、幼名亀千代《ようみょうかめちよ》ともうされしとき、そのほうお側《そば》に在《あ》って守護《しゅご》いたし、寝食《しんしょく》を打忘《うちわす》れ能《よ》くも忠義《ちゅうぎ》を尽《つく》した喃《のう》、賞《ほ》めつかわすぞ」と有難《ありがた》きお言葉《ことば》が掛《かか》る。老女浅岡《ろうじょあさおか》は、浅「ハッ」とばかりに差俯向《さしうつむ》き、只管有難涙《ひたすらありがたなみだ》に咽《むせ》んで居《い》る。光「中将殿《ちゅうじょうどの》、シテ松前和泉《まつまえいずみ》は未《ま》だめどおりをいたさぬか。何《ど》うしているや、早《は》く〳〵」とお急《せ》きたてなさる。此時中将綱村殿《このときちゅうじょうつなむらどの》をはじめ、老女浅岡《ろうじょあさおか》、其《そ》の他《た》居《い》ならぶ御《ご》一門《もん》のともがらは、一同「ハッ」と云《い》ったばかりになんのおこたえもなく、只頭《ただかしら》をたれて落涙《らくるい》もよおしていられる。光「是《こ》れはしたり、綱村殿《つなむらどの》をはじめ一門《もん》のともがらが、同時《どうじ》に落涙《らくるい》をもよおさるゝは松前和泉《まつまえいずみ》は何《ど》うかいたしたか」殿「ハッ、其《その》お尋《たず》ねの松前和泉重光《まつまえいずみしげみつ》は、まことに愍《あわ》れ果敢無《はかな》き狂《くる》い死《じ》にをいたしましてございまする」ともうしあげた。光「何《な》に、忠勇無双《ちゅうゆうむそう》の和泉重光《いずみしげみつ》が、狂《くる》い死《じ》にをいたした。シテ又如何《またいか》なる訳《わけ》にて狂死《くるいじに》をせしや」とお尋《たず》ねになりまするからして、綱村卿《つなむらきょう》が涙《なみだ》とゝもに、松前和泉《まつまえいずみ》の狂死《くるいじに》の訳《わけ》を、お物語《ものがた》りになるのでございまする。

◎日本三景《にほんさんけい》の一　松島御遊覧《まつしまごゆうらん》

扨光圀卿《さてみつくにきょう》が松前和泉《まつまえいずみ》とおおせられしは、仙台名題《せんだいなだい》の忠臣《ちゅうしん》、松前鉄之助《まつまえてつのすけ》のことでございます。何故《なぜ》此鉄之助重光《このてつのすけしげみつ》が、狂《くる》い死《じに》をいたしたかというそのわけは愛読諸君《みなさん》も既《すで》に御承知《ごしょうち》の通《とお》り、寛文《かんぶん》三年《ねん》九月《がつ》十六日《にち》、時《とき》の御大老酒井雅楽頭忠清公《ごたいろうさかいうたのかみただきよこう》の御役宅《ごやくたく》において原田甲斐直則《はらだかいなおのり》が、忠臣伊達安芸《ちゅうしんだてあき》に斬《き》り付《つ》け、刃傷《にんじょう》におよび、ついに死《し》にいたらしめたる大騒動《おおそうどう》。このことを芝口新銭坐《しばぐちしんせんざ》、仙台《せんだい》の上屋敷《かみやしき》へ注進《ちゅうしん》いたしたものがある。此《この》一大騒動《だいそうどう》をきくとひとしく松前鉄之助《まつまえてつのすけ》は、鉄「失策《しまっ》たッ。是《こ》れはかならず伊達家《だてけ》六十有余万石《ゆうよまんごく》の、お家《いえ》に関《かか》わる一大事《だいじ》。是《こ》れは斯《こ》うしてはおられん」と直《すぐ》に御邸内《ごていない》に御祭祀《ごさいし》もうしあげてある、塩釜大明神《しおがまだいみょうじん》へ、鉄「拙者《せっしゃ》は、生涯《しょうがい》の内《うち》、如何《いか》なる可笑《おか》しきことがありましても笑《わら》いませぬゆえに、何卒《なにと》ぞあの家《いえ》の瑕瑾《かきん》にならざるよう、ひとえに願《ねが》い上《あ》げたてまつる」と大願《だいがん》を込《こ》めた。このことは誰《たれ》れ一人《ひとり》も知《し》るものはございません。然《しか》るにまったく松前鉄之助《まつまえてつのすけ》の忠心《ちゅうしん》を、神《かみ》も感応《かんのう》ましましたか、お禄高《ろくだか》に一粒《りゅう》の瑕《きず》もつかず、無事平穏《ぶじへいおん》に伊達家《だてけ》の騒動《そうどう》も落着《らくちゃく》いたしました。そこで久《ひさ》しくお家《いえ》の為《た》めに、忠義《ちゅうぎ》を抽《ぬきん》でたる人々《ひとびと》へ、それ相当《そうとう》の御加増《ごかぞう》をたまわる。中《なか》にも松前鉄之助《まつまえてつのすけ》は、元《もと》三千石《ぜんごく》の処《ところ》へ二千石《せんごく》の御加増《ごかぞう》を賜《たまわ》り、あわして五千石《せんごく》となって、名《な》を松前和泉《まつまえいずみ》とあらためた。しかるに若君亀千代君《わかぎみかめちよぎみ》には、伊達中将綱村《だてちゅうじょうつなむら》と御任官《ごにんかん》在《あ》らせられて、芽出度《めでた》く本国仙台青葉山城《ほんごくせんだいあおばやまじょう》へ御入国《ごにゅうこく》。しかるに綱村卿《つなむらきょう》は、吾家《わがや》が斯《か》く平穏《へいおん》におさまりしは、浅岡《あさおか》、松前《まつまえ》の両人《りょうにん》が有《あ》ったればこそであるとおゝせられて、片時《かたとき》も両人《りょうにん》をお側《そば》をはなしたまわず、浅岡《あさおか》よ、重光《しげみつ》よと御意遊《ぎょいあそ》ばして、ふかくも御寵愛《ごちょうあい》に成《な》って居《お》ります。ところがどういうものか松前和泉《まつまえいずみ》が、何時《いつ》も君公《くんこう》のお側《そば》につかえていて、どういう可笑《おか》しきことがあっても、只《ただ》の一度《ど》も莞爾《にっこ》と笑《わら》ったことがなく、只閻魔大王《ただえんまだいおう》に陀羅助《だらすけ》でも飲《の》ましたように、恐《こわ》い顔《かお》して睨《にら》んで居《い》る。そこで綱村卿《つなむらきょう》は、松前和泉《まつまえいずみ》の胸中《きょうちゅう》を御存《ごぞん》じなく、何故斯様《なぜかよう》に機嫌《きげん》が悪《わる》いのであろう、何卒《どう》ぞして彼《か》れの心《こころ》を治《なお》してやりたい、と御《ご》前《ぜん》において詩《し》、歌《か》、管絃《かんげん》と種々様々《しゅじゅさまざま》な慰《なぐさ》みをしてみせ、和泉《いずみ》を笑《わら》わそうとなさるけれども、どうしても笑《わら》いません。綱村卿《つなむらきょう》も殆《ほと》んど困《こん》じ果《は》てゝござったが、あるとしの冬《ふゆ》、大雪《おおゆき》の降《ふ》りました日《ひ》、青葉山城中雪見《あおばやまじょうちゅうゆきみ》の御殿《ごてん》に於《お》いて、お雪見酒《ゆきみざけ》をお催《もよお》し遊《あそ》ばした、このとき綱村卿《つなむらきょう》は、お側《そば》にひかえし数多《あまた》のお女中《じょちゅう》をめされ、庭前《ていぜん》において雪転《ゆきころ》がし、あるいは雪投《ゆきな》げ鬼子遊《おにこあそ》び、お尻《しり》まくり、お尻叩《しりたた》きをいたせよと、命《めい》ぜられた。そこで大勢《おおぜい》の女中《じょちゅう》は、銘々《めいめい》襷掛《たすきが》け、褄《つま》を取《と》り雪《ゆき》を摑《つか》んでなげる、あるいはお尻《しり》を捲《まく》る、または今月来月来々月《こんげつらいげつさらいげつ》、伊達《だて》の対決《たいけつ》、黒田《くろだ》の対決《たいけつ》と、大《おお》きなお尻《しり》を平手《ひらて》でピシャリ〳〵と打叩《うちたた》く、イヤはやそのさわぎというものは、面白《おもしろ》いのおかしいの候《そうろ》のではございません。中将綱村卿《ちゅうじょうつなむらきょう》を始《はじ》め、お側《そば》に控《ひか》えし老女浅岡《ろうじょあさおか》、その他御近衆《ごきんじゅう》、お小姓衆《こしょうしゅう》、何《いず》れも腹《はら》を抱《かか》えて、アハヽハヽハと打笑《うちわら》う。これなればいかなる松前和泉《まつまえいずみ》も、笑《わら》うで有《あ》ろうとジッと重光《しげみつ》の顔《かお》を眺《なが》めてござる。このとき松前和泉《まつまえいずみ》は、仮令《たと》えいかなる可笑《おか》しき事《こと》が有《あ》っても、笑《わら》わぬという大願《だいがん》をこめた暁《あかつき》は、どうしても笑《わら》うことは出来《でき》ません。なれどもきょうの此可笑《このおか》しさは、笑《わら》わずにいられず、笑《わろ》うては塩釜明神《しおがまみょうじん》へお願《がん》をこめたることとなれば笑《わら》うこともならずと、ジッと両膝《りょうひざ》に手《て》をおき笑《わら》うまいと我慢《がまん》をしているその胸《むね》の内《うち》の苦《くる》しさはいかばかり、どうしても辛抱《しんぼう》が出来無《できな》く、今一言笑《いまことえみ》を含《ふく》まんとする時《とき》に臨《のぞ》んで、君公《くんこう》のまえに両手《りょうて》を仕《つか》え、このときにしかゞ斯様《かよう》〳〵でござると、塩釜明神《しおがまみょうじん》へ大願《たいがん》を込《こ》めたことをもうしあげて、拙者《せっしゃ》は最早《もは》やきょうをかぎりの命《いのち》でございまする、ホヽホヽホヽッと三声笑《こえわら》ったのが此世《このよ》のわかれ、ついに四十八才《さい》を一期《ご》として、哀《あわ》れ迷土黄泉《めいどこうせん》の客《きゃく》となりました。このものがたりを光圀卿《みつくにきょう》へもうしあげて、綱村卿《つなむらきょう》は声《こえ》をあげての御落涙《ごらくるい》。このことをお聞《き》きあそばしたる黄門光圀卿《こうもんみつくにきょう》も、光「嗚呼《ああ》、可惜《あたら》忠臣《ちゅうしん》を死《し》なしたり。不愍《ふびん》な事《こと》をいたした」と御老眼《ごろうがん》に涙《なみだ》を浮《うか》め、しばし御落涙《ごらくるい》をもよおされた。此松前和泉《このまつまえいずみ》の塚《つか》は、伊達家《だてけ》の御菩提所《ごぼだいしょ》、松島瑞巌寺《まつしまずいがんじ》に今《いま》にのこってございます。またのちのおはなしなれども浅岡《あさおか》は、仙台《せんだい》八塚光正寺《つかこうしょうじ》に墓《はか》がのこってあって、本堂《ほんどう》の額《がく》に国母《こくぼ》浅岡《あさおか》と中将綱村卿《ちゅうじょうつなむらきょう》のお筆《ふで》を染《そ》められたのが、いまにのこってございます。そも黄門光圀卿《こうもんみつくにきょう》は、青葉山城中《あおばやまじょうちゅう》にあらせられては、なんとなく御窮屈《ごきゅうくつ》であるから、国分町《こくぶちょう》の大島屋利右衛門方《おおしまやりえもんかた》へおかえりとなる。スルト中将綱村《ちゅうじょうつなむら》、伊達安房《だてあわ》はおそばをそらずつめきっていらせられる。スルト光圀卿《みつくにきょう》は、光「扨《さ》て中将殿《ちゅうじょうどの》、松島塩釜《まつしましおがま》の辺《へん》を見物《けんぶつ》がいたしたい」殿「ハッ、しからば明早天《みょうそうてん》よりお出掛《でか》けにあいなりまするよう、かくもうす綱村《つなむら》、または伊達安房《だてあわ》が御案内《ごあんない》もうしあげます」光「それではそうしてもらいましょう。つきましては百姓《しょう》すがたの忍《しの》びで出《で》ることゆえ、中将殿《ちゅうじょうどの》も伊達安房《だてあわ》も皆々《みなみな》おなじ百姓姿《しょうすがた》に成《な》ってきてもらいましょう。其処《そこ》で道中《どうちゅう》へ出《で》たときに、中将殿《ちゅうじょうどの》とも伊達安房《だてあわ》ともいわれぬゆえに、百姓《しょう》らしい名《な》を命《つ》けてもらわねばなりません。なんと命《つ》けたら宜《よ》かろうかしらん。オウ然《そ》うじゃ、綱村《つなむら》の綱《つな》の一字《じ》を取《と》って、綱吉《つなきち》さんと命《つ》けよう」マルデ軽業師見《かるわざしみ》たようだ……。光「伊達安房《だてあわ》は、安房兵衛《あわべえ》とつける」安「安房兵衛《あわべえ》とは、余《あま》り可笑《おか》しな名《な》でございます」光「そんなら安兵衛《やすべえ》とつけたら何《ど》うじゃ」安「ヘイ安兵衛《やすべえ》なら百姓《しょう》らしい名《な》でございます」光「それについてそこにひかえている主人利右衛門《しゅじんりえもん》、是《こ》れを案内者《あんないしゃ》にもうしつけよう」殿「ハッ、それはお宜敷《よろしゅ》うございます」光「ときに大島屋利右衛門《おおしまやりえもん》、明朝《みょうちょう》松島《まつしま》の見物《けんぶつ》にでかける道中《どうちゅう》の茶代《ちゃだい》あるいは宿料《しゅくりょう》、惣《すべ》て諸入用《しょにゅうよう》を一切《さい》お前《まえ》がひきうけてくれたら、わたしなり中将殿《ちゅうじょうどの》なり伊達安房《だてあわ》が、ゆきもどりお前《まえ》を旦那《だんな》〱と云《い》うてやりますがどうじゃ」利「貴君方《あなたがた》は私《わた》しをお嬲《なぶ》り成《な》さるな。宜《よろ》しい嬲《なぶ》られましょう。水戸黄門光圀卿《みとこうもんみつくにきょう》や、中将綱村卿《ちゅうじょうつなむらきょう》や、伊達安房様《だてあわさま》が、わたくしを旦那《だんな》〱といってくださるなら、此財産《このしんだい》を潰《つぶ》しても本望《ほんもう》です。松島位《まつしまぐら》いでは気《き》が行《ゆ》きません。なんなら日本《にほん》六十余州《よしゅう》を廻国《かいこく》したらいかがです」光「イヤ馬鹿《ばか》をいうな、アハヽハヽハヽ」其《そ》の夜《よ》が明《あ》けると、光圀卿《みつくにきょう》、綱村卿《つなむらきょう》、伊達安房《だてあわ》、佐々木助《ささきすけ》三郎《ろう》、渥美格之丞《あつみかくのじょう》の五名《めい》は、みな〱百姓《しょう》の姿《すがた》に身《み》を扮《やつ》し、一人《ひとり》大島屋利右衛門《おおしまやりえもん》だけが、立派《りっぱ》な旅装束《たびしょうぞく》で、まだ夜《よ》の明《あ》け放《はな》れぬ内《うち》から、国分町《こくぶちょう》をお出掛《でか》けと成《な》りおい〱歩《あし》を進《すす》めて、松島《まつしま》のほうをさしてやってお出《い》でになりました。スルトその途《みち》に堤防《つつみ》が有《あ》って、一面《めん》の松林《まつばやし》、其処《そこ》に馬士《まご》が五六人《にん》、松《まつ》の枝《えだ》に馬《うま》を繋《つな》ぎ、片側《かたがわ》に莚《ござ》をしいて車座《くるまざ》になって野天博奕《のてんばくち》を打《う》って居《い》る、ところへ六人連《にんづ》れでおとおり蒐《かか》りになった姿《すがた》を見《み》て馬士《まご》は、馬「オウ、水戸《みと》や〱」という。光圀卿《みつくにきょう》はおどろいて、光「アノ大島屋《おおしまや》の旦那《だんな》、かしこにいる馬士《まご》が、私《わた》しを呼《よ》ぶのか頻《しき》りに水戸《みと》や〱と云《い》って居《い》る」利「ナアニ、そうじゃない。あの馬士《まご》のうちに水戸《みと》の者《もの》がいるから、夫《それ》で水戸《みと》や〱と云《い》うのじや」光「ハヽアそうですか」馬「オウどうだ、向《むこ》うから六人連《にんづ》れの百姓《しょう》が来《き》やアがるが、落《おち》そうじゃあねエか」馬「オウ、落《おと》せ〳〵ッ」光「大島屋《おおしまや》の旦那《だんな》、吾《わ》れ〳〵六人《にん》を、落《おと》そうといっているは、此堤防《このていぼう》のうえからでも、突《つ》きおとすのですか」利「ナニ、あれは此《こ》の辺《へん》の馬士《まご》の符牒《ふちょう》で、客《きゃく》を馬《うま》にのせることを、落《おと》すと云《い》う」光「ハヽア左様《そう》か。それでは一《ひと》つ落《おと》して貰《もら》おう」馬「ヤア、そこへ入《い》らっしゃいましたのは、国分町《こくぶちょう》の大島屋《おおしまや》の旦那《だんな》ですか。松島《まつしま》へ御見物《ごけんぶつ》におでかけですナ」利「オヽ然《そ》うじゃ。此処《ここ》に居《い》るこの色《いろ》の真黒《まっくろ》けな梅《うめ》干爺《ぼしじじい》、コレア私《わ》しの親類《しんるい》で、常陸国久慈郡西山村《ひたちのくにくじごおりにしやまむら》の百姓《しょう》光右衛門《みつえもん》という老爺《おやじ》さん、その次《つ》ぎにいるのが綱吉《つなきち》、安兵衛《やすべえ》、助《すけ》八、格《かく》八という百姓《しょう》だ。在《ざい》が暇《ひま》になったから奥州《おうしゅう》のほうへ見物《けんぶつ》で出蒐《でか》けてきたのだ。其処《そこ》で今日《きょう》は松島《まつしま》の風景《ふうけい》をみに連《つ》れてゆくのじゃ」馬「ヘエイ然《そ》うですか」この話《はな》しを後《うし》ろできいてござる光圀卿《みつくにきょう》、綱村卿《つなむらきょう》、伊達安房《だてあわ》の御三名《ごめい》は、目引《めひ》き袖引《そでひ》きして、利右衛門《りえもん》奴《め》はひどいことをいうわいと、クツ〳〵お笑《わら》いなされてござる。

馬「オウ、老爺《おやじ》さん、お前等《まえら》はどうも仕合《しあわ》せものだ。よい親類《しんるい》をお持《も》ちなすった。ナア国《くに》にいたら麦飯《むぎめし》に辛《から》い香物《こうこう》、肴《さかな》といったら塩鯵《しおあじ》か、塩鰯《しおいわし》ぐらいだろう。この仙台《せんだい》というお国《くに》は、海辺《うみべ》に近《ちけ》エから、海《うみ》の肴《さかな》はどんなものでも喰《た》べられるよ。これ大島屋《おおしまや》の旦那《だんな》のおかげに、お拝《が》んでおきねエ」光「ハイ、これは大島屋《おおしまや》の旦那《だんな》、大《おお》きにありがとうございます。

アハヽハヽヽヽ」馬「サア、どうか御《ご》一同《どう》、馬《うま》にのってください」光「夫《そ》れじゃお先《さ》きへのせて貰《もら》いましょう」とヒラリと馬《うま》にお乗《の》りなさる。馬「オイ老爺《おやじ》さん、旦那《だんな》を先《さ》きへのせるのが当然《あたりまえ》だ。百姓《しょう》というものは礼儀《れいぎ》もなにも知《し》らねエ者《もの》だナア。サアいこうか」と駅《えき》路《ろ》の鈴《すず》の音《ね》をさせ、ドン〳〵馬《うま》をおいながらやってくる。此時御馬上《このときごばじょう》にあらせられる光圀《みつくに》卿《きょう》は御退屈《ごたいくつ》のあまり、光「ナア馬士《まご》どんや」馬「オウ老爺《おやじ》さん、なんだい」光「私《わ》し等《ら》は三十五万石《まんごく》、常陸《ひたち》の水戸《みと》御領下《ごりょうか》の百姓《しょう》じゃが、まことに豊《ゆた》かな国《くに》で、百姓《しょう》一同《どう》は結構《けっこう》に暮《くら》しておりますが、当仙台《とうせんだい》お下《した》の御政治《ごせいじ》はどうじゃの」馬「オウ老爺《おやじ》さん、お前《め》エ又妙《またみょう》なことをきき出《だ》したな。この堤防《ていぼう》の間《あいだ》は永《なが》くって退屈《たいくつ》だ。俺《お》れが一《ひと》つ話《はな》しをするからきゝなせエ。当《とう》お国《くに》の今《いま》の殿様《とのさま》は御幼名《ごようみょう》を亀千代丸《かめちよまる》とおっしゃったお方《かた》で、十三の時《とき》に伊達家御相《だてけごそう》続《ぞく》をなされてお家《いえ》の悪人輩《あくにんども》に苦《くる》しめられて、辛苦御艱難《しんくごかんなん》をなすったお殿様《とのさま》だから、まことに下々《しもじも》のものへ愍《あわ》れみが深《ふか》い。そうして近頃《ちかごろ》までは、御政治《ごせいじ》も正《ただ》しく至極豊《しごくゆた》かであったのだ。ところが何《ど》うしたものかこのごろは、太守綱村卿《たいしゅつなむらきょう》は、米《こめ》の飯《めし》が頭上《てっぺい》あがったか、大分《だいぶん》奢《おご》り増長《ぞうちょう》なされ、妾《めかけ》、足掛《あしか》けを側《そば》において、昼夜《ちゅうや》とも淫酒《いんしゅ》にふけり、イヤ早《はや》このごろでは薩張《さっぱ》りなってないんだ。夫《そ》れが為《た》めに在方村々《ざいかたむらむら》の庄屋《しょうや》に、種々《いろいろ》の口実《こうじつ》を構《かま》え、イヤなに

〳〵のお物入《ものい》りで有《あ》るから御用金《ごようきん》をだせエの、当年《とうねん》よりお年貢米《ねんぐまい》二割増《わりま》しをもうしつけるなどと、それはそれは何《ど》うも非道《ひどう》なおとりたてで、大《おお》きに百姓衆《しょうしゅう》はこまっているのです」光「ハアヽ然《そ》うかなアッ」とヒョイッと後辺《うしろ》をふりむいて、綱村卿《つなむらきょう》の顔《かお》をジロリ御覧《ごらん》なされる。スルト中将綱村卿《ちゅうじょうつなむらきょう》は、馬士《まご》というものは口《くち》の悪《わる》い者《もの》じゃと、光圀卿《みつくにきょう》の顔《かお》を御覧《ごらん》なされて、笑《わら》っていられる。光「それは馬士《まご》どん、皆々困《みなみなこま》っているであろう。就《つ》いては仙《せん》台《だい》四十八楯《たて》のうち、亘理《わたり》の楯守《たてしゅ》で三万石《まんごく》、伊達安房様《だてあわさま》というお方《かた》は、どういう気質《きしつ》の人《ひと》じや」馬「オウ老爺《おやじ》さん、あの伊達安房《だてあわ》という人《ひと》は、先年仙台《せんねんせんだい》のお家騒動《いえそうどう》のときにおなじ三万石《まんごく》で湧谷《わくや》の楯持《たても》ち、伊達安芸《だてあき》という御家老《ごかろう》は、生命《いのち》をなげうち、江戸表《えどおもて》へのりこみ、大《おお》公儀《こうぎ》へ出訴《しゅっそ》をして、原田甲斐《はらだかい》と対決《たいけつ》のうえ、お家《いえ》の騒動《そうどう》を納《おさ》めたという大忠臣《だいちゅうしん》、それに伊《だ》達安房《てあわ》という人《ひと》は、原田甲斐《はらだかい》の威勢《いせい》に恐《おそ》れて、何《な》にもしないでお国《くに》で日和《ひより》をじっとみていた因循家《いんじゅんか》だ。マア俺《おい》らにいわしてみりゃア彼《あ》の人《ひと》は、毒《どく》にもならなけりゃア薬《くすり》にもならねエ。所謂沈香《いわゆるじんこ》を焚《た》かねば屁《へ》も放《こ》かねエというのはこのひとだよ」と馬士《まご》が夢中《むちゅう》になって話《はな》しをしているを、伊達安房《だてあわ》は心《こころ》のうちに、安「どうも酷《ひど》いことをいう奴《やつ》ッだ」と光圀卿《みつくにきょう》と顔見合《かおみあわ》してニコ〳〵と笑《わら》っている。やがてそのうちに早《は》や松島《まつしま》へ御到着《ごとうちゃく》となる。馬《うま》よりおりて賃金《ちんぎん》をわたし馬士《まご》を返《かえ》し、これより塩釜明神《しおがまみょうじん》へも御参詣《ごさんけい》をすまし、瑞巌寺《ずいがんじ》より飛《と》びの観音無量寺山等《かんのんむりょうじやまとう》を御見物《ごけんぶつ》なされて、松島《まつしま》の浜辺《はまべ》にきたり、茶店《ちゃみせ》の床几《しょうぎ》に腰打《こしう》ちかけ、日本《にほん》三景《けい》の一たる風景《ふうけい》を余念《よねん》なくながめていらせられるところへ、向《むこ》うの方《ほう》より目塞《めせき》の笠《かさ》にて面体《めんてい》をつゝみ、身《み》は黒紋服《くろもんぷく》に、絽色鞘《ろいろざや》の大小刀落《だいしょうおと》しざし、野袴《のばかま》を着《は》き草鞋《わらじ》をうがちし二人《ふたり》の武士《ぶし》、光圀卿《みつくにきょう》、綱村卿《つなむらきょう》の御遊覧《ごゆうらん》のまえを、通《とお》りすぎんとする時《とき》に、目塞《めせき》の笠《かさ》を上《あ》げて、ヒョイッとうち眺《なが》め、そのまゝ彼方《あなた》へズーッと通《とお》り過《す》ぎてしまった。このとき綱村卿《つなむらきょう》、伊達安房《だてあわ》、佐々木《ささき》、渥美《あつみ》の四名《めい》は、一向《こう》なんのきもつきませんが、思想《しそう》を悟《さと》りたまう御明君《ごめいくん》光圀卿《みつくにきょう》は、早《は》やくもそれと、お察《さっ》し遊《あそ》ばしたか、光「綱吉殿《つなきちどの》、安兵衛《やすべえ》さん、今《いま》このまえを通《とお》りし二人《ふたり》の武士《ぶし》、彼《あ》れをなにものじゃと思《おも》うてござるか」二「ヘイ、彼《あ》れは諸国《しょこく》を遍歴《へんれき》いたす、武術修業者《ぶじゅつしゅぎょうしゃ》であろうかと心得《こころえ》ます」光「イヤ〳〵それは目《め》が違《ちが》う。彼《あ》の二人《ふたり》の武士《ぶ》士《し》は、吾《わ》れをつけねろうて居《い》る者《もの》か、左《さ》もなくんばそこ許《もと》を討《う》たんとする者《もの》に相違《そうい》ないと考《かんが》えた」綱「ヘエッ、そうでございますか」光「シテ今夜《こんや》の泊《とま》りの宿《やど》はどこであるか」綱「ハイ、当松島《とうまつしま》の岡村屋《おかむらや》にてお宿《やど》をまいらせる手筈《てはず》を、秘《ひそ》かにいたしおきましてございます」光「左様《さよう》か。然《しか》らばこれよりその岡村屋方《おかむらやかた》へ泊《とま》り込《こ》めば、必《かなら》ずいまの二人《ふたり》の武士《ぶし》が吾々《われわれ》の寝所《しんじょ》へ忍《しの》びこんで来《く》るに相違《そうい》ない。仍《よっ》て彼等《かれら》をとって押《おさ》える其準備《そのじゅんび》をせねばあいならん」綱「フーム、それでは彼様《かよう》いたしましょう。今日御老公《こんにちごろうこう》が当松島御見物《とうまつしまごけんぶつ》をなされますにつき、熊田甚五兵衛《くまだじんべえ》ともうするものが、是非《ぜひ》お供《とも》がしたいと願《ねが》い出《い》でましたにより、夫《そ》れでは其方《そのほう》は旅商人《たびしょうにん》の姿《すがた》に身《み》をやつし、岡村屋《おかむらや》に泊《とま》っておれ。そうして光圀卿《みつくにきょう》がお着《つき》になったら、お目通《めどお》りを願《ねが》えと申付《もうしつ》けおきましてございまする。必《かなら》ず熊田甚五兵衛《くまだじんべえ》が泊《とま》っているに相違《そうい》ございません故《ゆえ》に、彼《か》れにもうしつけて、こよいの曲者《くせもの》を生捕《いきど》らすことにつかまつります」光「フム熊田甚五兵衛《くまだじんべえ》といえば人《ひと》も知《し》ったる強《ごう》の者《もの》であるから、夫《そ》れこそ丁度幸《ちょうどさいわ》い。然《しか》らば左様《さよう》いたそう」と一同《どう》うちそろって岡村屋方《おかむらやかた》へお泊《とま》りにあいなりまする。果《はた》して光圀卿《みつくにきょう》が睨《にら》まれたる御眼力《ごがんりき》にちがわず、二人《ふたり》の曲者《くせもの》が御寝所《ごしんじょ》へ忍《しの》び込《こ》んで来《く》るというお話《はな》し……。

◎矢《や》の根《ね》八幡宮《まんぐう》へ御参詣《ごさんけい》

左《さ》ればこの怪《あや》しき二人《ふたり》の武士《ぶし》は、抑《そ》も何者《なにもの》であるかと申《もう》しまするに、これは時《とき》の御《ご》老中《ろうじゅう》、柳沢美濃守《やなぎさわみののかみ》の廻《まわ》しものにして、薩摩《さつま》の浪人片山源造《ろうにんかたやまげんぞう》、三崎新之助《みさきしんのすけ》と云《い》ういずれも武術《ぶじゅつ》に秀《ひい》でし者《もの》でございます。何故《なぜ》柳沢美濃守《やなぎさわみののかみ》が、此二人《このふたり》にもうしつけて、光圀卿《みつくにきょう》を付《つ》けねらわしますかと云《い》いまするに、此儀《このぎ》は読者諸君方《みなさんがた》も宜《よ》く御承知《ごしょうち》のとおり、彼《あ》の柳沢夢物《やなぎさわゆめもの》語《がた》りの講談《こうだん》で毎々《まいまい》うかゞって居《お》りますが、皆摘《かいつま》んで一口《くち》こゝに述《の》べおきます。そも柳沢《やなぎさわ》美《み》濃守《ののかみ》は、前名弥太郎《ぜんみょうやたろう》ともうした人《ひと》で、自分《じぶん》の妻《つま》のおさめというものは古今《ここん》の美人《びじん》で、是《これ》女を五代将軍綱吉公《だいしょうぐんつなよしこう》のおそばにひそかにさしだし、御寵愛《ごちょうあい》をうけさせました。このおさめの腹《はら》に五代将軍《だいしょうぐん》のお胤《たね》をやどし、うみおとしましたのが国松君《くにまつぎみ》ともうします。此若君《このわかぎみ》をもって六代将軍《だいしょうぐん》になおし、しかして自分《じぶん》は天下《てんか》の政権《せいけん》をにぎらんとするの大望《たいもう》をくわだてゝいる。しかるに西丸大納言綱豊卿《にしまるだいなごんつなとよきょう》と云《い》うのがあらせられ、このお方《かた》が六代将軍《だいしょうぐん》にならせらるゝことにきまっております。よって此君《このきみ》を亡《な》きものにして、国松君《くにまつぎみ》を将軍職《しょうぐんしょく》になおさんと、ひそかにたくむといえども、どうしても光圀卿御存命《みつくにきょうごぞんめい》のうちは、ことを自由《じゆう》にすることができません。そこで光圀卿《みつくにきょう》が西山村《にしやまむら》に御隠居《ごいんきょ》をあそばされたるをさいわい、赤沢与市《あかざわよいち》というものをもって、光圀卿《みつくにきょう》をつけ覘《ねら》わしましたけれども、どうしても討果《うちはた》すことができない。其内《そのうち》に今般黄門光圀卿《こんぱんこうもんみつくにきょう》が、奥羽御漫遊《おううごまんゆう》にお出掛《でか》けなされたということを、ほのかにうけたまわったるがゆえに、片山《かたやま》、三崎《みさき》の両人《りょうにん》にもうしつけて、光圀卿《みつくにきょう》のお跡《あと》をつけさせ、人知《ひとし》れず討果《うちはた》してくれといいつけたのでございます。ところが光圀卿《みつくにきょう》に御油断《ごゆだん》がすこしもないのみならず、お側《そば》には直真影流《じきしんかげりゅう》の武術《ぶじゅつ》の達人《たつじん》、佐々木《ささき》助《すけ》三郎《ろう》、起倒流《きとうりゅう》の柔術《じゅうじゅつ》の達人《たつじん》渥美格之丞《あつみかくのじょう》という二人《ふたり》の強《ごう》のものが守護《しゅご》しているから、どうしても道中《どうちゅう》で討《う》つことができない。漸々今日只今松島《ようようこんにちただいままつしま》へのりこんできました。さて光圀卿《みつくにきょう》は綱村卿《つなむらきょう》その他《た》の人々《ひとびと》を引《ひき》連《つ》れて、岡村屋方《おかむらやかた》へお泊《とま》りこみとなりました。軈《やが》てお湯《ゆ》にもお這入《はい》りあそばし、夕食《ゆうしょく》もすまし、お寝《やす》みになろうというときに、秘《ひそ》かに旅商人《たびあきんど》となって泊《とま》りこんで居《い》る熊田甚五兵《くまだじんべ》衛《え》をお側《そば》にめされ、光「オウそのほうが熊田甚五兵衛《くまだじんべえ》であるか。予《よ》は水戸光圀《みとみつくに》じゃ」甚「ハヽッ」光「今夜人々《こんやひとびと》の寝静《ねしずま》るをかんがえ、必《かなら》ず曲者二人《くせものふたり》がこれへ忍《しの》びこんでくるにそういない。よってそのほうは此椽《このえん》のしたに隠《かく》れ忍《しの》び、スワといったら躍《おど》りだし、召捕《めしと》って仕舞《しま》え」甚「ハッ、心得《こころえ》ました」と熊田甚五兵衛《くまだじんべえ》は椽《えん》のしたに身《み》を忍《しの》ばせて、じっと様子《ようす》をうかゞっている。光圀卿《みつくにきょう》、綱村卿《つなむらきょう》のお二方《ふたり》は、御自身等《ごじしんら》のお寝《やす》みなさる寝床《ねどこ》のうちへ、佐々木《ささき》、渥美《あつみ》の両人《りょうにん》をかわりに寝《ね》させておいて光圀卿綱村卿《みつくにきょうつなむらきょう》は、伊達安房《だてあわ》とゝもに、次《つぎ》の間《ま》でジッとようすをうかがってござるそのうちに、はや夜《よ》もしん〳〵とふけわたる。幽《かす》かにきこゆる瑞巖寺《ずいがんじ》の九ツの鐘《かね》、岡村屋《おかむらや》の一家内《かない》も寝静《ねしず》まったる真夜中時《まよなかどき》、しのびこんだる二人《ふたり》の曲者《くせもの》、目《め》ばかり頭巾《ずきん》に面体《めんてい》をつゝみ椽《えん》の障子《しょうじ》をそっとあけてうちにといりこみ、抜《ぬ》き足差《あしさ》し足《あし》にて二人《ふたり》のうえに馬乗《うまの》りとなり、腰《こし》なる一刀《とう》をズラリとひきぬき、逆手《さかて》にとって咽喉笛《のどぶえ》のところをねらいをさだめて、曲「ヤアッ」とばかりにつきおろしたる間《かん》一髪《ぱつ》、油断《ゆだん》をしていたならば佐々木《ささき》、渥美《あつみ》の両人《りょうにん》は、芋差《いもざ》しにつらぬかれるのでございましたが、かねて用意《ようい》をしていましたから、パアッと裾《すそ》のほうへぬけた。曲者《くせもの》は夜具《やぐ》、畳《たたみ》、根《ね》太板《だいた》までプスリッとさしとおした。そのすきをうかがい佐々木《ささき》、渥美《あつみ》の両人《りょうにん》はたちあがり、くせものの襟首《えりくび》に手《て》がかゝるがいなや、二「エイッ」と、かけたる声《こえ》もろとも、頭転《ずでん》倒《どう》と庭前《ていぜん》臨《のぞ》んでなげつけた。曲者《くせもの》は南無《なむ》三とおきあがらんとする奴《や》ツを、椽《えん》のしたに隠《かく》れ忍《しの》んでいたる仙台名題《せんだいなだい》の大勇士《だいゆうし》、熊田甚《くまだじん》五兵衛《べえ》がおどりいで、難《なん》なく膝下《しっか》におさえつけ高《たか》手小手《てこて》にといましめた。このありさまをお次《つ》ぎのかたにて、ようすをうかごうていらせられたる光圀卿《みつくにきょう》は、光「ソレッ」とあって、手燭《てしょく》にあかりを燈《とも》させて、ようやくお椽《えん》の方《ほう》までおでましとあいなり、光「ヤアでかした〳〵、それその曲者《くせもの》の面体《めんてい》をあらためてみよ」

甚「ハッ」とこたえて熊田甚《くまだじん》五兵衛《べえ》は、冠《かむ》りし覆面頭巾《ふくめんずきん》をとりのけ、甚「ヤイ曲者《くせもの》、勿体《もったい》なくも水戸《みと》前《さき》の中納言様《ちゅうなごんさま》を弑《しい》したてまつらんとは不届至極《ふとどきしごく》の奴《や》ツめッ」と拳《こぶし》をかためて横《よこ》っ面《つら》をポカアーンとはりつけた。普通《ただ》のものが力《ちから》にまかして殴《なぐ》っても、随分《ずいぶん》こたえますに増《ま》していわんや仙台《せんだい》一の大力者《だいりきもの》が、おもうさま殴《なぐ》ったのですからたまりません。遂々《とうとう》そこへなぐりころして仕舞《しま》った。この体《てい》を御覧《ごらん》なされた綱村卿《つなむらきょう》は、綱「ヤッ、詮議《せんぎ》をせねばならぬ大切《たいせつ》な曲者《くせもの》を、殴《なぐ》りころすとは粗忽《そそう》であろうぞッ」光「アイヤ中将殿《ちゅうじょうどの》、決《けっ》してしからっしゃるな。一人《ひとり》は死《し》してもいま一人《ひとり》はのこっている。それそのなわつきをこれへ」甚「ハッ」と縄尻《なわじ》りをとって、甚「曲者《くせもの》、あゆめッ」とお沓脱《くつぬ》ぎの側《そば》まで、引立《ひきた》てんとする。このときくだんの曲者《くせもの》は、すこしのすきをうかゞい、パッとうえへとびあがり、おる拍子《ひょうし》に「ピシッ」と舌噛《したか》みきってあいはてたり。綱「ヤアッ熊田甚《くまだじん》五兵衛《べえ》、一人《ひとり》は殴《なぐ》りころし、いまゝた一人《ひとり》は舌噛《したか》みきらせて相果《あいはて》させるとは、不埒《ふら》ちであろうぞッ」光「これ中将殿《ちゅうじょうどの》、かならずしからっしゃるな。強《し》いてここで吟味《ぎんみ》をいたさずとも、此奴《こやつ》らは何者《なにもの》にたのまれて吾《わ》れをうたんとすることは大抵《たいてい》あいわかっている。それ取敢《とりあ》えずこの二人《ふたり》の死《し》骸《がい》をひそかに取片付《とりかたづ》けさせてしまえい」甚「畏《かしこ》まった」とその夜《よ》のうちに、所役人《ところやくにん》を呼《よ》びだし、この曲者《くせもの》の死骸《しがい》を取片《とりかた》づけておしまいなされ、その晩《ばん》はこゝで御《ご》一泊《ぱく》となり、翌日《よくじつ》仙台《せんだい》の御城下《ごじょうか》、大島屋方《おおしまやかた》へお帰《かえ》りにあいなりました。しかるに光圀卿《みつくにきょう》は最早当地《もはやとうち》に用《よう》はなし、左《さ》らば出立《しゅったつ》いたそうと、綱村卿《つなむらきょう》にうちむかい、光「さて中将殿《ちゅうじょうどの》、この度《たび》は種々《いろいろ》のお待遇《もてなし》にあずかり、千万忝《せんばんかたじ》けない。ついては一先《ひとま》ず本国《ほんごく》へ立帰《たちかえ》ることにいたす」綱「左様《さよう》でございまするか。さらば石《いし》の巻《まき》の港《みなと》まで、お見送《みおく》りをもうしあげましょう」と仙台石《せんだいいし》の巻《まき》の港《みなと》までお出《い》でになり、ここで光圀卿主従《みつくにきょうしゅじゅう》はお船《ふね》に召《め》される。これまでお見送《みおく》りもうしあげておいて、中将綱村卿《ちゅうじょうつなむらきょう》、大島屋利右衛門《おおしまやりえもん》は仙台《せんだい》の城下《じょうか》へお帰《かえ》りとなる。あと見送《みおく》って光《みつ》圀卿《くにきょう》は、光「サア助《すけ》八、格《かく》八これから又後《またあと》へ引返《ひっかえ》して、奥州南部《おうしゅうなんぶ》より津軽合邦外《つがるがっぽうそと》ケ浜《はま》、松《まつ》前《まえ》のはてまで漫遊《まんゆう》をするのじゃ」二「ハッ、貴方《あなた》は本国《ほんごく》へお帰《かえ》りあそばすとおおせられたではございませんか」光「サア其処《そこ》じゃ。こういわんと吾等主従《われらしゅじゅう》三人《にん》が、奥州地《おうしゅうち》をまわるとなれば、不用《いら》ぬことに中将殿《ちゅうじょうどの》や伊達安房《だてあわ》に、気遣《きづか》いをさせるのが気《き》の毒《どく》じゃ。それじゃによって本国《ほんごく》へたちかえるともうしたのである」とこれよりまた〱石《いし》の巻《まき》の港《みなと》よりあとへとってかえし、仙台《せんだい》の城下《じょうか》も夜中《やちゅう》ひそかにとおりすぎ、順次追々《じゅんじおいおい》とゝまる宿屋《やどや》の枕《まくら》をかさねつゝ、漸々《ようよう》にこゝにおいでになったのは、南部界《なんぶさか》い中山峠北上山《なかやまとうげきたかみやま》を打越《うちこ》して、その峰《みね》続《つづ》きなる八幡山《まんやま》の麓《ふもと》のほうへくだっておいでなさると、折柄俄《おりからにわ》か雨《あめ》がポツ〱ふりだしてきた。どこかこのへんで雨宿《あまやど》りをするところはあるまいかと、見《み》やる片辺《かたえ》の森《もり》のうちに、一《ひと》つの祠《ほこら》がみえる。光「オヽこれさいわい」と森《もり》のなかにとはいり、主従《しゅじゅう》三人《にん》が祠《ほこら》の前《まえ》に腰打掛《こしうちか》け、しばしの雨止《あめや》みをまっている。スルと助八《すけ》が、なにおもいけんヒョイと上《うえ》を振《ふり》仰向《あおむ》いて見《み》ると、お額《がく》に矢《や》の根《ね》八幡宮《まんぐう》としるしてある。助「御前《ごぜん》お伺《うかが》いをいたします」光「何《なん》じゃ、助八《すけ》」助「このうえのお額《がく》に、矢《や》の根《ね》八幡宮《まんぐう》としるしてございまするが、その矢《や》の根《ね》八幡宮《まんぐう》は南部領《なんぶりょう》にあるのでございますか」光「イヤ〳〵、抑《そ》も矢《や》の根《ね》八幡《まん》ともうすは、その古《いにし》え八幡太郎源義家卿《まんたろうみなもとよしいえきょう》が、東国御征伐《とうごくごせいばつ》の際《さい》お用《もち》いになりし鏑矢《かぶらや》、それを出羽国《でわのくに》秋田領広沢村《あきたりょうひろざわむら》の広沢助右衛門《ひろざわすけえもん》の先祖《せんぞ》が、八幡太郎義家公《まんたろうよしいえこう》のおともをして、戦地《せんち》において功《こう》をあらわしたるによって、その恩賞《おんしょう》として鏑矢《かぶらや》の根《ね》を拝領《はいりょう》した、これを矢《や》の根正《ねしょう》八幡宮《まんぐう》とまつり、いまに出羽国秋田領《でわのくにあきたりょう》、広沢村《ひろざわむら》にまつってあるのじゃ。その矢《や》の根《ね》八幡宮《まんぐう》が南部領《なんぶりょう》にあってたまるものか」助「それでもこのとおり矢《や》の根《ね》八幡宮《まんぐう》としるしてございます」光「サアそれは矢《や》の根《ね》八幡《まん》といえば世《よ》にも名高《なだか》いのであるから、当宮《とうぐう》の神官《しんかん》が、態《わざ》と矢《や》の根《ね》八幡《まん》と記《しる》したものにちがいない。日本《にほん》に一ケ所《しょ》より無《な》いのを、ここに矢《や》の根《ね》八幡《まん》などと祭《まつ》るは、はなはだ紛《まぎら》わしい。ヨシ〳〵わたしが一《ひと》つ扉《とびら》にかいておいてやろう」と矢立《やたて》より筆《ふで》

をとりだし、

抑《そ》も矢《や》の根《ね》八幡宮《まんぐう》ともうすは、羽州秋田領《うしゅうあきたりょう》に有之《これあり》そろ。しかるに当宮矢之根八幡《とうみややのねまん》宮《ぐう》ともうすは、是《こ》れ偽物《ぎぶつ》に候《そろ》なり

水《すい》隠《いん》梅《ばい》里《り》

と扉《とびら》におしたゝめになっている、ところへ当宮《とうみや》の神主《かんぬし》がそこへでてきたり。神「コレ〳〵、お前方《まえがた》は扉《とびら》に楽書《らくがき》をするとはけしからんことをする人《ひと》じゃ」光「ハイ〳〵あなたは当宮《とうみや》の神主様《かんぬしさま》でございますか」神「そうじゃ」光「それでは一《ひと》つおたずねいたしまするが、当宮《とうみや》に矢《や》の根《ね》八幡宮《まんぐう》と祭《まつ》ってありますが、御神体《ごしんたい》はなんでございます」神「御神体《ごしんたい》は矢《や》の根《ね》じゃ」光「イヤ〳〵そうではございますまい。いまこの扉《とびら》をあけて内《うち》を見《み》ますれば、燻《くすぼ》りかえった御幣《ごへい》が祭《まつ》ってあって、矢《や》の根《ね》と云《い》うものは一向《こう》にみえません。おまいは神様《かみさま》をうりものにしているナ。矢《や》の根《ね》八幡宮《まんぐう》というは、羽州秋田領《うしゅうあきたりょう》より外《ほか》にないはずじゃ。それに当宮《とうみや》を矢《や》の根《ね》八幡宮《まんぐう》とまつるは、これはどういうものじゃ。早々《そうそう》矢《や》の根《ね》という字《じ》を消《け》して、只正八幡宮《ただしょうまんぐう》と祭《まつ》らっしゃい」神「ヤイ不用《いら》ぬ世話《せわ》をやくな。お前方《まえかた》は百姓《しょう》の分際《ぶんざい》として、そんな余計《よけい》なことをしらべるにおよばん」光「イヤ〳〵神様《かみさま》を玩弄物《おもちゃ》にする

を、このまゝに打捨《うちす》てゝ置《お》くことはできん。おまえはわたしを普通《ただ》の百姓《しょう》じゃと思《おも》うているか。四辺《あたり》に人無《ひとな》きによって、いまぞ吾本名《わがほんみょう》をきかせてやろう。吾《わ》れこそは水戸《みと》光圀《みつくに》であるぞ」とお明《あか》しあそばした。きいて神主《かんぬし》は吃驚仰天《びっくりぎょうてん》、神「ハッ」と、そこに両手《りょうて》をつかえておそれいっている。光「何《ど》うじゃわかったか。かならずわしがこういう姿《すがた》にてこの地《ち》にいりこんだということを、他言《たごん》するじゃないぞ。そうしてこの額《がく》をけずらせ、予《よ》があらためて筆《ふで》を染《そ》めてやる」とおおせられて、早速額《さっそくがく》をとりおろし、これを削《けず》らし、光圀卿《みつくにきょう》が自《みずか》ら正《しょう》八幡宮《まんぐう》とおしたゝめになりました。その後《ご》このことが評判《ひょうばん》とあいなり、水戸黄門《みとこうもん》光圀卿《みつくにきょう》の御直筆《ごじきひつ》をはいせんと、でゝくるものは引《ひ》きもきれぬほどでございます。さても光圀卿《みつくにきょう》は、神主《かんぬし》にかたく口留《くちど》めをなされて、これよりしだいに小南部《しょうなんぶ》二万《まん》五千石《ぜんごく》、南部《なんぶ》遠江守《とおとうみのかみ》の御領地《ごりょうち》、いましも新立村《しんたてむら》の手前《てまえ》の堤防《どて》へおかゝりになる。ところへ後辺《うしろ》のほうから、男「オーイ〳〵お百姓《しょう》、ちょっとまってください」と声《こえ》をかける。光右衛門《みつえもん》はうしろを振返《ふりかえ》ってみると、一人《ひとり》の旅人《たびびと》、身《み》には引廻《ひきまわ》し合羽《かっぱ》に三度笠《どがさ》、股引《ももひき》、脚絆《きゃはん》、草鞋《わらじ》履きにて、あとよりドン〳〵追駆《おっか》けてくるようす。光「ハイ、今《いま》百姓《しょう》待《ま》てッと、およびとめなされたのは、吾々《われわれ》でございますか」男「オウそうだ」光「なにか吾々《われわれ》に用事《ようじ》があるのでございますか」男「オウ、ほかのことじゃありませんが、いま私《わっ》ちアこの向《む》うの茶店《ちゃみせ》の床几《しょうぎ》に腰《こし》かけてやすんでいた。そこをお通《とお》りなされたお前方《まえがた》お三人《にん》の内《うち》、そこにいなさる若《わか》い衆《しゅう》は、角力《すもう》でもお取《と》りなさいましたか、どうも丈夫《じょうぶ》なお身体《からだ》です」とゝいかけられて光右衛《みつえ》門《もん》は、心《こころ》のうちに、光「ハヽア、渥美格之丞《あつみかくのじょう》は体格丈夫《たいかくじょうぶ》にして、起倒流《きとうりゅう》の柔術《じゅうじゅつ》の達人《たつじん》であるから、角力《すもう》とりとみたのじゃナ」と思召《おぼしめ》されて、光「ハイく、このものは貴方《あなた》のおっしゃるとおり、もとは角力《すもう》とりでございました」男「サアそうでしょう。シテ名乗《なの》りはなんというのです」光「ヘイ、その名乗《なの》りは帆立山《ほたてやま》ともうします」男「なんだ帆立山《ほたてやま》だ……妙《みょう》なゝのりでごすな。シテどこ部屋《べや》です」光「ハイ江戸《えど》の三十六年《とし》よりのうち、追手風部《おいてかぜべ》屋《や》です。追手《おいて》に帆《ほ》をたてるというので、帆立山《ほたてやま》とつけたのです」男「ヘエ、成程《なるほど》、そうですか。どういうわけで角力《すもう》をおやめなされた」光「サアきいてください。国《くに》は常陸国久慈《ひたちのくにくじ》郡西山村《ごおりにしやまむら》で、江戸《えど》へでて追手風《おいてかぜ》の弟子《でし》となって、角力《すもう》の稽古《けいこ》をはげみました。はじめのうちは褌《ふんどし》かつぎ、肩流《かたなが》し、其《そ》れが俄《にわ》かに出世《しゅっせ》して、既《すで》に幕《まく》のうちにはいろうというのを、内《うち》輪《わ》のものが嫉《ねた》み、幕内《まくうち》へ入《い》れまいと邪魔《じゃま》をしました。そこでそういう世間狭《せけんせま》いところで、角力《すもう》などをとるにおよばぬと国《くに》へよびもどして前髪《まえがみ》をそり、元服《げんぷく》をさせて素人角力《しろうとすもう》となり、所々《しょしょ》の宮角力《みやすもう》にたのまれてゆきますが、どこの場所《ばしょ》でもたゞの一度《ど》も敗《ま》けたことはございません」男「そうでございますか。じゃア御隠居《ごいんきょ》、わっちア貴方《あなた》にお頼《たの》みがあるが、聞《き》いてくださるめエか」光「シテそのお頼《たの》みとおっしゃるは、一体《たい》なんでございます」男「ほかじゃアありませんが、私《わっ》ちはこのむこうにみえる新立村《しんたてむら》の長《ちょう》十郎《ろう》という興行師《こうぎょうし》です。きたる十五日《にち》に、牛頭天王《ごずてんのう》の社内《しゃない》で、角力《すもう》をもよおします。ところが東西《とうざい》の大関《おおぜき》は、南部《なんぶ》山《やま》に錣形《しころがた》です。その片関《かたぜき》の錣形《しころがた》が急病《きゅうびょう》で先日死《せんじつし》にました。それでこんどの角力《すもう》は片関《かたぜき》がないから面白《おもしろ》くないと、大変《たいへん》に人気《にんき》がわるうございます。たかい金《かね》をかけて角力興行《すもうこうぎょう》をして、そんをしちゃアつまりませんから、どうか南部山《なんぶやま》の片関《かたぜき》をこしらえなくちゃアならねエと、諸方《しょほう》へさがしにでましたが、どうもおもうようなものもありません。そこで仕方無《しかたな》くかえってきた途中《とちゅう》、はからずこゝでお前《まえ》さん方《がた》にお目《め》にかゝったのです。どうか御隠《ごいん》居《きょ》、その帆立山関《ほたてやまぜき》に角力《すもう》をとってもらいたいのですが、どうでございましょう」光「ハイ、よろしい承知《しょうち》しました。それでは一緒《しょ》におともをしてまいりましょう」男「サアそこです。所謂売物《いわゆるうりもの》に花飾《はなかざ》れということがありますから、この儘《まま》一緒《しょ》にかえりゃあ人気《にんき》がひったちません。よって私《わっ》ちゃアさきへ村方《むらかた》へかえりまして、若《わか》いものにいいつけ、村《むら》の出口《でぐち》までむかえにだしますから、どうか賑《にぎ》やかにのりこんでください」光「ヘイ〳〵宜敷《よろし》い。それじゃアそういうことにしてもらいましょう」長「ジャどうかお頼《たの》みもうしました」と新立村《しんたてむら》の長《ちょう》十郎《ろう》は、イソ〳〵として村方《むらかた》へかえってくるという、サアいよ〳〵光圀卿主従《みつくにきょうしゅじゅう》が新立村《しんたてむら》にのりこみ、牛頭天王《ごずてんのう》の角力場《すもうば》において塀《へい》の越村《こしむら》の音右衛門《おとえもん》という大悪徒《だいあくと》を、きりすてるという大活劇《だいかつげき》、次席《じせき》にゆずります……。

◎塀《へい》の越村《こしむら》音右衛門《おとえもん》の御斬捨《おきりす》て

新立村《しんたてむら》の興行師《こうぎょうし》長《ちょう》十郎《ろう》が、かえっていったその後《あと》で、渥美格之丞《あつみかくのじょう》の格《かく》八は、格「御前《ごぜん》あなたはよう彼《あ》んなことがお口《くち》からでましたナ。追手風《おいてかぜ》の弟子《でし》、帆立山《ほたてやま》なんて、速答《そくとう》にでましたナ」光「フム、なのりと尋《たず》ねられたときに言句《ごんく》につまり、なんといってよかろうかとかんがえて居《い》たところが、此処《ここ》に帆立貝《ほたてがい》の殻《から》があったからして、真逆《まさ》か帆立貝《ほたてがい》ともいわれず、そこで帆立山《ほたてやま》とつけたのじゃ。江戸《えど》の三十六年寄《としよ》りの、追手風《おいてかぜ》のことは始終聞《しじゅうき》いていたによって、追手風《おいてかぜ》の弟子《でし》で帆立山《ほたてやま》ともうしたのじゃ。アハヽヽヽハヽ」格「ヘエ、そうしてわたくしは角力《すもう》とりになるのでございますか」光「そうじゃ、お前《まえ》の身体《からだ》の大《おお》きなのをみて、角力《すもう》とりとみちがえたのじゃ。よって一《ひと》つ角力取《すもうと》りになってくれ。左《さ》すればまた何分面白《なにぶんおもしろ》いことがあるだろう。就《つ》いてはいまにこゝへ村《むら》の若《わか》いものが大勢出《おおぜいで》て来《き》て、ヘエお関取《せきと》り御苦労様《ごくろうさま》でございますと声《こえ》を掛《か》ける。そのときお前《まえ》が無言《だま》っていては不可《いか》ん」格「ヘイなんといったら宜敷《よろしゅ》うございます」光「むこうへ胸《むね》をつきだして、オーイッと答《こた》えるのじゃ、よいか」格「ヘイ宜敷《よろしゅ》うございます」と話《はな》しながら、新立村《しんたてむら》の入口《いりくち》へさしかゝってくる、ところへ村《むら》の若《わか》いものが二三十人《にん》、△「オウきた〱、彼《あ》れだ〱」□「なるほど、どうも立派《りっぱ》なもんだ。ヘイ、それへお出《い》でになりましたのは、帆立山関《ほたてやまぜき》でございますか。われ〱は新立村長《しんたてむらちょう》十郎《ろう》のわかいものでございます。このたびは大《おお》きに御苦労《ごくろう》さまでございますッ」とみなくちぐ〱に声《こえ》を掛《か》けておりまするのに格《かく》八は、黙然《もくねん》としておりますから光右衛門《みつえもん》は、光「格《かく》八、此処《ここ》じゃ〱」と小声《こごえ》でおっしゃる。格「オーオイッ」△「何《ど》うだい、ナア江戸《えど》の本場所《ほんばしょ》を踏《ふ》んできた関取《せきと》りは、声《こえ》の出所《でどころ》がちがうわい。狼《おおかみ》か虎《とら》が吠《ほ》えるようだ。サアおともをしてかえりましょう」と大勢《おおぜい》が、前後《ぜんご》をかこい、ワイ〱と賑《にぎや》かに、新立村《しんたてむら》の長《ちょう》十郎《ろう》の宅《たく》へかえってくる。スルト長《ちょう》十郎《ろう》は、長「エヽ御隠《ごいん》居《きょ》、どうか明日早天《みょうにちそうてん》から、稽古人《けいこにん》がやって参《まい》りますから、何卒《どう》か稽古《けいこ》をつけてやってください」光「ハイ〳〵承知《しょうち》いたしました。きっと稽古《けいこ》をさせます」と先《ま》ず乗込《のりこ》み祝《いわ》いと一杯《ぱい》飲《の》んでその夜《よ》は寝《ね》て、さて翌朝夜《よくちょうよ》があけると、男「ヘエ、お早《はよ》う〳〵」□「ヘイ、お早《はよ》う」と稽古人《けいこにん》が、追々稽古場《おいおいけいこば》へ乗《の》り込《こ》んでくる。スルト長《ちょう》十郎《ろう》は、長「関取《せきと》り、サアどうぞ稽古《けいこ》をつけてやってください」光「宜敷《よろし》い、今《いま》すぐにやります」格「御前《おんまえ》、これまでは宜敷《よろし》いが、稽古《けいこ》となった時《とき》はどういたしましょう。わたくしは柔術《じゅうじゅつ》のほうは得意《とくい》でございますが、角力《すもう》のほうはまだはじめてゞございます。どういたしましょう」光「サア其処《そこ》じゃ。角力《すもう》には柔術《じゅうじゅつ》の逆手《ぎゃくて》はだすことはならんによって、稽古場《けいこば》へいってじっと構《かま》えていると、ヤアッと飛《と》びついてくる。其処《そこ》を突然《いきなり》むこうの奴《や》ツの両腕《りょううで》を、グッと鬼摑《おにつか》みに引摑《ひっつか》むのだ。そうしておいて指《ゆび》のさきでグリッ〳〵とグリ〳〵をいれるのじゃ。スルトその痛《いた》さが全身《ぜんしん》に感《かん》じるから力《ちから》をいれることができない。顔《かお》を顰《しか》めているところを、ヤッと気合《きあ》いを入《い》れて一《ひと》つおしたらかならずたおれるにきまっている。もうその手一《てひと》つより外《ほか》のてをだしてはいかん〳〵」格「ヘエーッ、こりゃア角力《すもう》四十八手《て》のうち、なんという手《て》でございます」光「イヤこれは四十八手《て》の内《うち》に無《な》いのじゃ。新発明《しんはつめい》の鬼摑《おにつか》みという手《て》じゃ、アハヽヽハヽ。サアゆこう」と三人《にん》は、角力《すもう》の稽古場《けいこば》へきてみると、はや二三十人《にん》の若《わか》いものは、稽古廻《けいこまわ》しを〆《し》めてまっている。周囲《ぐる》りには大勢見物人《おおぜいけんぶつにん》がみております。光右衛門《みつえもん》と助《すけ》八の二人《ふたり》は、稽古場《けいこば》の向《むこ》うのところに、坐蒲団《ざぶとん》が敷《し》いてある、そのうえへチャーンと安坐《あぐら》をかいて、宛然《まる》で角力《すもう》の年寄《としよ》りか世話人《せわにん》のような顔《かお》をしている。このとき格《かく》八は稽古《けいこ》場《ば》へ、下駄《げた》を履《は》いたまゝで、ズカ〳〵這入《はい》ってくるから、△「モシ〳〵関取《せきと》り、下駄《げた》を履《は》いたなりで稽古場《けいこば》へはいっちゃア不可《いけ》ません」格「オウそうか」と下駄《げた》をぬいで漸々稽古《ようようけいこ》場《ば》の中央《まんなか》へきて、裸体《はだか》にもならず着物《きもの》を着《き》たまゝで、スックとたっている。△「どうか関《せき》取《と》り、裸体《はだか》になってまわしを〆《し》めてください」格「なにか、此寒《このさむ》いのに裸体《はだか》になるのか」□「知《し》れたことをいいなさい。角力《すもう》の稽古《けいこ》をするのに、着物《きもの》を着《き》たまゝでとる奴《やつ》はありません」格《かく》八は不承無承《ふしょうぶしょう》に着物《きもの》をぬいで真裸体《すっぱだか》となった。若《わか》いものは稽古廻《けいこまわ》しをおって半紙《はんし》を千切《ちぎ》って四ツに折《お》った尻挟《けつはさ》みを、若「へイ関取《せきと》り……」と差出《さしいだ》すと、帆立山格《ほたてやまかく》八は、その半紙《はんし》のおったのを指《ゆび》の先《さき》に摘《つま》んで、格「是《こ》れはなんの呪禁《まじな》いになるのじゃ」若「関取《せきと》り、串戯《じょうだん》いっちゃアいけませんよ。それアお尻《しり》の穴《あな》へ挟《はさ》む尻挟《しりはさ》みです。そして此廻《このまわ》しを〆《し》めるんです。どうか褌《ふんどし》をはずしてください」帆立山《ほたてやま》は心《こころ》の中《うち》に、情《なさけ》ないことをせにゃアならぬと、褌《ふんどし》をとった。若「オイ、関取《せきとり》の前の代呂物《しろもの》をみい、どうも見事《みごと》な代呂物《しろもの》だ」と、いいながら、よう〳〵まわしを〆《し》めた。若「ヘイどうか関取《せきと》りお頼《たの》みもうします」と四股《しこ》を踏《ふ》み鳴《な》らして、じっと前《まえ》にしきった。スルト帆立山《ほたてやま》は清《きよ》めの塩《しお》もまかず、四股《しこ》もふまず、只稽古場《ただけいこば》の中央《まんなか》へ、スックと立《た》つなり、格「サアお出《い》で」と両方《りょうほう》の手《て》をむこうへ突《つ》きだす。若「関《せき》とり、腰《こし》を屈《かが》めて仕切《しき》ってもらわねエと、どうもこっちが立《た》ち憎《にく》うございます」格「イヤ〳〵角力《すもう》というものは、いずれたってとるものじゃ。すわったり仕切《しき》ったりするのは面倒《めんどう》だ。サアお出《い》で……」若乙「ヤイッ、手前《てめ》エ嬲《なぶ》られていやアがるんだ。介意《かまわ》ねエからおもいきってゆけ〳〵ッ」若甲「よしッ……ヤアーッ」と声掛《こえか》けとびついてくる奴《や》ツを、突然《いきな》りグイッと両腕《りょううで》を引摑《ひっつか》んで、グリ〳〵をいれた。只《ただ》のものに引摑《ひっつか》まれても随分《ずいぶん》いとうございまするに、ましていわんや起倒流《きとうりゅう》の柔術《じゅうじゅつ》の達人《たつじん》に引摑《ひっつか》まれたのですから、イヤ早痛《はやいた》いのいたくないのそろのではございません。野郎《やろう》は力《ちから》をいれるにもいれられず、顔《かお》を顰《しか》めて四苦八苦《しくはっく》のくるしみをしている。帆立山《ほたてやま》は腕《うで》を引摑《ひっつか》んだまゝで、後辺《うしろ》のほうの座敷《ざしき》をみると、光右衛門《みつえもん》はくわえ煙管《きせる》をして、手《て》を拱《こまぬ》いてニコ〳〵わらってござる。このとき大勢《おおぜい》の稽古人《けいこにん》は、大勢「ヤイ此野郎《このやろう》、角力《すもう》の稽古《けいこ》をしてもらってなにを思案《しあん》をしやアがるんだ。おもいきってゆかねエか」若甲「手前《てめ》エ達《た》ちはそんなにいうけれど、マアこゝへきて一寸腕《ちょっとうで》を摑《つか》んでみてもらえ。どんな心持《こころも》ちがするか。はなすにもはなされず、ゆくにもゆかれず、宛然釘脱《まるでくぎぬ》きで挟《はさ》まれたようだ。俺《おれ》も永《なが》い間角力《あいだすもう》の稽古《けいこ》をしたがこんなくるしい目《め》にあったことがねエ」とホロ〳〵ないている。帆立山《ほたてやま》はモウ大抵《たいてい》このくらいにしたらよかろうと、腕《うで》を引摑《ひっつか》んだまゝ、稽古場《けいこば》の周囲《ぐる》りをあなたこなたへつれまわり、格「エイッ」と気合《きあい》をいれてむこうへおとすと、案《あん》の条真仰向《じょうまあおむ》けにドタリ打倒《うちたお》れた。見《み》ていた多《おお》くの見物人《けんぶつにん》は、大勢「オイ、美麗《きれい》な手《て》だナア」何《なん》の美麗《きれい》なことがありましょう。若乙「今度《こんど》はおれが一番《ばん》ぶつかろう」とまた一人飛《ひとりと》んで出《で》た。若乙「エイ関取《せきと》り、一《ひと》つねがいます」格「サアお出《い》で」若乙「ヤッ」とゝびつく。おなじく両腕《りょううで》をグイッと引摑《ひっつか》んだ。野郎《やろう》は顔《かお》を顰《しか》めて、若乙「なるほど……是《こ》れア妙《みょう》じゃ」若甲「ヤイ手前《てめ》エ人《ひと》のことがいわれるかい、どうだ」若乙「俺《お》れアたまらん。早《はや》くたおして貰《もら》うほうがらくだ」とまたホロ〳〵泣《な》きだす。帆立山《ほたてやま》は、格「ヤッ」と声《こえ》をかけてそこへ打倒《うちたお》す。大勢「ワアーッワッ」と稽古場《けいこば》の内《うち》は、鯨波《とき》の声《こえ》をあげてさわいでいる、ところへ折《お》りしも長十郎《ちょうろう》の家《いえ》の表《おもて》をとおりかかったのは、塀《へい》の越村《こしむら》の音右衛門《おとえもん》と云《い》う大悪徒《だいあくと》だ。こやツは南部遠江守様《なんぶとおとうみのかみさま》のおしたで、いかすものも殺《ころ》す、殺《ころ》すものもいかそうという悪漢《あっかん》でございます。生《いか》すものもころす、ころすものもいかすとは、どういう訳《わけ》かといいまするに、この音右衛門《おとえもん》の娘《むすめ》のお杉《すぎ》というものは古今《ここん》の美人《びじん》で、年《とし》は十七才《さい》、親取《おやど》りをして御家老逸見甲斐《ごかろうへんみかい》の邸《やしき》へ女中奉公《じょちゅうぼうこう》にさしあげた。あるひ南部遠江守様《なんぶとおとうみのかみさま》が逸見甲斐《へんみかい》の邸《やしき》へお遊《あそ》びにいらせられたそのときこのお杉《すぎ》が大振袖《おおふりそで》に髪《かみ》は文金《ぶんきん》の高髷《たかま》げ、お高付《たかつ》きのお茶台《ちゃだい》、茶《ちゃ》をのせてそれへもってゞました。それを遠江守殿《とおとうみのかみどの》が御覧《ごらん》なされて、しごく思召《おぼしめ》しにかない、予《よ》が側女《そばめ》に仕度《した》いとおおせられて、このお杉《すぎ》をつれておかえりとなり、御寵愛《ごちょうあい》の上《うえ》お部屋《へや》お杉《すぎ》の方《かた》となりました。このことを親《おや》の音右衛門《おとえもん》がきゝだして、家老《かろう》の逸見甲斐《へんみかい》のやしきへ文句《もんく》をいいにきた。音「ヘエ御家老様《ごかろうさま》、いかに御領分《ごりょうぶん》したのものといえども、親《おや》のあるものを一言《ごん》の言葉《ことば》もなく、殿様《とのさま》のお妾《めかけ》になさるとはどうです」スルト逸見甲斐《へんみかい》は、甲「コリャ音右衛門《おとえもん》、きさまの娘《むすめ》がお殿様《とのさま》のお部屋《へや》とまでに出世《しゅっせ》をしたなれば喜《よろこ》ばねばならぬ。それをとや角《かく》もうし参《まい》るとはどうしたことじゃ」と段々《だんだん》お諭《さと》しになって、とう〱此音右衛門《このおとえもん》に、十手《て》、捕縄《とりなわ》、御用張《ごようは》りをさげられて、目明《めあか》しとなる。そこで悪《わる》いことをせぬものでも、彼《あ》のものはこれ〱の悪《あく》事《じ》をはたらきましたと、音右衛門《おとえもん》のところへ金《かね》をもってゆけば、そのものを罪《つみ》におとす。

また悪《わる》いことをした罪人《ざいにん》でも、何卒《どうぞ》無罪《むざい》にしてくださいと賄賂《わいろ》をもってゆけば、かならずその罪《つみ》をゆるします。この音右衛門《おとえもん》のためにこのお下《した》の百姓《しょう》がどのくらい難儀《なんぎ》をするかもしれません。是皆《これみ》なお部屋《へや》お杉《すぎ》の方《かた》があるからでございます。よっていかすものでも殺《ころ》す、殺《ころ》すものでもいかすという悪漢無頼者《あっかんぶらいもの》でございます。その音右衛門《おとえもん》が四五名《めい》の乾児《こぶん》をひきつれて、いましも長《ちょう》十郎《ろう》の表口《おもてぐち》をとおりかゝるとワアー〳〵という鯨波《とき》の声《こえ》、音「オウ、若《わか》い奴等《やつら》、あのさわがしい声《こえ》はなんだ」乾「ヘイ親分《おやぶん》はなにもお知《し》りなさりゃアしませんが、きたる十五日《にち》牛頭天王《ごずてんのう》の社内《しゃない》で、長《ちょう》十郎《ろう》が角力《すもう》をもよおしますところが片関《かたせき》の錣形《しころがた》が死《し》んで、南部山《なんぶやま》にぶっつかるものがありません。そこで長《ちょう》十郎《ろう》がどうか片関《かたせき》を一人《ひとり》探《さが》し度《た》いものと、所々《しょしょ》をかけずりまわり、漸々《ようよう》つれてきたのが、なんでも常陸《ひたち》の国《くに》の帆立《ほたて》山《やま》という角力《すもう》とり。そいつが昨夕此方《さくゆうこちら》へのりこんできて、今朝方《けさがた》から稽古《けいこ》をはじめたので、見物人《けんぶつにん》が彼《あ》のとおりワア〳〵とさわいでいるのです」音「フームそうか。ジャアなにか昨晩《さくばん》俺《お》れが不在中《るすちゅう》に、長《ちょう》十郎《ろう》がその帆立山《ほたてやま》というものをつれて、挨拶《あいさつ》にきたか」若「イエなにもきやしません」音「ナニこねエー。この小南部《しょうなんぶ》の御領分下《ごりょうぶんした》へ、他国《たこく》からどんな芸《げい》人《にん》がわたってきても、俺《お》れのほうへさきに顔出《かおだ》しをしねエうちは、滅多《めった》に興行《こうぎょう》はさせねエんだ。それに一言《ごん》の挨拶《あいさつ》にもうせねエで、稽古《けいこ》をはじめるなんて生意気《なまいき》な野郎《やろう》だ。うちへはいって長《ちょう》十郎《ろう》に一《ひと》つ熱《ねつ》をいってやろう」とそのままズイッと稽古場《けいこば》の入口《いりくち》からはいってきて、音「ヤイ〳〵長《ちょう》十郎《ろう》」長「ヘイこれア親分様《おやぶんさま》ですか、よくいらっしゃいました。サアどうかこなたへお上《あが》りなして……」音「オイ〳〵長《ちょう》十郎《ろう》、おれは今日《きょう》はよくはこねエ。手前《てめ》エはおれを馬鹿《ばか》にしていやアがるナ」長「何《ど》ういたしまして、親分様《おやぶんさま》を馬鹿《ばか》にするようなことアありません」音「吐《ぬ》かすない。この南部《なんぶ》の御領分《ごりょうぶん》したへ、どんな芸人《げいにん》が渡《わた》ってきても、濡《ぬ》れ草鞋《わらじ》のうちにおれの家《いえ》へ挨拶《あいさつ》にくるはずだ。サモなけりゃア滅多《めった》にこゝじゃア稼業《かぎょう》をさせねエてエことは手前《てめ》エしってるだろう。それに今度《こんど》の角力《すもう》について、南部山《なんぶやま》の片対手《かたあいて》、帆立山《ほたてやま》とかいう角力取《すもうと》りを雇《やと》ってきたというのなら何故《なぜ》昨晩《さくばん》の内《うち》に俺《お》れのほうへ挨拶《あいさつ》につれてこないのだ」長「ヘイ親分《おやぶん》さん、実《じつ》は夜前《やぜん》すぐにつれてゆくはずでありましたが、大層疲《たいそうつか》れていましたから、昨晩《さくばん》は寝《ね》かして、今朝《けさ》はやくおきぬけに、親分《おやぶん》の方《ほう》へ御挨拶《ごあいさつ》につれてゆこうとおもっていましたところへ、ドシ〳〵稽古人《けいこにん》がやってきましたので、この稽古《けいこ》を済《す》みしだい、御挨拶《ごあいさつ》にまいろうとおもっていましたのです」音「エーイツ、そんないゝ加減《かげん》なことを聞《き》きたくは無《ね》エ。シテその帆立山《ほたてやま》という野郎《やろう》はどいツだ」長

「ヘイその稽古場《けいこば》の中央《まんなか》にたっております、それが帆立山《ほたてやま》でございます」音「こいツか。ヤイ帆立山《ほたてやま》という褌《ふんどし》かつぎは手前《てめ》エか」格「おれはなにも褌担《ふんどしかつ》いだ覚《おぼ》えはないわい」音「エイッなにを生意気《なまいき》なことを吐《ぬか》しやがるんだ。俺《おれ》アこの二万石小南部《まんごくしょうなんぶ》の御領分下《ごりょうぶんした》で、目明《めあか》しをつとめていて、いかすものでもころす、ころすものでもいかそうという、塀《へい》の越《こし》村《むら》の音右衛門《おとえもん》というナア俺《おれ》れだい」格「なんじゃ、生《い》かすものも殺《ころ》す、殺《ころ》すものもいかすとは、それアなんじゃい」音「エーイッ、何《なん》でもいいやい。このお下《した》へ諸芸人《しょげいにん》が渡《わた》ってきたら、どんなものでも俺《おれ》れの家《うち》へ挨拶《あいさつ》にき無《な》けアならねエんだ。それに己《う》ぬア挨拶《あいさつ》にもうせアがらねエで、大《おお》きな顔《かお》をしてよく角力《すもう》をとっていやアがるな」格「オイ音右衛門《おとえもん》、なんだア、俺《おれ》れの家《うち》へ挨拶《あいさつ》にこなければ角力《すもう》をとらさない。私《わ》しはなにもとらして呉《く》れエとたのんだのじゃアないぞ。此処《ここ》にいる長《ちょう》十郎殿《ろうどの》が、今度《こんど》の角力《すもう》に人気《にんき》がひきたゝず、客《きゃく》が来無《こな》かったらそんをするということをきいたによって、それは気《き》の毒《どく》じゃと無給金《むきゅうきん》できたのじゃ。そんならお前《まえ》がところのものなら、それはようきてやってくだすったと、私《わ》しに礼《れい》をいわねばならんはずだ。それになんぞや、挨拶《あいさつ》にこなんだのが如何《いかが》とは、それアなんじゃい」音「なにッ此野郎《このやろう》ッ」格「怒《おこ》ったナ。サアおいで、丁度宜《ちょうどよ》いところじゃ、一摑《ひとつか》みにして揉《も》み潰《つぶ》してやろう」音「何《な》アニッ……」格「ナニは横《よこ》ににおうわい、アハヽヽハッ」乾「親分《おやぶん》、こゝで腹《はら》を立《た》てちゃア場所《ばしょ》が悪《わる》うございます。この返報《へんぽう》は屹度《きっと》出来《でき》ます。今日《きょう》はこのまゝにお帰《かえ》りなさい」と怒《おこ》る音右衛門《おとえもん》をなだめて、よう〳〵其日《そのひ》は堺《へい》の越村《こしむら》へとかえってくる。あとに長《ちょう》十郎《ろう》は、長「帆立山関《ほたてやまぜき》、お前《まえ》さんあんなことをいっちゃアいけません」格「なにがいかん」長「あの音右衛門《おとえもん》と云《い》う人《ひと》は、これ〳〵かよう〳〵。ダカラ彼《あ》の人《ひと》に憎《にく》まれたら今度《こんど》の興行《こうぎょう》ができません。何《ど》うぞ挨拶《あいさつ》にいってください」格「お前《まえ》は彼《あ》の音右衛門《おとえもん》に恐《おそ》れているかもしらんが、吾々《われわれ》はべつにこわくはない。誰《た》れがなんといおうが彼《か》といおうが、滅多《めった》に頭《かしら》をさげて挨拶《あいさつ》にゃアゆかぬ」長「どうもこまるなア。こりゃア一《ひと》つ御隠居《ごいんきょ》にたのんで見様《みよう》……モシ御隠居《ごいんきょ》、いまお前《まえ》さんもきいていなさるとおりだから、どうか帆立山関《ほたてやまぜき》を穏《なだ》めて挨拶《あいさつ》にゆくようにいってください」光「イヤ〳〵帆立山《ほたてやま》が挨拶《あいさつ》にゆくといっても、この爺《おやじ》が遣《や》らんのじゃ」長「何《ど》うも二人《ふたり》とも強情《ごうじょう》な人《ひと》だナ」と長十《ちょう》郎《ろう》は一人気《ひとりき》をもんでいる。光右衛門《みつえもん》は心《こころ》のうちに、光「今《いま》あれのいった言葉《ことば》のうちに、生《い》かすものも殺《ころ》す殺《ころ》すものも生《い》かすともうしたは、ハヽア是《こ》れは郡奉行《こおりぶぎょう》や町奉行《まちぶぎょう》と共謀《きょうぼう》して、賄賂《わいろ》をとり、民《たみ》百姓《しょう》をくるしめる奴《や》ツに相違《そうい》ない。かかる者《もの》をその儘《まま》に捨《す》てておいては、この領分下《りょうぶんした》のものが、いかほど難儀《なんぎ》をするやらしれん。己《おの》れいまにみよ〳〵此奴《こや》ツをとりひしいでくれん」と、お睨《にら》みなされた。音右衛門《おとえもん》はとんでもない人《ひと》にゝらまれました。いよ〳〵牛頭天王《ごずてんのう》の角力場《すもうば》にて、血《ち》の雨降《あめふ》らす大騒動《おおそうどう》……。

◎貞婦《ていふ》およねを助《たす》けらる

扨《さて》も塀《へい》の越村《こしむら》の音右衛門《おとえもん》は、乾分《こぶん》を連《つ》れて吾家《わがや》へ帰《かえ》って来《き》て、音「ナア皆《みな》の奴等《やつら》、今稽《いまけい》古場《こば》で帆立山《ほたてやま》と云《い》う角力取《すもうと》りが、悪口《あっこう》を吐《は》きアがったが、併《しか》し俺《おれ》の事《こと》は詳《くわ》しゅうは知《し》るまい。後《あと》とで長《ちょう》十郎《ろう》から是《こ》れ〳〵斯様《かよう》〳〵と訳《わけ》を聞《き》いたら、必《かなら》ず驚《おどろ》いて、今《いま》に挨拶《あいさつ》に出《で》て来《く》るだろう。其《そ》うすれば憎《にく》むにも憎《にく》まれず、モウ幟《のぼ》りを染《そ》めさせるには間《ま》に合《あ》わ無《ね》エが、せめて人気《にんき》に酒樽《さかだる》でも、つんでやろうジャねエか」乾「ハイ成程《なるほど》、それアそうです。なにも訳《わけ》アしらねエから親分《おやぶん》に悪口《あっこう》をはいたのです。いまにでゝくるに違《ちが》いはなかろう」と待《ま》っておりまするに、早《はや》昼《ひる》もすぎるのにでゝこない。そこで音右衛門《おとえもん》は大《おお》きに怒《いか》り、音「己《う》ぬ愈々《いよいよ》出《で》てうせないな。ジャこれみよがしに奈良崎様《ならざきさま》の出口《でぐち》のところへ、南部《なんぶ》山《やま》の幟《のぼ》りと、酒樽《さかだる》五十挺《ちょう》を積《つ》み物《もの》にして、新立村《しんたてむら》の奴等《やつら》に鼻明《はなあ》かしてやろう」乾「ヘイ、ようございます」とこれから乾児《こぶん》のものが、酒屋《さかや》にいって酒樽《さかだる》五十挺曳《ちょうひ》いてきて、それを積物《つみもの》になし、南部山関《なんぶやまぜき》へと染《そ》め込《こ》んだ幟《のぼ》りを三本立《ぼんた》てた。スルト新立村《しんたてむら》のわかいものがこれをみて、長十郎《ちょうろう》にこのことをいう。長十郎《ちょうろう》は、長「御隠居《ごいんきょ》、おまえさんがすすめて帆立《ほたて》山関《やまぜき》を塀《へい》の越村《こしむら》、音右衛門親分《おとえもんおやぶん》の家《うち》へ挨拶《あいさつ》にやってくだされたら、人気《にんき》に酒樽《さかだる》の積物位《つみものくら》いはしてくださるんです。それにおまえさんが強情《ごうじょう》で、おやりなさらないもんだから、この向《むこ》うの奈良崎村《ならざきむら》の入口《いりくち》に、南部山関《なんぶやまぜき》という幟《のぼ》りが三本《ぼん》と、酒樽《さかだる》五十挺《ちょう》を積物《つみもの》にしてあるんです。それをどうもこの村《むら》のものが、指《ゆび》をくわえてみていられない。そんな強情《ごうじょう》なことをいわ無《ね》エで、大《おお》きに悪《わ》るかったといって一口謝《ひとくちあやま》ったらよいのです」光「イヤ〱おまえさんがなんといいなすっても、この光右衛門《みつえもん》はめったにやりません。よろしい、向《む》うのその積物《つみもの》の酒樽《さかだる》は、なかなかに酒《み》のないのでしょう」長「ヘイ、空樽《からだる》です」光「こゝに金《かね》がこれだけあります。この金《かね》で酒樽《さかだる》五十挺《ちょう》この新立村《しんたてむら》の入口迄曳《いりぐちまでひ》いてきてください」長「そうすると何《なん》ですかい、酒《み》のある酒樽《さかだる》を積物《つみもの》になさるんですか」光「イヤ積物《つみもの》にするのジャない。その酒樽《さかだる》をならべておいて、鏡蓋《かがみ》を打《う》ちぬき、杓《しゃく》をつけて酒《さけ》の施行《せぎょう》をしますのジヤ」長「エーイッ、たゞ往来《おうらい》の人《ひと》に飲《の》ますのですか」光「ソウ〳〵酒好《さけず》きな人《ひと》は飲《の》みしだい〳〵」長「ヤア此奴《こいつ》は面白《おもしろ》い。ナアわかいもの、この隠居《いんきょ》は強情《ごうじょう》いうだけの価値《ねうち》がある。大金《たいきん》をだして酒樽《さかだる》五十挺《ちょう》ひいてきて、たゞ飲《の》まそうなんて、どうも強義《ごうぎ》な人《ひと》だ。サアわかい者《もの》、早《はや》く酒屋《さかや》へいって五十挺《ちょう》の酒《さけ》を曳《ひ》いてこい」若「ヘイ合点《がってん》」と若《わか》い者《もの》は表《おもて》へとびだし、やがて暫《しば》らくすると五十挺《ちょう》の酒《さけ》を新立村《しんたてむら》の入口《いりくち》まで曳《ひ》いてきて、鏡蓋《かがみ》を打《う》ちぬき杓《しゃく》をつけて、酒《さけ》のほどこしをはじめた。サアこの事《こと》を聞《き》いて村々《むらむら》の百姓《しょう》で、酒《さけ》のすきなものは追々《おいおい》とでてきて、ドン〳〵と杓《しゃく》でくみのみをはじめる。若「親分《おやぶん》、新立村《しんたてむら》の入口《いりくち》で、帆《ほ》立山《たてやま》についている梅干爺奴《うめぼしじじめ》が、これ〳〵斯様《かよう》〳〵で酒《さけ》の施行《せぎょう》をはじめましたよ」音「フーム、巫山戯《ふざけ》たことをしやアがる。よしジャ此方《こっち》も敗《ま》けチャならねエから、はやく酒屋《さかや》へいって五十挺《ちょう》の酒《さけ》をひいてきて、たゞで飲《の》ませい」若「ヘイようがす」と酒屋《さかや》へいって五十挺《ちょう》の酒《さけ》を曳《ひ》いてきて、おなじく奈良崎村《ならざきむら》の入口《いりくち》で、鏡蓋《かがみ》を打《う》ちぬいて施行《せぎょう》をはじめた。長「ヘイ御隠居《ごいんきょ》、お前《まえ》さんが酒《さけ》の施行《せぎょう》をはじめたので、むこうもまけぬ気《き》で酒《さけ》のほどこしをはじめましたよ。お前《まえ》さんどうします」光「宜敷《よろし》い。お前《まえ》さんにこの金《かね》をわたすから、白《はく》米《まい》五十俵《びょう》ひいてきてください。それを貧民《ひんみん》に白米《はくまい》一升《しょう》ずつの施行《せぎょう》をしてください」長「御《ご》隠居《いんきょ》、お前《まえ》さんはどうも洒落《しゃれ》てる。よしッ」と五十俵《ぴょう》の米《こめ》をひいてきて、貧民《ひんみん》に一升《しょう》ずつの施《ほどこ》しをする。このことを聞《きき》つたえてサアでゝくるゝ。乾「ヘイ、親分《おやぶん》、むこうのやつには白米《はくまい》五十俵《ぴょう》ひいてきて、米《こめ》の施行《せぎょう》を追始《おっぱじ》めましたよ」音「ジャどうも此方《こっち》も無言《だまっ》ちゃアいられねエ。すぐ五十俵《ぴょう》ひいてきて施行《せぎょう》をせい」といいつける。合点《がってん》と乾児《こぶん》のものが米《こめ》をひいてきて施行米《せぎょうまい》をだす。長「御隠居《ごいんきょ》、また向《むこ》うも白米《はくまい》の施行《せぎょう》をはじめたよ。こんどは此方《こっち》はなんになさいます」光「そうヂャナ、それでは斯《こ》うしてください。人別《にんべつ》一人前《にんまい》に金《きん》一両《りょう》ずつをほどこすという立札《たてふだ》をだしてください」長「エーッ、一両《りょう》ずつの施《ほどこ》しですか」こやつは剛気《ごうき》だとまたはじめる。乾「エッ、親分大変《おやぶんたいへん》です」音「なんだッ」乾「むこうのやつは人別《にんべつ》一人前《にんまえ》に、金《きん》一両《りょう》ほどこしをだしていますよ」音「エーッ、なんだか彼奴等《あやつら》は訳《わけ》の判《わか》らねエやつだ」と流石《さすが》の悪徒《あくと》も呆《あき》れかえっている。それアそうでございます。農民《のうみん》に姿《すがた》を扮《やつ》していられますが、三十五万石《まんごく》の御老公《ごろうこう》、お金《かね》の入用《いりよう》とあって本国《ほんごく》へ使者《ししゃ》をたてれば、いつでもきます。また近国《きんごく》の大名《だいみょう》へ申《もう》しつけられても、すぐにお金《かね》の調達《ちょうたつ》はできます。よって黄門光圀卿《こうもんみつくにきょう》は、意地《いじ》ずくになれば、三十五万石《まんごく》の財産《ざいさん》をみんないれるお心算《つもり》。それでたらねば御親類《ごしんるい》の尾州《びしゅう》、紀州《きしゅう》の御両家《ごりょうけ》の御財産《ございさん》を皆《みな》いれる思召《おぼしめ》し。いやな真《ま》逆《さか》そんなこともなさるまいが、しかし金銀《きんぎん》にはすこしも御不自由《ごふじゆう》のないお方《かた》でございます。此方《こなた》塀《へい》の越村《こしむら》の音右衛門《おとえもん》は、御本家《ごほんけ》南部《なんぶ》大膳太夫《たいぜんのたいふ》が二十万石《まんごく》、こゝは小南部《しょうなんぶ》御分家《ごぶんけ》で二万《まん》五千石《せんごく》、南部《なんぶ》遠江守《とおとうみのかみ》、御両家《ごりょうけ》あわせて二十二万《まん》五千石《せんごく》。とう〳〵敵《かな》いそうなことはございません。とう〳〵音右衛門《おとえもん》の方《ほう》は閉口《へこ》たれてしまった。音「おのれ忌々《いまいま》しい爺奴《じじいめ》。この返報《へんぽう》は来《きた》る十五日《にち》、牛頭天王《ごずてんのう》の角力場《すもうば》で喧嘩《けんか》をふきかけ、彼方等《かやつら》三名《めい》をたゝきゝってしまおう」と、その日《ひ》の来《きた》るを待《ま》っている。それに引《ひっ》かえ御隠居《ごいんきょ》光右衛門殿《みつえもんどの》は、その罪《つみ》を憎《に》くんでその人《ひと》を憎《にく》まず。悪徒《あくと》でも改心《かいしん》さえすれば、助《たす》けてやろうという御仁心《ごじんしん》。まだ角力《すもう》の当日《とうじつ》までには二三日《にち》猶予《ゆうよ》があると、或日《あるひ》助《すけ》八、格《かく》八の二人《ふたり》をつれて、彼方此方《あなたこなた》をお廻《まわ》りになって、丁度《ちょうど》黄昏《たそがれ》の夕《ゆう》まぐれ、通《とお》りかゝった重野村《しげのむら》。片辺《かたえ》に茶店《ちゃみせ》をだしておりましたが、もう日《ひ》が暮《く》れかゝりまするので店《みせ》を片《かた》づけ、表《おもて》の送《おく》り戸《ど》を閉《し》め内《うち》へはいって、表《おもて》には誰《た》れもいませんから、暫《しばら》くこゝで休《やす》んでゆこうと、明《あ》いた床几《しょうぎ》に腰打《こしうち》かけてござると、その送《おく》り戸《ど》の内《うち》に当《あ》って、シク〳〵と女《おんな》の泣声《なきごえ》が聞《きこ》えるゆえ、光「ハテナ」と、戸際《とぎわ》によって、内《うち》の様子《ようす》を耳聳《みみそばだ》てゝきいてござると、女「叔父《おじ》さん、貴方《あなた》がどのように勧《すす》めてくださいましても、私《わた》しはこのことばかりはいやでございます」男「オイおよね、そうお前《まえ》のように強情《ごうじょう》なことをいうと、良夫《おっと》の利平《りへい》は一生牢腐《しょうろうくさ》りジャぞよ」女「ハイ万一《もし》良夫《おっと》利平《りへい》が悪《あく》人《にん》のために牢屋《ろうや》の内《うち》で責《せ》め殺《ころ》されるようなことがございましたら、私《わた》しもその場《ば》において、自害《じがい》をして相果《あいは》てます。悪徒《あくと》の音右衛門《おとえもん》に肌身《はだみ》を汚《けが》すのはいやでございます」光「コレ助《すけ》八、格《かく》八、かれを聞《き》いたか」二「ヘイ」光「委《くわ》しい訳《わけ》はわからねど、なんでも塀《へい》の越《こし》村《むら》の音右衛門《おとえもん》が、この家《や》の主人《しゅじん》を牢《ろう》へいれておいて、女房《にょうぼう》に恋慕《れんぼ》をしている様子《ようす》。どうも不埒《ふらち》な奴《や》つジャ。この儘《まま》にはすてゝはおけぬ。私《わ》しはこの家《や》の内《うち》へはいって、とくとようすを聞《き》いて、夫婦《ふうふ》のものを救《たす》けてやる。お前《まえ》は新立村《しんたてむら》へさきに帰《かえ》っていてください」と二人《ふたり》のものを返《かえ》しておいて、光「ハイ一寸《ちょっ》と御免《ごめん》ください」とガラリ送《おく》り戸《ど》あけておはいりになる。女「ヘイ貴方《あなた》は何方《どなた》でございます」光「ハイ私《わた》しは常陸国西山村《ひたちのくににしやまむら》の百姓《しょう》で、光《みつ》右衛門《えもん》と申《もう》しまして、こんど御当地《ごとうち》の角力《すもう》について帆立山《ほたてやま》をつれて新立村《しんたてむら》の長《ちょう》十郎《ろう》の家《うち》にきていますものでございます。いま表《おもて》の床几《しょうぎ》をかりて休《やす》まして貰《もろ》うておりましたら、なんか内《うち》には物哀《ものあわ》れなるお話《はな》しぶり。一体《たい》どうなさいましたのでございます」女「それは御親《ごしん》切《せつ》によく問《と》うてくださいました。その訳《わけ》と申《もう》しまするのはかようでございます。このさきの平田村《ひらたむら》の大《おお》百姓《しょう》、喜左衛門《きざえもん》の宅《たく》で、大勢《おおぜい》が打《うち》より博奕《ばくち》をうっていた、そのうちに私《わた》しの良夫利平《おっとりへい》も交《まじ》っておりました、ところへ塀《へい》の越村《こしむら》の音右衛門《おとえもん》が、乾分《こぶん》をひきつれのりこみきたって、御用弁《ごようべん》で一同《どう》を召捕《めしと》り、その場《ば》にあったる数百両《すうりょう》の金《かね》は自分《じぶん》が着服《ちゃくふく》、残《のこ》らず牢内《ろうない》へほりこんでしまいました。ところがその牢《ろう》へいれられた人《ひと》の親《おや》や兄弟《きょうだい》が、音右衛門《おとえもん》の方《ほう》へ金《かね》をもっていって、どうぞ無罪《むざい》にしてくれと頼《たの》みこんだので、みなく出牢《しゅつろう》となりました。そこで私《わた》しも貧乏《びんぼう》の中《なか》から良夫《おっと》のためと、三十両《りょう》の金《かね》を工面《くめん》してもってまいり、どうぞ良夫利平《おっとりへい》を助《たす》けてくれとたのみました。スルト音右衛門《おとえもん》は、よし牢《ろう》からだしてやるといって、その三十両《りょう》の金《かね》を取《とり》こんでしまい、今日《きょう》で十日余《かあま》りになりますのに、今《いま》に、良夫《おっと》を牢《ろう》からだしてくれません。ところへもってきてこゝにいられますのは、私《わた》しの叔父《おじ》の八兵衛《べえ》という人《ひと》でございます。この叔父《おじ》へむけて、お前《まえ》の姪《めい》のおよねを、おれにとりもちをしてくれエと、無体《むたい》のことを申《もう》してまいります。そこで叔父《おじ》さんが私《わた》しにむかって、いやらしいことをすゝめにまいられまするが、たとえ私《わた》しはどんな憂《う》き目《め》をみましても、このことばかりはいやジャと謝絶《ことわ》っているところでございます」光「フムそうか。博《ばく》奕刑状《ちけいじょう》で召捕《めしと》り牢《ろう》へいれたるものを、それく賄賂《わいろ》をとりて出牢《しゅつろう》をなさせておきながら、お前《まえ》さんが金《かね》をもっていって頼《たの》みしに、その金《かね》をとりこんでおいてお前《まえ》の亭主利平一人《ていしゅりへいひとり》を、出牢《しゅつろう》をさせんと申《もう》すのはどうも言語同断《ごんごどうだん》の仕方《しかた》。このことをきいて私《わた》しも人事《ひとごと》のようには思《おも》われません。宜敷《よろし》い、屹度《きっと》お前方夫婦《まえがたふうふ》を助《たす》けてあげましょう。またこゝにいなさる八兵衛《べえ》さんという人《ひと》は、現在《げんざい》の姪《めい》に不義《ふぎ》を勧《すす》めるというはなにごとジャ。あくまでもお前《まえ》が力《ちから》をそえて、利平《りへい》を助《たす》けてやるようにするのがあたりまえジャ。こんな詰《つま》らん叔父《おじ》をもったのがお前《まえ》の不祥《ふしょう》ジャ。オイ八兵衛《べえ》さんとやら、お前《まえ》さんはモウお帰《かえ》り。私《わた》しがこのおよねさんの力《ちから》になって、あくまでも塀《へい》の越村《こしむら》の音右衛門《おとえもん》に打付《うっつ》かるのじゃ」男「オイオイ爺《じい》さん、なんだ手前《てめ》エはおよねの味方《みかた》になって音右衛門親分《おとえもんおやぶん》に対手《あいて》になるッ。途方《とほう》もないことを吐《ぬか》しやがる。この音右衛門《おとえもん》という人《ひと》は、御領分下《ごりょうぶんした》の大目明《おおめあか》しで、生《い》かすものでも殺《ころ》す、殺《ころ》すものでも生《い》かそうというくらいな羽《は》ぶりのきいた人《ひと》だ。いまにこゝへでてくるのだ。その時手前《ときてめ》エは泣面《なきづら》かくな」光「ハイ滅多《めった》に泣面《なきづら》はみませんのジャ。どこ〳〵までもおよねさんに力《ちから》になって、利平《りへい》さんを助《たす》けるのジャ。お前《まえ》さんには用《よう》はないから、トットとおかえり……」男「オウよく吐《ぬか》した。およね手前《てめ》エもおれのいうことをきかないで、こんな梅干爺《うめぼしじい》のいうことをもちいるのか」よね「ハイ、貴方《あなた》のような不人情《ふにんじょう》なお方《かた》にお頼《たの》みはしません。はやくかえってください」八「オウそういったことを忘《わす》れやアがるな」と腹《はら》を立《た》て〻表《おもて》の方《ほう》へで〻ゆきました。あとに光右衛門《みつえもん》は、光「およねさん、いまきけば今夜《こんや》音右衛門《おとえもん》がこ〻へでもくるそうジャ。私《わた》しはどこにかかくれているから、万《まん》一音右衛門《おとえもん》がでてきたら、柳《やなぎ》に風《かぜ》と逆《さか》わず酒《さけ》でもだして機嫌《きげん》よう待遇《もてな》しなさい。そうすると音右衛門奴《おとえもんめ》は、うまいと喜《よろこ》び、必《かなら》ずお前《まえ》に如何《いかが》わしき挙動《ふるまい》をしかけてくるにちがいはない。その折《おり》私《わた》しがとんでて、音右衛門奴《おとえもんめ》をとっておさえ、目《め》に物見《ものみ》せてやります」よね「ハイ誠《まこと》に有難《ありがと》うぞんじます。それではこの物置《ものお》き小屋《ごや》にかくれていてくださいませ」光「ヨシッ」と光右衛門《みつえもん》の御隠居《ごいんきょ》は、物置小屋《ものおきごや》のうちにはいって、いまやきたるかとまちうけてござる。ところへその夜《よ》の四ツ頃《ごろ》おい、塀《へい》の越村《こしむら》の音右衛門《おとえもん》は、長《なが》い刀《やっ》を一本打込《ぼんうちこ》んで、やってまいった利平《りへい》の宅《たく》。表《おもて》の戸《と》をカラリとあけて、音「オウおよね、うちにいるかい」よね「オヤ親分様《おやぶんさま》でございますか。サアどうぞ此方《こなた》へ……」とうえにとあげて、こしらえおいた酒肴《さけさかな》をとりだし、よね「どうぞ親分《おやぶん》、一ツ召飲《めしあが》ってください」と盃《さかずき》をだす。音右衛門《おとえもん》は心《こころ》のうちに、音「ハヽア、さては叔父《おじ》の八兵衛《べえ》からいいこんだことを承知《しょうち》したとみえる。此奴《こい》ツは〆《し》めた」と盃《さかずき》をとって、さしつさ〻れつ酒《さけ》くみかわしていまするうちに、追々酔《おいおいよい》がまわってきた。音「サアおよね、もう夜《よ》もふけるから、寝様《ねよう》ジャアねエか、サアこい」

とおよねの手《て》をとって、奥《おく》の一間《ひとま》へつれてゆこうとするを、およねはその手《て》をパッとふりはなし、よね「オヤお前《まえ》さんはなにをなさるのです。私《わた》しには利平《りへい》という立派《りっぱ》な良夫《おっと》がありますよ。その良夫《おっと》のあるものをとらえて、この挙動《ありさま》はなにごとでござんす。アタいやらしい、よしてください」とにわかにかわる剣幕《けんまく》、音右衛門《おとえもん》はムッといたし、音「ヤイおよね、うぬは八兵衛《べえ》からいいこんだことを、不得心《ふとくしん》だナ」よね「ハイいやですよ。お前《まえ》さんは当御領分下《とうごりょうぶんした》で、大目明《おおめあか》しをつとめていて、わるいものも召捕《めしと》り、吟味調《ぎんみしら》べをするものが、人《ひと》の女房《にょうぼう》に不義《ふぎ》をしかけるとは、余《あま》りなことでござんしょう」音「オウよくいった。そう吐《ぬか》しゃア仕方《しかた》がねエ。かあいさ余《あま》って憎《に》くさが百倍《ばい》。うぬこうしてくれる」とそばにおいたる長刀《どす》に手《て》にかけパッと鞘《さや》を払《はら》った。およねは、よね「アレーッ」と奥《おく》の間《ま》さしてにげこまんとする。この時遅《ときおそ》くかの時《とき》はやし、物置小屋《ものおきごや》よりヌックと現《あら》われいでたる光右衛門《みつえもん》は、光「ヨウ塀《へい》の越村《こしむら》の音右衛門《おとえもん》、まてッ」と声《こえ》かけた。音「なんだッ……」うしろをふりかえってみると、色真黒《いろまっくろ》けな老爺《おやじ》が、ヌックと庭《にわ》に立《た》っているから、音「ヤイうぬなんだ」光「私《わたし》はおよねの叔父光右衛門《おじみつえもん》というものジャ」音「なんだと」光「お前《まえ》は私《わた》しの姪《めい》のおよねをとらえてなにをなさる。この叔父《おじ》がついているからには、めったなことはさゝぬのジャ」音「エイッ、なにを吐《ぬか》しやがるこの梅干爺奴《うめぼしじじめ》、己《う》ぬからさきに殺《ころ》してやるから、覚悟《かくご》をしろッ」ときりつけた。光右衛門《みつえもん》はヒラリと体《たい》をかわし、空《くう》をうたせておいて、いきなりグイッと腕首《うでくび》を引《ひっ》つかみ、光「ウムーッ」とねじあげた。音「アッ痛い〳〵ッ」光「どうジャ、人吾《ひとわ》れに辛《つら》ければ、われまた人《ひと》に辛《つら》しとやら。人《ひと》を苦《くる》しめれば自分《じぶん》も苦《くる》しまねばならん。サアおよね、荒縄《あらなわ》を一筋《すじ》もってこい」よね「ハイ」とおよねは庭《にわ》へおりて、納屋《なや》から荒縄《あらなわ》を一筋《すじ》とりだしてくる。光「コリャ悪徒《あくと》、身体《からだ》を動《もが》くと痛《いた》いぞ、静《じっ》としておれエ」と白刃《しらは》をもぎとり、うしろ手《で》にと縛《しば》りつけ、光「サアおよね、お前《まえ》の良夫利平《おっとりへい》をば、牢《ろう》へいれてくるしめたやツ、木切《きぎ》れか棒《ぼう》ぎれをもってきて、良夫《おっと》の敵《かたき》ジャ、此奴《こやつ》の頭《あたま》を撲《たた》け」よね「ハイ有難《ありがと》うございます。ヤイ音右衛門《おとえもん》、ようも私《わた》しの良夫《おっと》を苦《くる》しめたナ。こうしてやる」と竹《たけ》ぎれでピシリ〳〵と頭《あたま》をたゝく。音右衛門《おとえもん》は顔《かお》を顰《し》かめ、音「ヤイ老爺《おやじ》、余計《よけい》なことをいいつけアがる。どうかこの縄《なわ》をといてくれ」光「どうジャ往生《おうじょう》したか。縄《なわ》はといてやるが以来改心《いらいかいしん》をするか。どうジャ」音「オヽモウ今後《こんご》わるいことはしねエから縄《なわ》をといてくれ」光「ヨシ、それでは解《と》いてやる。必《かなら》ず悪《わる》いことをするなよ」と縄《なわ》をといておやりなさる。音右衛門《おとえもん》は、音「ヤイ老爺《おやじ》、覚《おぼ》えていやアがれエ」

とそのまゝ表《おもて》へにげだす。あとにおよねは、よね「モシ御隠居様《ごいんきょさま》、お助《たす》けくだされましたのは、有難《ありがと》うございまするけれども、このゝち音右衛門《おとえもん》がどんなことをしてくるかも知《し》れませぬ」光「イヤ〳〵なにも心配《しんぱい》することはない。いまにあやつの命《いのち》を縮《ちぢ》めてやるから安心《あんしん》をしておるがよい」といいおかれて、新立村《しんたてむら》の長《ちょう》十郎方《ろうかた》へお帰《かえ》りに相成《あいな》りました。いよ〳〵同月《どうげつ》十五日《にち》、牛頭天王《ごずてんのう》の角力場《すもうば》において、音右衛門《おとえもん》を一刀両断《とうりょうだん》に斬《き》っておとされるという一条例《じょうれい》によって例《れい》の如《ごと》し……。

◎南部役人《なんぶやくにん》に召捕《めしと》らる

さても十五日角力《にちすもう》の当日《とうじつ》に相成《あいな》りまするると、水戸黄門光圀卿《みとこうもんみつくにきょう》は、ひそかに佐々木《ささき》、渥美《あつみ》の二人《ふたり》にむかわれ、光「サア愈今日《いよいよきょう》が角力《すもう》の当日《とうじつ》ジャ。ついては塀《へい》の越村《こしむら》の音右衛門《おとえもん》、改《かい》心《しん》をすれば助《たす》けてやる心得《こころえ》であったが、どうしても助《たす》けることはできない。よって今日《きょう》はかれの命数《めいすう》をちゞめてやる」二人「ハヽッ、シテどこでお殺《ころ》しなさる、お考《かんが》えでございます」光「されば、今日角力場《きょうすもうば》において格《かく》八の帆立山《ほたてやま》と、南部山《なんぶやま》との取組《とりく》み、例《れい》の鬼摑《おにつか》みの手《て》で引摑《ひきつか》んでやれば勝《か》つにきまっている。その南部山《なんぶやま》が敗《ま》ければ塀《へい》の越村《こしむら》の音右衛門《おとえもん》が、かならず怒《おこ》って土俵《どひょう》のうえへあがってくる。乱暴《らんぼう》をするに相違《そうい》ない。そのときかれの利腕《ききうで》と首筋《くびすじ》をグイッと引摑《ひっつか》み、身動《みうご》きさせず、そのまゝ角力場《すもうば》の外《そと》へつれてでるのジャ。スルトみておいたそとには小笹籔《こざさやぶ》の前《まえ》に溋川《いじかわ》、そこに小判《こばん》なりの石《いし》がある。そのところまでつれてでよ。そうすると大勢《おおぜい》の見物人《けんぶつにん》が、ワイ〳〵とうしろからつけて来《き》て、どうなることかと見物《けんぶつ》をしている。その時予《ときよ》がエヘンと咳《せ》き払《はら》いをしたを相図《あいず》に、助三郎《すけろう》が旅《たび》ざしの柄《つか》に手《て》をかけ、ぬき討《う》ちに音右衛門《おとえもん》の首《くび》を討《う》ちおとしてしまうのジャ。よいか」二人「ハッ畏《かしこま》りました」とこゝで主従《しゅじゅう》三人《にん》が、チャンとしめしあわされました。このことたれ一人《ひとり》ほかにしるものはございません。やがて勧進元《かんじんもと》の長《ちょう》十郎《ろう》は、一同《どう》とゝもに牛頭天王《ごずてんのう》の御社内《ごしゃない》角力場《すもうば》をさしてのりこみきたる。スルト近郷《きんごう》、近村《きんそん》より今日《きょう》の角力《すもう》を見物《けんぶつ》せんと、続々出《ぞくぞくで》かけてきて、場内《じょうない》の立錐《りっすい》は地《ち》もなきほど、人《ひと》でつまっている。御隠居光右衛門《ごいんきょみつえもん》は、助《すけ》八、格《かく》八の二人《ふたり》をつれて、角力溜《すもうたま》りにでゝきて、そこに安坐《あぐら》を組《く》んでみておられる。むこう正面《しょうめん》の桟敷《さじき》には、塀《へい》の越村《こしむら》の音右衛門《おとえもん》、乾児《こぶん》二三十人《にん》をひきつれて、見物《けんぶつ》をしている。其《その》内《うち》においく〳〵と角力番数《すもうばんすう》もとりすゝんできて、やがてよびだし奴《やっこ》が、東南部山《ひがしなんぶやま》、西帆立山《にしほたてやま》とよびだす。この声《こえ》とともに東西《とうざい》の溜《たま》りより、土俵《どひょう》のうえへヌックと立現《たちあら》われた。スルト贔屓《ひいき》〳〵によって、南部山《なんぶやま》〳〵と声《こえ》をかけるもあり、帆立山《ほたてやま》〳〵と声《こえ》をかけるもあり、ウワーウワッと声《こえ》をあげている。ところが南部山《なんぶやま》は力《しこ》をふんで、角力《すもう》の方式通《ほうしきどお》りをいたしておりまするに一方《ぽう》帆立山《ほたてやま》は力《しこ》をもふまずに、土俵《どひょう》の真中央《まんなか》に、ヌックとたったなり、塀《へい》の越村《こしむら》の音《おと》右《え》衛門《もん》の方《ほう》を、ジロ〳〵ながめている。やがて双方土俵《そうほうどひょう》の真中央《まんなか》にたった。行司《ぎょうじ》は軍配《ぐんばい》をもって、双方《そうほう》の気合《きあい》をはかっているうちに、南部山《なんぶやま》が、南「ヤアーッ」と声掛《こえか》け立上《たちあが》った。そこを隙《す》かさず帆立山《ほたてやま》は、突然《いきな》りれいの鬼摑《おにつか》みで、対手《あいて》の利腕《ききうで》をグイッとひっつかんだ。南部山《なんぶやま》はたゞ一まくりにしてしまおうとおもったが、なんとしてうごかばこそ、地《ち》から生《は》えたる松《まつ》の木《き》のごとく、力《ちから》をいれるにもおのれの身体《からだ》がいたいものですからどうしても力《ちから》がいりません。こなた帆立山《ほたてやま》は充分対手《じゅうぶんあいて》の奴《やつ》を弱《よわ》らせておいて、モウよかろうという時分《じぶん》に、両腕《りょううで》をつかまえたまゝ、土俵《どひょう》のまわりをあなたこなたとひきまわし、モウ大丈夫《だいじょうぶ》と、格「ヤアッ」と横《よこ》にふった途端《とたん》の拍子《ひょうし》、南部山《なんぶやま》は土俵《どひょう》の真中《まんなか》へドスンとたおれた。これをながめた数多《あまた》の見物人《けんぶつにん》は、ワアーハワッとあげる声《こえ》はしばらくなりもやみません。このときむこうの桟敷《さじき》にみていた塀《へい》の越村《こしむら》の音《おと》右《え》衛門《もん》は、烈火《れっか》の如《ごと》くにいかり、音「おのれッ」というなり長刀《どす》おっとり、桟敷《さじき》のうえよりパッととびおり、ドン〳〵ドン〳〵と見物人《けんぶつにん》をおしわけ、かきわけ、音「ヤア、帆立山《ほたてやま》おりるな。おれが一番《ばん》とりくむんだ」と土俵《どひょう》のうえにあがらんとするのいきおい。これをながめて行司《ぎょうじ》は驚《おどろ》き、行「サア、大変《たいへん》だッ。贔屓《ひいき》の南部山《なんぶやま》がまけたによって、音右衛門親分《おとえもんおやぶん》がおこったのだ。モシ帆立《ほたて》山関《やまぜき》、どうかおたのみ申《もう》します」帆「行司《ぎょうじ》、なんジャ」行「いま彼処《あしこ》へとびこんでくる人《ひと》は、あれは当御領分下《とうごりょうぶんした》の大目明《おおめあか》しで、塀《へい》の越村《こしむら》の音右衛門《おとえもん》という大親分《おおおやぶん》です。どうか一番《ばん》ふってください」帆「ヨシ〳〵両腕引摑《りょううでひっつか》んで土俵《どひょう》のまわりをふりまわしてやる」行「オイ関取《せきと》り、ふると云《い》うことは角力《すもう》にまけることをいったのです。本当《ほんとう》にふりまわしチャいけませんよ」帆「イヤ〳〵私《わた》しは負《ま》けることは大嫌《おおぎら》い、ふるのはすきジャ」といっているところへ、躍《おど》りあがった音右衛門《おとえもん》、音「ヤイ帆立山《ほたてやま》、覚悟《かくご》しろッ」とぬき討《う》ちに、ヤッとばかりに斬《き》りつけた、ヒラリと身《み》をかわした、対手《あいて》の音右衛門《おとえもん》は、空《くう》をうたされてよろ〳〵とよろめくやつの右《みぎ》の腕《かいな》をグイッとひっつかまえたからたまらない。もったる一刀《とう》バラリとおとす。その腕《うで》をグイッとうしろに捻《ね》じ曲《ま》げ、左《ひだ》りの腕《うで》をのばして、首筋《くびすじ》グイッと鬼摑《おにつか》みに引摑《ひっつか》んだ。数多《あまた》の見物人《けんぶつにん》は、大勢「オイ〳〵腕《うで》をねじあげる角力《すもう》があるだろうか。塀《へい》の越村《こしむら》の親分《おやぶん》をあんなことしたら、こりゃア大変《たいへん》だ」とワアくと騒《さわ》いでいる。桟敷《さじき》にみていた音右衛門《おとえもん》の乾分《こぶん》二十人《にん》あまり、乾「この野郎《やろう》、おれの親分《おやぶん》を手込《てご》みにしやアがったナ。それゆけエッ」とてんでに長刀《どす》引提《ひっさ》げ、バラくバッと土俵《どひょう》の前後《ぜんご》をとりまいた。このとき溜《たま》りにいたる光右衛門老人《みつえもんろうじん》と助《すけ》八の両人《りょうにん》は、ドッとばかりにたちあがり音右衛門《おとえもん》の乾児《こぶん》のやつらを、引摑《ひっつか》んではあなたこなたへなげつけるその様《さま》は、あたかも手鞠《てまり》をなげるにひとしく、この勢《いきお》いに辟易《へきえき》して、乾児《こぶん》のやつらは右往左往《うおうさおう》と逃《に》げ迷《まよ》う。こなた御隠居光《ごいんきょみつ》右衛門《えもん》は、そんなやつには目《め》もくれず、光「サア帆立山《ほたてやま》、はやく角力場《すもうば》のそとへつれて出《で》様《よう》」とお声《こえ》がかかる。帆立山《ほたてやま》は音右衛門《おとえもん》を引摑《ひっつか》み、その儘《まま》ドンくくと角力場《すもうば》のそとへつれてでる。かねて示《しめ》しあわしておいた洫川《いじかわ》、小笹籔《こざさ》の辺《ほと》りへつれてくる。スルト大勢《おおぜい》の見物人《けんぶつにん》は、ワッワくとあとからついてでて、△「オイく一体塀《たいへい》の越村《こしむら》の親分《おやぶん》をどうするんだろう」とくちぐくに囁《ささや》いていると、隠居光右衛門《いんきょみつえもん》は、光「サア皆様《みなさま》、お前方《まえがた》は今日《きょう》はよい日《ひ》にきなされた。角力《すもう》がすんでこれから首斬《くびき》りがはじまるのじゃ」大勢「エーイッなんだ首斬《くびき》りだ。酷《ひど》いことをいってやがる。オイくほんとうに首《くび》をきるんだろうか」□「ナアニ本当《ほんとう》にきってたまるものか。そんなことでもするが最後《さいご》、あの三人《にん》のやつらは縛《しば》り首《くび》だ。めったに斬《き》りはしない。あアいって音右衛門《おとえもん》を改心《かいしん》させるんだろう」といっている。このとき佐々木助三郎《ささきすけろう》の助八《すけ》は、じっとそばへすゝみより、旅差《たびざ》しの柄《つか》に手《て》をかけて居合腰《いあいごし》になっている。□「オイ手前《てめえ》は、斬《き》らねエ〳〵といっているが、あのとおり居合腰《いあいごし》になっているよ」△「ナアニそんなに心配《しんぱい》するない。斬《き》りはしないよ」と、やがて光右衛門《みつえもん》はおおくの人《ひと》をそこへ集《あつ》めて置《お》いて、じぶんはよしと思召《おぼしめ》したか、光「エヘンッ」とあいずのお咳《せ》き払《ばら》いをなされたかとおもうと助八《すけ》が、助「ヤッ」と抜討《ぬきう》ちにすると、はや首《くび》はまえにとバッタリおちた。これを眺《なが》めたおおくの見物人《けんぶつにん》は、多「そうりゃ斬《き》った〳〵、こゝにいたらこりゃアどんな掛《かか》りあいになるかもしれん」と右往左往《うおうさおう》ににげさります。あとに隠居光右衛門《いんきょみつえもん》は、せきも騒《さわ》ぎもなさらず、悠々《ゆうゆう》として血《ち》を垂《た》る音右衛門《おとえもん》の生首《なまくび》を、竹《たけ》をきってその竹《たけ》に貫《つらぬ》き、片辺《かたえ》に立《た》てておき、矢立《やたて》の筆《ふで》を抜《ぬ》いて小判形《こばんがた》の石《いし》のおもてに、お認《したた》めになりましたその罪状《ざいじょう》の文意《ぶんい》は、

一この者儀権威《ものぎけんい》をふるい、民百姓《たみしょう》の苦《くる》しむこと数《かず》しれず、言語同断不届《ごんごどうだんふとどき》の曲者《くせもの》につき、かくの如《ごと》く天誅《てんちゅう》をくわえ、梟首《きょうしゅ》せしむるものなり。

常州西山村《じょうしゅうにしやまむら》の農《のう》　光《みつ》右衛《え》門《もん》

とお書《か》きなされて、いつもなら水隠梅里《すいいんばいり》とお認《したた》めなさるのでありまするけれども、こんどは故意《わざ》とお認《したた》めなされませなんだのは、深《ふか》きお考《かんが》えあってのことでございます。かくのごとくにしておかれて、悠々然《ゆうゆうぜん》として新立村《しんたてむら》の長十郎《ちょうろう》の宅《たく》へおかえりとなりました。スルト長十郎《ちょうろう》は真青《まっさお》な顔《かお》して、長「御隠居《ごいんきょ》、おまえさんがたは、とんでもないことをして下《くだ》した。この言訳《いいわ》けはおれが一人引冠《ひとりひっかむ》って所分《しょぶん》をうけるから、おまえがたはあとかまわず、はやくこゝを逃《に》げてください」光「イヤ〳〵逃《に》げません。犯罪人《はんざいにん》はわれ〳〵三人《にん》じゃ。それにおまえさんにこの罪《つみ》を引冠《ひっかむ》らしてはすみません」長「オイ御隠居《ごいんきょ》、そんなことをいわないで、こゝを逃《に》げてください。どこ迄《まで》もおまえさんがた三人《にん》を助《たす》けたいんだ」光「フム、イヤそういうその御好意《ごこうい》を無《む》にするのもなんとやら、それではボツ〳〵とでかけます」長「オイ、串戯《じょうだん》いっチャ不可無《いけね》い。ボツ〳〵ゆくくらいならにげいとは云《いわ》ぬ。それではこゝより一里半斗《りはんばか》りゆくと、向《む》うへ越《こ》す渡船場《わたしば》がある。その渡《わた》しを渡《わた》ってゆけば、出羽《でわ》地の方《ほう》へでる途《みち》だ。サアはやくにげてください」光「左様《さよう》か、それではたってゆきますが、万《まん》一後《あ》とへ役人衆《やくにんしゅう》がでゝきたら、吾々《われわれ》三人《にん》は渡船場《わたしば》の方《ほう》へ逃《に》げたといってください」長「オイそんな詰《つま》ら無《ね》エことをいいなさんな。早く〳〵」と急《せ》きたてられ主従《しゅじゅう》三人《にん》は、べつにいそぎもなさずボツ〳〵と渡船場《わたしば》差《さ》して歩《ほ》をすゝめられる。それに引換《ひきか》え此方塀《こなたへい》の越村《こしむら》の身内《みうち》の奴等《やつら》は、此趣《このおもむ》きを処《ところ》の代官大塚孫太夫《だいかんおおつかまごだいふ》の邸《やしき》へ訴《うった》えた。代「其《そ》れ其奴等《そやつら》を逃《に》がしてはならん」と捕手《とりて》の役人《やくにん》は、新立村長《しんたてむらちょう》十郎《ろう》の宅《たく》へ乗《の》りこんできたって、調《しら》べてみるとはやにげて居無《いな》いということ。そこで取敢《とりあ》えず長《ちょう》十郎《ろう》一人《にん》を召捕《めしと》って仕舞《しま》い、然《しか》して八方出口《ぼうでぐち》〳〵へ張《は》り込《こ》みをだす。当今《とうこん》でいう非常線《ひじょうせん》を張《は》るのでございます。一方捕手《ぼうとりて》の役人《やくにん》は渡船場《わたしば》をさして乗込《のりこ》んでまいり、役「オイ〳〵渡《わた》し守《もり》はいるかい」守「コレはお役人様《やくにんさま》でございますか。向《むこ》うこしをなさいますか」役「ナアニ向《むこ》うこしをするんジャない。今日牛頭天王《きょうごずてんのう》の角力場《すもうば》で、云々斯様《しかじかかよう》〳〵其罪人《そのざいにん》が多分此方向《たぶんこのほうこう》へ逃《に》げたということだが、未《ま》だきやアしないか」守「ヘエーッ、其《そ》れはどうも大変《たいへん》なことです。イヤ一向未《こうま》だそんなものはまいりません」役「其《そ》うか。ジャア万《まん》一今《いま》にもここへ三人《にん》の奴等《やつら》がきたら、なんとか口実《こうじつ》を設《もう》けてこの渡船場《わたしば》にとめおき、最寄《もよ》りの村役場《むらやくば》へ訴《うった》えてこい。しかと申付《もうしつ》けたぞ」といい捨《す》て、その儘彼方《ままあなた》へ行《い》ってしまった。そのあとへボツ〳〵〳〵と尻切《しりき》れ草鞋《わらじ》をはいて光右衛門主従《みつえもんしゅじゅう》三人《にん》が、渡船場《わたしば》へきたり、光「アヽモーシ渡《わた》し守《もり》の、何《ど》うぞ吾々《われわれ》三人《にん》を渡《わた》してくださらんか」守「イヤお百姓《しょう》、お前方《まえがた》三人《にん》は何方《どちら》からおいでなさいました」光「ハイ新立村《しんたてむら》の方《ほう》からまいりました」守「其《そ》うですか。今日《きょう》きくところによれば、牛頭天王《ごずてんのう》の角力場《すもうば》で、塀《へい》の越村《こしむら》の音右衛門《おとえもん》親分《おやぶん》の首《くび》をきったやつがあるそうですが、お前《まえ》さんはなにもお聞《き》きなさりゃアしませんか」光「ハイ〳〵きいてます。どうも大変《たいへん》な騒《さわ》ぎでございます」守「一体《たい》何奴《どいつ》がそんなことしたのでしょう」光「ハイ此奴《こや》ツがしたのです」守「ヘーッ、お前《まえ》さんがッ。なんでマアそんな無茶《むちゃ》なことをしなすったんだ」光「何《な》にも無茶《むちゃ》はしません。殺《ころ》すべきわけあってしましたのだ。きくところによれば、あの音右衛門奴《おとえもんめ》に、領分下《りょうぶんした》の人民《じんみん》が、年々苦《としとしくる》しめられることは夥多《おびただ》しいとの事《こと》。よって小《しょう》の虫《むし》を殺《ころ》して大《だい》の虫《むし》をたすけるがためにしたのです」守「御隠居《ごいんきょ》、それは成程《なるほど》其《そ》うジャが、併《しか》し音右衛門《おとえもん》という人《ひと》の娘《むすめ》、おすぎというのが御領主様《ごりょうしゅさま》のお妾《めかけ》にあがっていて、それで人《ひと》が皆《みな》おそれているのジャ」光「サアそこです。それジャによって私《わた》しが斬殺《きりころ》したのじゃ。ついては其犯人《そのはんにん》を詮議《せんぎ》のために役人《やくにん》がこゝへきましたであろう」守「ヘエ、きやした〳〵」光「夫《そ》れではお前《まえ》が、私《わ》し等《ら》三人《にん》を向《むこ》うへ渡《わた》したとあっては、どの様《よう》な咎《とが》めをうけるやらしれん。よってこゝでまっていますから、はよう最寄《もよ》りの村役場《むらやくば》へ訴人《そにん》をしなさい」守「其《そ》んなことをいってお前《まえ》さんは、あとでにげるんジャございませんか」光「イヤ〳〵私《わた》し等《ら》は、にげいといってもけっしてにげるんジャアありません。はやくいってきなさい」守「ジャアこの小屋《こや》のうちの囲炉裏《いろり》にあたってまっていてください」といいおいて、ドン〳〵駆《か》けだしてゆく。あとに三人《にん》は小屋《こや》の内《うち》にはいり、役人《やくにん》のくるをまちうけている、ところへしばらくして捕手《とりて》の役《やく》人《にん》が、バラ〳〵ッとそれへ乗《の》り込《こ》みきたり、役「御用《ごよう》だッ、神妙《しんみょう》にしろッ」光「ハイ、お役人様《やくにんさま》、御苦労《ごくろう》にございます。サア縄《なわ》をかけてください」と素直《すなお》に後《うし》ろへお手《て》をお廻《まわ》しなさる。御用《ごよう》〳〵と声《こえ》をかけながら、遂々《とうとう》三人《にん》を後《うし》ろ手《で》に縛《いまし》めた。役「サア歩《あゆ》め」と、縄尻《なわじ》りをとって引立《ひった》てる。スルト助《すけ》八、格《かく》八の二人《ふたり》は小声《こごえ》で、二「御隠居様《ごいんきょさま》、不浄《ふじょう》の縄《なわ》にかゝるとは情無《なさけな》いではございませんか。こういうときにこそ御本名《ごほんめい》をお明《あか》しなされたらどうでございます」光「それはお前方《まえがた》のいうのは道理《どうり》ジャが、かく故意《わざ》と縛《しば》られていって、しかして領主南部遠江守《りょうしゅなんぶとおとうみのかみ》をはじめ、国政《こくせい》を司《つかさど》る役人共《やくにんども》の不政《ふせい》をただして、当国《とうごく》の政治《せいじ》を直《なお》し、数《す》千人《にん》の民《たみ》百姓《しょう》の苦《くる》しみをたすけてやるのジャ。よってつらかろうけれ共暫《どもしばら》くの間辛抱《あいだしんぼう》してくれエ」と仰《おお》せられて、其儘役人《そのままやくにん》に引立《ひきた》てられついにその夜《よ》は代官邸《だいかんやしき》の御牢内《ごろうない》へお繋《つなが》れとなる。サアこれからが南部遠江守《なんぶとおとうみのかみ》をはじめ、其他《そのた》の役人《やくにん》の荒胆《あらぎも》を取挫《とりひし》がれ、一国《こく》の政治《せいじ》を直《なお》し、下万民《しもばんみん》の苦難《くなん》をお救《すく》いあそばすと云《い》う一段《だん》、一寸《ちょっと》一服……。

◎領主南部遠江守《りょうしゅなんぶとおとうみのかみ》の荒胆《あらぎも》を挫《ひし》ぐ

扨《さて》も夜《よ》があけると、かかり役人《やくにん》は三名《めい》のものを牢《ろう》よりだして、郡代役所《ぐんだいやくしょ》のお白洲《しらす》にと引《ひき》据《す》える。このとき正面《しょうめん》に扣《ひか》えたるは、郡代松本利左衛門《ぐんだいまつもとりざえもん》は、利「コリャその方等《ほうら》は何処《いずこ》のもので、名《な》はなんともうす」光「ハイ私《わ》しは常陸国西山村《ひたちのくににしやまむら》の百姓《しょう》、光右衛門《みつえもん》ともうします。またこれにひかえておりまするは、助《すけ》八、格《かく》八ともうします」利「其方等《そのほうら》三名《めい》は、昨日当領分下《さくじつとうりょうぶんした》、牛頭天王《ごずてんのう》の角力場《すもうば》にて、当所《とうしょ》の目明《めあか》し塀《へい》の越村《こしむら》の音右衛門《おとえもん》を、何等《なんら》の故《ゆえ》有《あ》って手《て》にかけ殺《ころ》した。有体《ありてい》の通《とお》り申《もう》しあげい」光「ハイ、其仔細《そのしさい》はここではいいません。当御領主南部遠州《とうごりょうしゅなんぶえんしゅう》の目通《めどお》りにてもうします」利「黙止《だま》れッ。お殿様《とのさま》を遠州《えんしゅう》とは無礼《ぶれい》であろう」光「何《なに》が無礼《ぶれい》です。遠江《とおとうみ》の国《くに》を遠州《えんしゅう》といいます。仍《よっ》て遠州《えんしゅう》というたが誤《あやま》りですか」利「其《そ》んなことを貴様等《きさまら》がいわいでもしっているわい。貴様等《きさまら》は却々強情《なかなかごうじょう》な奴《やつ》だ。このよしをおかみにもうしあげる」と三人《にん》をさげおいて早速《さっそく》一老職逸見甲斐殿《ろうしょくへんみかいどの》へ申《もう》しあげた。甲「其《そ》うか、ヨシそれでは其奴等《そいつら》三人《にん》を吾君《わがきみ》の御前《ごぜん》に引立《ひった》てエ」利「ハッ」とこたえて松本利左衛門《まつもとりざえもん》は、この旨《むね》下役《したやく》に下知《げち》をする。下役人《したやくにん》はまた〳〵三名《めい》のものを引立《ひった》て、御《ご》陣家《じんか》の御庭前《ごていぜん》にと引据《ひきす》える。このとき南部遠江守《なんぶとおとうみのかみ》は烈火《れっか》の如《ごと》くになってひかえてござるは、お部家《へや》おすぎの方《かた》が、父音右衛門《ちちおとえもん》の殺《ころ》されたることをきいて、無念残念《むねんざんねん》とお殿様《とのさま》にねがい、何卒《どうぞ》敵《かたき》をうってくださいと、申《もう》しあげたからでございます。軈《やが》て遠江守《とおとうみのかみ》は椽側真《えんがわま》近《ぢか》くすゝみいで、遠「コリャ、其方等《そのほうら》はよが領地塀《りょうちへい》の越村《こしむら》に住《す》む音右衛門《おとえもん》と申《もう》すものを殺《せっ》害致《がいいた》したが、何等《なんら》の訳《わけ》あって殺《ころ》せしや。それにてくわしく申《もう》して見《み》よ」御隠居光右衛門《ごいんきょみつえもん》はすこしも驚《おどろ》かず、光「ヤア、それに控《ひか》えているは、南部遠江《なんぶとおとうみ》か」と声《こえ》をかけられる。おそばにひかえていたる家老逸見甲斐《かろうへんみかい》は、甲「黙止《だま》りおろう、農民《のうみん》の分際《ぶんざい》として吾君様《わがきみさま》へなれ〳〵しく言葉《ことば》をかわすは無礼《ぶれい》であろう」光「ヤア怒《おこ》ったナ。其方《そち》は当家《とうけ》の一老職逸見甲斐《ろうしょくへんみかい》と申《もう》すか」甲「ヤアッます〳〵無礼《ぶれい》のその言葉《ことば》、控《ひか》えおろうッ」光「ハヽハヽハヽ、これ遠江《とおとうみ》、其方《そのほう》は予《よ》を見忘《みわす》れたかッ」と剣幕荒《けんまくあ》らきこのお言葉《ことば》に南部遠江守《なんぶとおとうみのかみ》は、ハッと御隠居《ごいんきょ》の顔《かお》を睨《ね》めつけている。光「何《ど》うジャ、まだわからぬか。かく百姓《しょう》の梅干爺《うめぼしじじ》と姿《すがた》がかわっているがゆえに、見忘《みわす》れたもむりはない。予《よ》は水戸光圀《みとみつくに》であるぞッ、無礼者奴《ぶれいものめ》がッ」とこゝで御実名《ごじつめい》をお明《あか》しあそばした。このお言葉《ことば》をきいた南部遠江守《なんぶとおとうみのかみ》を始《はじ》め、家老《かろう》の逸見甲《へんみか》斐《い》、そのた其場《そのば》に居合《いあわ》すもの共《ども》は、ハッとばかりに打驚《うちおどろ》き、互《たがい》に顔見合《かおみあわ》せている。スルとお庭《にわ》に縛《しば》られていた助《すけ》八、格《かく》八の両人《りょうにん》はムックと立《た》ち上《あが》り、二人「ヤア御《ご》一同《どう》、水府前中《すいふさきのちゅう》納言光圀卿《なごんみつくにきょう》の御前《ごぜん》なるぞッ。頭《ず》が高《たか》い、下《さが》れエッ」これに愈荒胆《いよいよあらぎも》を挫《くじ》かれ、いずれもバラ〱ッと椽側《えんがわ》から庭《にわ》へとびおり、光圀卿《みつくにきょう》の縛《いまし》めをとき、御手《おんて》をとってお椽側《えんがわ》に直《なお》し、一同《どう》それに両手《りょうて》をつかえ、宛然《さながら》猫《ねこ》におわれし鼠《ねずみ》に等《ひと》しく、ちいさくなってひかえている。そのとき光圀卿《みつくにきょう》は、莞爾《にっこ》とお笑《わら》いあそばし、光「ハヽヽハヽコレ遠江《とおとうみ》、面《おもて》をあげい」遠「ハヽッ」光「其方儀《そのほうぎ》は先年来《せんねんらい》より病気《びょうき》と称《しょう》して、江戸表《えどおもて》へ参勤交代《さんきんこうたい》の勤《つと》めもいたさず本国《ほんごく》に在《あ》って酒宴遊興《しゅえんゆうきょう》に耽《ふけ》りいる由仄《よしほのか》に承知致《しょうちいた》す。しかしまさか左様《さよう》のこともあるまいかとおもいおりしに、予《よ》は副将軍《ふくしょうぐん》の位《くらい》を譲《ゆず》り、ひさしく西山村《にしやまむら》に閑居《かんきょ》をいたしおりしが、このたび古《いにし》えの最明寺入道時頼《さいみょうじにゅうどうときより》の昔《むか》しを忍《しの》び、奥羽両国《おううりょうごく》を漫遊《まんゆう》なしその国々《くにぐに》の政治《せいじ》の曲直《きょくちょく》を正《ただ》し、しかして下万民《しもばんみん》のくるしみをたすけやらんと、はからず当地《とうち》へきたりしに、はたせる哉噂《かなうわ》さに違《たが》わず、政治苛酷《せいじかこく》にして下《しも》の苦《くる》しみ、ことに塀《へい》の越村音右衛門《こしむらおとえもん》とかいえる、悪漢者《あっかんもの》の娘《むすめ》すぎなるものゝ色香《いろか》に迷《まよ》い、そのすぎの親《おや》なる音右衛門《おとえもん》に十手捕縄《てとりなわ》を与《あた》え目明《めあか》しとして上《かみ》の御用《ごよう》をつとめさせるがゆえに、彼《か》れ権威《けんい》を笠《かさ》にきて、賄賂《わいろ》のために罪《つみ》なきものを罪《つみ》におとし、罪《つみ》あるものも罰《ばっ》せずしておくというはなにごとジャ。予《よ》はこのことをきゝしがゆえに、彼《か》れをこのまゝに生《い》けおくときは、民百姓《たみしょう》の苦《くる》しみは如何許《いかばか》り、既《すで》にして重野村《しげのむら》の百姓利平《しょうりへい》なるものを、云々斯様《しかじかかよう》〳〵のわけにて牢舎《ろうや》に縛《つな》ぎおき、これを出牢《しゅつろう》もさせずして、その妻《つま》よねなるものにたいし、不義恋慕《ふぎれんぼ》をしかけるなぞとは、実《じつ》に天地《てんち》に容《い》れられざる大《だい》悪人《あくにん》であるからして、一刀《とう》の下《もと》にきりすてたがそれがいかゞした」遠「ハヽッ」光「サアどうジャこたえてみよ。其方《そのほう》の返答《へんとう》によらば、二万《まん》五千石《せんごく》の家《いえ》は断絶《だんぜつ》ジャぞッ」遠「ハヽッ、恐《おそ》れいりました」光「コレそれにひかえている逸見甲斐《へんみかい》、其方《そのほう》は一国《こく》の政治《せいじ》をあずかる一老職《ろうしょく》を勤《つと》めながら、主《しゅ》の不身《ふみ》もちを諫《いさ》めもせず、安閑《あんかん》としているは、それでも一老職《ろうしょく》といわるゝかッ」甲「ハヽア、恐入《おそれい》り奉《たてまつ》ります」光「フム、イヤそれで今予《いまよ》がもうすことをもちいればよし、もちいざるときは、きっと所存《しょぞん》がある。ソはなにごとかともうすに、其方《そのほう》が淫酒《いんしゅ》に耽《ふけ》り国政《こくせい》をみだせしは、毒婦《どくふ》すぎの色香《いろか》に迷《まよ》いしゆえである。よって今日只《きょうただ》今《いま》よりかれすぎを、一生牢舎《しょうろうや》のうちに縛《つな》ぎ、牢腐《ろうぐさ》りといたしてしまえッ。サアどうジャこの義承知《ぎしょうち》か、返答《へんとう》をせよ」遠「ハヽッ、いかにも仰《おお》せのとおり取計《とりはから》います」光「ヨシ、そのうえ音右衛門《おとえもん》の財産《ざいさん》は、これを欠所《けっしょ》して、それをいまゝでに苦《くる》しめられたる農民共《のうみんども》に分《ぶん》配《ばい》をして遣《つかわ》せ。そうして重野村《しげのむら》の百姓利平《しょうりへい》の妻《つま》よねなるものは、操正《みさおただ》しきものである。はやく利平《りへい》を出牢《しゅつろう》をさせ、貞女《ていじょ》およねに相当《そうとう》の賞美《ほうび》を与《あた》えとらせよ」とのちく〱のことまで細々《こまごま》と仰《おお》せつけられ、この有難《ありがた》きおことばに、南部遠江守《なんぶとおとうみのかみ》、逸見甲斐《へんみかい》、其他《そのた》のものはチュウのこえもあげることができず、光圀卿《みつくにきょう》が御滞在中《ごたいざいちゅう》に新立村《しんたてむら》の長《ちょう》十郎《ろう》、利平《りへい》、其他《そのた》のものも赦免《しゃめん》、およねには賞美《ほうび》をとらせ、音右衛門《おとえもん》の財産《ざいさん》はおとりあげ、これを貧民《ひんみん》に分配《ぶんぱい》を致《いた》し、いまゝで乱《みだ》れたる小南部《しょうなんぶ》の御政治《ごせいじ》をお直《なお》しになりました。このことをきいて御領分下《ごりょうぶんした》の町人《ちょうにん》百姓《しょう》は、雀躍《こおど》りして打喜《うちよろこ》び、水戸黄門光圀卿《みとこうもんみつくにきょう》を、神《かみ》のごとくに敬《うやま》い尊《とうと》みます。光圀《みつくに》卿《きょう》はかくのごとく、なにもかも納《おさま》りましたによって、最早当地《もはやとうち》に用《よう》はなし功成《こうな》り名遂《なと》げて身退《みしりぞ》くはこゝと、南部遠江守《なんぶとおとうみのかみ》、家老逸見甲斐《かろうへんみかい》が、いましばらくの御滞在《ごたいざい》をすゝめ奉《たてまつ》るのを断《ことわ》られ、夜《よ》に紛《まぎ》れて小南部領分《しょうなんぶりょうぶん》をお出立《しゅったつ》、相《あい》もかわらず主従《しゅじゅう》三名《めい》が、山《やま》をこえ里《さと》をもすぎて、まわりまわっておいでなされたるところは、出羽国秋田領分岩里《でわのくにあきたりょうぶんいわざと》というところまでおいでになった丁度《ちょうど》その年《とし》の冬《ふゆ》。出羽奥州《でわおうしゅう》は寒国《かんごく》でございますから、雪《ゆき》がチラ〱とふっている。はやたそがれにちかければ、今宵《こよい》はこの宿《しゅく》で一夜《や》の宿《やど》をもとめんと、みやる片側《かたえ》に浅田屋浅吉《あさだやあさきち》と宿行燈《やどあんどん》にかいてある安宿《やすやど》。其家《そのや》へズイッとはいっておいでになり、光「ハイごめん下《くだ》さい」主人《しゅじん》の浅吉《あさきち》は、囲炉裏《いろり》に火《ひ》をたいてあたって居《い》たが、主「ヤアおいでなさい」光「何《ど》うぞわれ〳〵三人《にん》に一夜《や》のおやどをおたのみもうします」主「オウ、俺《お》れ所《とこ》の内《うち》はね、安宿《やすやど》だよ。あたりまえの宿屋《やどや》とちがって、お前方《まえがた》が銭《ぜに》をだして、勝手《かって》に米《こめ》をかって、そうしてたいてお食《あが》んなさいよ」このことをきいて庭《にわ》にたって居《お》った助《すけ》八、格《かく》八二人《ふたり》は、二「御隠居《ごいんきょ》、こゝは木賃宿《きちんやど》でございますから、どこかほかへ参《まい》りましょう」光「イヤ〳〵そうジャない。いつもあたりまえの宿《やど》へとまってきたから、たまに木賃宿《きちんやど》へとまるのも面白《おもしろ》かろう。それではどうかお泊《と》めくださいまし」主「其表《そのおもて》の流《なが》れへいって足《あし》をあらって、ここへきて焚火《たきび》にあたりなさい」光「ハイ、これは何《ど》うも有難《ありがと》うございます」と足《あし》をあらって三人《にん》が、漸々《ようよう》うえにとあがり、囲炉裏《いろり》のそばへきたって火《ひ》にあたりながら、四方《よも》山《やま》の世間話《せけんばなし》をだしているところへ、表《おもて》の方《ほう》より震《ふる》え声《ごえ》をだして、男「ヤイ浅吉《あさきち》、内《うち》にいるかい」浅「たれだい、可笑《おかし》な声《こえ》をしやがって、浅吉《あさきち》は内《うち》にいるかなんて……」男「浅吉《あさきち》、俺《お》れジャ〳〵」とズイッとあがり口《ぐち》のところへはいってくるを浅吉《あさきち》は、浅「オヤ貴方《あなた》は広《ひろ》沢《ざわ》の若旦那《わかだんな》、助太郎様《すけたろうさま》ジャありませんか。髪《かみ》はオドロに振《ふ》りみだし、衣類《いるい》まで、ズタ〳〵に引裂《ひっさ》かれ、お顔《かお》に傷《きず》がついておりますが、どうかなさいましたか」助「浅吉《あさきち》、口惜《くちお》しい残念《むねん》なわい」浅「宜敷《よろし》い、マア此方《こなた》へおあがんなさい。この寒《さむ》いのにそんなところに居《い》チヤアたまりません。オイ〳〵爺《じい》さん大《おお》きな顔《かお》をしやがってお前方《まえがた》を今夜泊《こんやとめ》るどころの騒《さわ》ぎジャアない。そちへおりろッ」と、遂々《とうとう》三人《にん》を庭《にわ》へつきおろしてしまった。主従《しゅじゅう》三人《にん》は互《たがい》に顔《かお》を見合《みあわ》して呆《あき》れかえっている。浅「若旦那《わかだんな》、一体《たい》お前《まえ》さんはどうなすったんです」助「マア浅吉《あさきち》きいてくれ、こういうわけジャ。私《わ》しのいえにお前《まえ》もしるとおり、大昔《おおむか》し八幡《まん》太郎義家卿《たろうよしいえきょう》が東奥《とうおう》の謀逆人《むほんにん》、阿部《あべ》の貞任宗任《さだとうむねとう》を征伐《せいばつ》のために、御出陣《ごしゅつじん》なされたときに、吾《わ》が御先祖《ごせんぞ》がお供《とも》をして、間道《かんどう》の御案内《ごあんない》を申《もう》しあげ、其他《そのた》の功《こう》があらわれたによって、八幡《まん》太郎義家卿《たろうよしいえきょう》がお用《もち》いきたりし、鏑形《かぶらがた》の矢《や》の根《ね》を拝領《はいりょう》した。これを家《いえ》の宝物《ほうもつ》にして、広沢村《ひろざわむら》に矢《や》の根正八幡宮《ねしょうまんぐう》と祭《まつ》てあった。しかるに父《ちち》の代《だい》にいたって不幸《ふこう》が続《つづ》き、遂々広沢《とうとうひろざわ》の家《いえ》も退転《たいてん》してしまった。私《わた》しは人《ひと》の家《いえ》に厄介《やっかい》になっている。こゝで宝《たから》は身《み》の差《さ》し合《あわ》しと、其矢《そのや》の根《ね》をもって、小川村《おがわむら》の小川善右衛門《おがわぜんえもん》の内《うち》へ抵当《ていとう》にいれて金《かね》をかりた。ところが彼《か》の小川《おがわ》善右衛門《ぜんえもん》というものは、元《もと》は父《ちち》の代《だい》に、家《いえ》に奉公《ほうこう》していた番頭《ばんとう》ジャ。それが今《いま》ジャアこの小川村《おがわむら》から此界隈《このかいわい》かけての大金持《おおかねも》ち。ところでこの矢《や》の根《ね》を抵当《ていとう》にいれたことが大評判《おおひょうばん》となって、家守村増上寺《やもりむらぞうじょうじ》の御上人《おしょうにん》が、いかに身貧《みひん》に暮《くら》してござればとて、家《いえ》の宝物《ほうもつ》を抵当《ていとう》にいれるはなにごとジャ。早々《そうそう》これを質《しち》うけして元《もと》のとおりお祭《まつ》りなさいと、金《かね》を募《つの》ってこしらえてくだされた。そこで利子《りし》をとりそろえて、いま小川善右衛門《おがわぜんえもん》の家《いえ》へ質《しち》うけに行《い》ったのジャ。スルと善右衛門《ぜんえもん》のいうには、この金《かね》は差向《さしむか》いでお貸《か》しもうしたのだから戻《もど》してもらいます。矢《や》の根《ね》は質物《しちもつ》にとったおぼえはございませんと、無法《むほう》なことをもうすによって、馬鹿《ばか》なことをいうな、抵当《ていとう》にいれたに違《ちが》いないともうしたら、お前《まえ》さんは家《いえ》へ詐《ゆす》り騙《かた》りにきたのであると罵《ののし》った。そこで私《わ》しも二言三言《ふたことみこと》云《い》い争《あらそ》うたが、そばにいた二三人《にん》の若《わか》いものがでてきて、ふんだり蹴《けっ》たり叩《たた》いたりして、遂々《とうとう》表《おもて》へほりいだされた。無念《むねん》、残念《ざんねん》とはおもうたが、証拠《しょうこ》にすべき書《か》いたものもないから、どこへ訴《うった》えてでることもできない。これというのも神《かみ》となのついたる家《いえ》の宝物《ほうもつ》を、質《しち》にいれたる神罰《しんばつ》をうけたのであろう。いまはたれを恨《うら》まん様《よう》もない。皆《みな》私《わ》しがわるいのジャ」と男泣《おとこな》きにワア〱となき悲《かな》しむ。主「ヘエイ、そうでごすか。己《う》ぬ善右衛門《ぜんえもん》という野郎《やろう》、太《ふと》いことをしやアがったナ。これから私《わた》しがのりこんでいって、きっと矢《や》の根《ね》を取返《とりかえ》してあげましょう。ようがす」と力《りき》んでいるを、庭《にわ》に立《た》って聞《きい》てござった御隠居光右衛門《ごいんきょみつえもん》、光「アノモシ御当家《ごとうけ》の親《おや》分《ぶん》」主「ヤイまだ手前《てめ》エ達《た》ちはそこにいやアがるのか」光「ハイ、只今《ただいま》こゝできいておりますると、矢《や》の根《ね》八幡宮《まんぐう》を何《ど》うした斯《こ》うしたとのお話《はな》し。モシそこにおいでなさる広沢《ひろざわ》の若旦那《わかだんな》とやら、其矢《そのや》の根《ね》八幡《まん》は、抑《そ》も寛永《かんえい》の末《すえ》、三代将軍家光公《だいしょうぐんいえみつこう》の御代《みよ》に、国々《くにぐに》の宝物《ほうもつ》を将軍家《しょうぐんけ》に御上覧《ごじょうらん》に供《そな》えた時《とき》、広沢助右衛門殿《ひろざわすけえもんどの》に、佐竹公《さたけこう》のお役人《やくにん》が附添《つきそ》い、江戸紅葉山《えどこうようざん》千《ち》代田城《よだじょう》へもってでた、そのとき水戸黄門光圀卿《みとこうもんみつくにきょう》というお方《かた》が、まだ副将軍《ふくしょうぐん》でいらせられた時《とき》、これぞ天下《てんか》一品《ぴん》の矢《や》の根正《ねしょう》八幡宮《まんぐう》に相違無《そういな》いという極《きわ》め書《がき》をお認《したた》めなされたということをきいておりまするが、そうジャアございませんか」助「ヘイ御隠居様《ごいんきょさま》、貴方《あなた》はよう悉《くわ》しいことを御存《ごぞん》じでございますナ」しってござる筈《はず》だ、御本人《ごほんにん》がいうてござるのだから間《ま》違《ちが》いはない。光「モシ浅田屋《あさだや》の親方《おやかた》、お前《まえ》さんがいま小川村《おがわむら》へのりこんでいって、善右衛《ぜんえ》門《もん》に談《だん》じつけて、矢《や》の根《ね》を取戻《とりもど》すといいなさるがそれア到底駄目《とうていだめ》です」主「オイ老爺《おやじ》、何《なに》が駄目《だめ》だい」光「サアよう考《かんが》えてごらんなさい。元奉公《もとほうこう》していた御主《ごしゅ》の若旦那《わかだんな》の顔《かお》に傷《きず》をつけたりふんだり蹴《けっ》たりするわるいやつが、ヘイそうかといって矢《や》の根《ね》をもどす気遣《きづか》いはございません。何《ど》うでしょうこの老爺《おやじ》がいってその矢《や》の根《ね》を取戻《とりもど》してあげましょうか」主「ヤイッなにをぬかしやがる梅干老爺《うめぼしおやじ》、俺《お》れア今斯《いまこ》ういうところで、詰《つま》ら無《ね》エ安宿屋《やすやどや》をしているが、これでも元《もと》はこの界隈《かいわい》で浅田屋《あさだや》の親分《おやぶん》と随分人《ずいぶんひと》にしられた道楽者《どうらくもの》だ。棺桶《はやおけ》へ片《かた》足《あし》を突込《つっこ》んでいやアがる老爺《おやじ》がいったって、埒《らち》があくもんかい。生意気《なまいき》なことを吐《ぬか》しやアがると打《ぶ》ん撲《なぐ》るぞッ」と怒鳴《どな》っている。おりもおりとて表《おもて》の方《かた》に天地《てんち》も響《ひび》く計《ばか》りの大音声《だいおんせい》に、男「ヤア〱当家《とうけ》の主人《しゅじん》浅吉《あさきち》とやら、御老公《ごろうこう》へたいして無礼過言《ぶれいかごん》、イデ其《そ》れへまいって真二《まっぷた》つにいたしてくれん」と表《おもて》の方《かた》よりノソリ〱とはいってくる、サアこの人《ひと》はこれ何者《なにもの》でございましょうや。次回《じかい》において相《あい》わかります……。

◎光圀卿東海道関西御漫遊《みつくにきょうとうかいどうかんさいごまんゆう》

今《いま》しも安宿屋《あさだや》の門口《かどぐち》より、ヌックとはいってまいりし大兵肥満《だいひょうひまん》の武士《さむらい》、身《み》には黒紋服《くろもんぷく》に野袴《のばかま》をつけ、草鞋《わらじ》をはき、朱《しゅ》の繰千段《くりせんだん》の大小刀《だいしょう》、右《みぎ》の手《て》には鉄扇《てっせん》を携《たずさ》え、光圀卿《みつくにきょう》のおそばにきたって、士「ハヽッ、御老公様《ごろうこうさま》には、御機嫌麗《ごきげんうるわ》しき体《てい》を拝《はい》し、恐悦至極《きょうえつしごく》に存《ぞん》じ奉《たてまつ》ります」光「オヽ、たれかとおもえば其方《そち》は関根弥次郎《せきねやじろう》か」と仰《おお》せられた。抑《そ》もこの関根弥次《せきねやじ》郎高任《ろうたかとう》は、越後家《えちごけ》の大忠臣《だいちゅうしん》で、先年《せんねん》お家《いえ》の謀逆人《むほんにん》、小栗美作《おぐりみまさか》を討《うた》んと月見《つきみ》ケ岡《おか》の高楼《たかどの》にきりこみ、三十六人《にん》の悪人輩《あくにんばら》をうちすてゝ、越後国頸城郡高田《えちごのくにくびきごおりたかだ》を浪人《ろうにん》してしまった。そののち高田《たかだ》の城主《じょうしゅ》二十四万石松平三河守《まんごくまつだいらみかわのかみ》の家《いえ》は断絶《だんぜつ》した。関根弥次郎《せきねやじろう》が、水戸公《みとこう》へお縋《すが》り申《もう》して、主家再興《しゅかさいこう》の義《ぎ》をお願《ねが》い申《もう》しているのでございまするが、まだ其時期来《そのじききた》らず。今般水戸《こんぱんみと》黄門光圀卿《こうもんみつくにきょう》が、奥羽両国《おううりょうごく》を御漫遊《ごまんゆう》にあいなったということをきいて、そのおあとを慕《した》い、所々方々《しょしょほうぼう》をたずね〱て、漸々今日《ようようきょう》こゝを通《とお》りかゝりしところ、計《はか》らず当家《とうけ》にいらせられるということをしって、はいってきたのでございます。この関根弥次郎《せきねやじろう》の伝記《でんき》は、両越《りょうえつ》大評定《だいひょうじょう》の講談《こうだん》で委《くわ》しく申上《もうしあ》げてありますから略《りゃく》しておきます。弥「拙者只今表《せっしゃただいまおもて》にて立聞《たちぎ》きいたしまするに、当家《とうけ》の主人浅吉《しゅじんあさきち》とやらが無礼過言《ぶれいかごん》、重々《じゅうじゅう》にっくき奴《やつ》、イデ手討《てう》ちにいたさん」と既《すで》に一刀《とう》の柄《つか》に手《て》をかけんとするを、光「イヤ〱弥次郎《やじろう》、予《よ》のことをしらんから無礼過言《ぶれいかごん》を申《もう》したのじゃ、許《ゆる》してやれ」と仰《おお》せられるを、きいた浅田屋浅吉《あさだやあさきち》は、何《なん》だか薩張《さっぱ》り訳《わけ》がわかりませんから、主「モシお侍家様《ぶけさま》一体此老爺《たいこのおやじ》さんは何《なん》だ」弥「ヤイ老爺《おやじ》さんとは無礼《ぶれい》であろう。斯《かか》る身汚《みぐる》しき御風体《ごふうてい》をしていらせられるが、これぞ勿体無《もったいな》くも水戸《みと》黄門光圀卿《こうもんみつくにきょう》であるぞッ」主「エーッ」と浅吉《あさきち》は吃驚仰天《びっくりぎょうてん》し、庭《にわ》にと飛下《とびお》り、土間《どま》に諸手《もろて》をつかえ、主「何卒《どう》ぞ命計《いのちばか》りはおたすけくださいませ」と平謝《ひらあやま》りに謝罪《あやま》りいる。光「扨《さ》て弥次郎《やじろう》、只今云々斯様《ただいましかじかかよう》〱と承《うけたま》わりしが、小川善右衛門《おがわぜんえもん》というやつが矢《や》の根《ね》をとりこみ、かえさんというは不届至極《ふとどきしごく》、かならずかれの宅《たく》に秘《ひ》しおるに相違無《そういな》い。よって其方是《そのほうこ》れより浅吉《あさきち》をつれて、かれが宅《たく》にのりこみ、家宅捜索《かたくそうさく》をいたしてみよ。必《かなら》ず矢《や》の根《ね》がでるに相違《そうい》あるまい」弥「ハッ、委細畏《いさいかしこま》り奉《たてまつ》る」光「コリャ浅吉《あさきち》、其方《そのほう》これなる関根弥次郎《せきねやじろう》を案内《あんない》して、小川善右衛門方《おがわぜんえもんかた》へまいり、共々詮議《ともどもせんぎ》をいたしてみよ」主「ヘイ承知《しょうち》いたしました。ジャア関根《せきね》の旦那《だんな》、御案内《ごあんない》をしましょう」そこで関根弥次郎高任《せきねやじろうたかとう》は、浅吉《あさきち》に案内《あんない》をさせて、小川善右衛門方《おがわぜんえもんかた》へのりこみきたって、小川善右衛門《おがわぜんえもん》をはじめ、一家内《かない》のものをくゝりあげ、家宅捜索《かたくそうさく》をして種々取調《しゅじゅとりしら》べるところがありまするが、委細《くわ》しく申《もう》しあげまするとクダ〳〵しくして、余《あま》り面白《おもしろ》くもございませんから、摘要《かいつま》んで一口《くち》に申《もう》しあげます。関根《せきね》弥次郎《やじろう》と浅吉《あさきち》の両人《りょうにん》が、土蔵《どぞう》のなかにのりこんで、だんだん取調《とりしら》べてみますると、はたして長持《ながもち》のうちに矢《や》の根《ね》八幡《まん》がかくしてありました。其他広沢助右衛門《そのたひろざわすけえもん》の内《うち》の什物《じゅうもつ》、惣銀《そうぎん》の黒釜《くろかま》、其他種々《そのたしゅじゅ》のものがでました。これまったく小川善右衛門《おがわぜんえもん》が、主家《しゅか》の財産《ざいさん》、物品《ぶっぴん》を横領《おうりょう》したということがあらわれた。これによって善右衛門《ぜんえもん》はお召捕《めしと》りの上《うえ》、しばり首《くび》に仰《おお》せつけられ、家財《かざい》は欠所《けっしょ》。そこで水戸黄門光圀卿《みとこうもんみつくにきょう》が、秋田《あきた》の佐竹公《さたけこう》へ広沢助右衛門《ひろざわすけえもん》の家再興《いえさいこう》の義《ぎ》を御申《おんもう》しいでにあいなり、一子助太郎《しすけたろう》をもって家督相続《かとくそうぞく》を仰《おお》せつけられ、小川家《おがわけ》の財産《ざいさん》を助太郎《すけたろう》へくだしおかれ、めでたく広沢《ひろざわ》の家再興《いえさいこう》とあいなりましたが、これ偏《ひとえ》に水戸《みと》黄門光圀卿《こうもんみつくにきょう》のお仁徳《じんとく》でございます。この御恩沢《ごおんたく》をわすれず后年光圀卿《こうねんみつくにきょう》が、西山村《にしやまむら》にて御逝去《ごせいきょ》の後《のち》、西山常盤神社《せいざんときわじんじゃ》と神《かみ》にお祭《まつ》られにあいなりましたとき、広沢助太郎《ひろざわすけたろう》が、みごとなる唐金《からかね》の燈籠《とうろう》一対《つい》を納《おさ》め奉《たてまつ》りましたのが、いまにのこってございます。しかしこれはのちのおはなし。扨《さて》も出羽《でわ》の秋田《あきた》、佐竹家《さたけけ》にあっては、水戸黄門光圀卿主従《みとこうもんみつくにきょうしゅじゅう》をお迎《むか》え申《もう》して、お待遇《もてな》しをいたさんとありましたを、光圀卿《みつくにきょう》は、光「予《よ》はこのたびしのびの事故《ことゆえ》、たちよりはいたさぬ」とかたく辞《じ》したまい、こゝを御出立《ごしゅったつ》にあいなり、これより所々方々《しょしょほうぼう》をまわりまわって一先《ひとま》ず本国常陸国久慈郡西山村《ほんごくひたちのくにくじごおりにしやまむら》の御別館《ごべっかん》へ御無事《ごぶじ》におかえりとあいなりました。ところが光圀卿《みつくにきょう》は御老体《ごろうたい》の事故《ことゆえ》、おさむい内《うち》はいずれへもおでかけなさらず、お引籠《ひきこも》りにあいなってござる内《うち》に、はや其年《そのとし》もくれて、翌元禄《よくげんろく》六年春《ねんはる》三月《がつ》となり、追々花《おいおいはな》も咲《さ》き静朗《のどか》なる好時候《こうじこう》とあいなってきました。スルト佐々木助《ささきすけ》三郎《ろう》と渥美格之丞《あつみかくのじょう》の二人《ふたり》は、御老《ごろう》公《こう》のお供《とも》をして、久《ひさ》しく奥羽両国《おううりょうごく》を漫遊中《まんゆうちゅう》、種々面白可笑《しゅじゅおもしろおかし》いことがありました其味《そのあじ》をわすれられず、このたびは江戸表《えどおもて》より東海道《とうかいどう》を関西《かんさい》の方《ほう》へ漫遊《まんゆう》の義《ぎ》をおすゝめ申《もう》しあげんと御《ご》前《ぜん》にいで、二人「ハッ、申《もう》しあげます」光「オヽなに事《ごと》じゃ」二「ハッ大分時候《だいぶんじこう》も春《はる》めいてまいり、小暖《こあたた》かになってまいりましたにより、またいずれへかおでかけあそばしては、いかゞにございましょう」光「フム、予《よ》はモウべつにどこへもでたくはないが、其方《そのほう》等《ら》がでたきが故《ゆえ》に、すゝめるのであろう」二「ハッ、恐《おそ》れいります」光「ヨシ、それではこのたびは江戸《えど》へでゝ、それより東海道筋《とうかいどうすじ》を京《きょう》、大阪《おおさか》、関西《かんさい》の方《ほう》へでかけることにいたそう」とまた〳〵主従《しゅじゅう》三名《めい》が、例《れい》の百姓姿《しょうすがた》となって、西山村《にしやまむら》を御発足《ごほっそく》、日《ひ》ならずして江戸表《えどおもて》へ御到着《ごとうちゃく》。小石川《こいしかわ》にはお上屋敷《かみやしき》あり、本郷駒込《ほんごうこまごめ》に中屋敷《なかやしき》がありまするが、そのお屋敷《やしき》へはお立寄《たちよ》りなさらず、故意《わざ》と馬喰町《ばくろちょう》四丁目《ちょうめ》の、刈豆屋茂左衛門《かりまめやもざえもん》という宿屋《やどや》へおとまりこみになり、日々江戸町中《にちにちえどまちじゅう》をお歩《あ》行《る》きなされ、いまは御隠居《ごいんきょ》の気散《きさん》じと今日《きょう》は上野飛鳥山《うえのあすかやま》、明日《あす》に浅草《あさくさ》、向島《むこうじま》と御見物《ごけんぶつ》におまわりなされていらせられた。或日宿《あるひやど》へかえって御自分等《ごじぶんら》がかりうけてござる一間《ま》へおはいりになる。スルト其隣《そのとな》りの間《ま》で、なにかボツ〳〵話《はな》し声《ごえ》がきこえますから、なにであろうと耳聳《みみそばだ》てゝきいてござる。男「ナア番頭《ばんとう》、なんぼねがいだして見《み》てもおとりあげがないとしてみれば、モウ仕方《しかた》がない」番「旦那様《だんなさま》、それじゃといって、現《げん》にこれだけの証文《しょうもん》がありながら、一枚《まい》として役《やく》に立《た》たんとはなさけないじゃありませんか。これも役《やく》に立《た》ちません、あれも役《やく》に立《た》ちません」と数十枚《すうまい》の証文《しょうもん》をだしてみたりいれてみたりしているを、襖《ふすま》の隙間《すきま》からみていらせられたる御隠居光右衛門《ごいんきょみつえもん》。光「ハテナ彼《あ》の人達《ひとたち》の言葉《ことば》をきけば上方訛《かみがたなま》り、何《ど》うも江戸《えど》のものとはおもわれぬ。何《なん》か様子《ようす》のありそうなことだ」と思召《おぼしめ》されたからして、宿《やど》の主人茂左衛門《しゅじんもざえもん》を秘《そっ》とよんで、光「御亭主《ごていしゅ》、この隣《とな》りのまにいなさるお方《かた》はどこの人《ひと》です。懐中《かいちゅう》より証文様《しょうもんよう》のものをとりだして、これも役《やく》に立《た》たん、あれも役《やく》に立《た》たんというていなさるが、あれは一体何《いったいど》うしたのです」茂「サア御隠居《ごいんきょ》、彼《か》の人達《ひとたち》の話《はな》しをきいてみますと、何《ど》うも涙《なみだ》が溢《こぼ》れる様《よう》です。あのお方《かた》は大阪《おおさか》の大川町《おおかわまち》で、人《ひと》もしったる金満家《きんまんか》、淀屋辰《よどやたつ》五郎《ろう》と仰《おっしゃ》る方《かた》です。一人《ひとり》は番頭《ばんとう》の四郎兵衛《ろべえ》という人《ひと》です。町人《ちょうにん》でありながら、奢《おご》り増長《ぞうちょう》して、自分《じぶん》の息子《むすこ》が寺小屋《てらこや》へ手習《てなら》いにゆきますのに、中之島《なかのしま》に寺子屋《てらこや》がある、大廻《おおまわ》りをしなければならんというので、己《おの》れの家《いえ》のまえから中之島《なかのしま》へ自費《じひ》で橋《はし》をかけた。これがいまにのこる淀屋橋《よどやばし》、又大阪《またおおさか》の西《にし》に、前垂《まえだ》れ島《じま》というのがありますが、かれはもとは淀屋辰《よどやたつ》五郎《ろう》さんの別荘《べっそう》のあったところです。其別荘《そのべっそう》へ金《かね》を飽《あ》かして、御所《ごしょ》に等《ひと》しき内裏《だいり》をたてた。これで前内裏島《まえだいりしま》というのを、何時《いつ》の世《よ》からか前《まえ》垂《だ》れ島《じま》〳〵という様《よう》になったのです。町人《ちょうにん》でありながら、斯《か》く奢《おご》り増長《ぞうちょう》をしたというので、お上《かみ》のきゝこみになり、遂々長者《とうとうちょうじゃ》の淀屋《よどや》の家《いえ》はスッカリ欠所《けっしょ》となり、つぶれてしまいました。ところがその淀屋辰《よどやたつ》五郎《ろう》さんは、山城《やましろ》の八幡《やはた》に幽《かす》かなくらしをしていられます。ところが其家《そのや》のつぶれるところに、辰《たつ》五郎《ろう》さんが諸大名《しょだいみょう》へかしつけてある金《かね》の証文《しょうもん》をもっていられた。この金《かね》を皆迄《みなまで》とれずとも、セメテ半分《はんぶん》だけでも返《かえ》してもらったら、淀屋《よどや》一統《とう》分家《ぶんけ》のものに、少々宛《しょうしょうずつ》この金《かね》を分配《ぶんぱい》してやりたい。しかし大阪《おおさか》でできたことを、大阪《おおさか》の蔵屋敷《くらやしき》へねがいだしたところで、到底御採用《とうていごさいよう》はあるまいと、江戸邸《えどやしき》へねがいだそうというので、今度御当地《こんどごとうち》へこられて、諸大名方《しょだいみょうがた》のお邸《やしき》へねがいだしたところが、どうしてもその金《かね》が下《さが》らないので、彼《か》の通《とお》り愚痴《ぐち》を溢《こぼ》していられるのです」光「フムそうですか。それは自分《じぶん》の身《み》からでた錆《さび》ですから、家蔵《いえくら》、財産迄欠所仰《ざいさんまでけっしょおお》せつけられたのは、何《ど》うも仕方《しかた》がない。しかし金《かね》は大名《だいみょう》にかしたにちがいないのジャよって、その情《じょう》を酌量《しゃくりょう》したら仮令《たとえ》千両《りょう》あったら三分《ぶん》の一とか十分《ぶん》の一の百両《りょう》でも、わたして遣《や》るのが至当《しとう》であろうとわたしはおもわれる。それを大名邸《だいみょうやしき》で跳《は》ねつけてわたしてやらんというのは、すこし不当《ふとう》の様《よう》におもわれます。御亭主《ごていしゅ》、よろしい、其証文《そのしょうもん》を私《わたし》が役《やく》に立《た》てゝあげましょう」茂「御隠居《ごいんきょ》、串戯《じょうだん》いっチャいけません。本人《ほんにん》がいってわたさないのに、おまえさんがいってわたしそうなことはない」光「サア其処《そこ》です。私《わた》しはナ百姓《しょう》こそしておりまするけれ共《ども》、実《じつ》のところは狭山《さやま》光斎《こうさい》といって呪禁《まじない》をします。病気《びょうき》なぞは一向利《こうき》きませんが、そういう六ケ敷《むつかし》い金銭《きんせん》のとれぬ証文《しょうもん》を、とれる様《よう》にしまするのには、誠《まこと》にようきゝますのジャ」茂「ヘエ、それジャどうですかい。屹度其証文《きっとそのしょうもん》が役《やく》に立《た》ちますか」光「ハイ〳〵、この呪禁計《まじないばか》りは、ほかに類《るい》のない一子相伝《しそうでん》ジャ」茂「ヘエ何《ど》うも妙《みょう》ですねエ」光「よっておまえさん、淀屋《よどや》さんにそういってください。きっと私《わた》しがその証文《しょうもん》を役《やく》に立《た》ててあげましょう」茂「ジャ一《ひと》つ話《はな》しをしてみましょう」と次《つぎ》の間《ま》へはいってきて、茂「ヘイ御免《ごめん》ください。アノ淀屋《よどや》の旦那《だんな》様《さま》、この次《つぎ》の間《ま》にとまってあらしゃいますお客様《きゃくさま》は、常陸《ひたち》のお百姓《しょう》でございますが、あい間《ま》には呪禁《まじない》をなさいまして名《な》を狭山光斎《さやまこうさい》と申《もう》されます。今貴方《いまあなた》のお話《はな》しを斯様《かよう》〳〵といたしましたら、私《わた》しが呪禁《まじない》をして其証文《そのしょうもん》を役《やく》に立《た》てゝあげ様《よう》といっていられますが、一《ひと》つお頼《たの》みになってみたら、何《ど》うでございましょう」番頭《ばんとう》四郎兵衛《ろべえ》は、四「御亭主《ごていしゅ》、そんなことができるわけがございません。御本人《ごほんにん》がいってもわたらぬ金《かね》を、どうして渡《わたし》そうなことはありません。そういうことをいって、呪禁料《まじないりょう》をとって後《あと》は尻喰《しりくら》い観音《かんのん》と、にげてしまう奴《やつ》が、世間《せけん》に間々《まま》あります」と話《はなし》をしておりまするところへ、間《あいだ》の襖《ふすま》をあけはいってきた光《みつ》右衛門《えもん》、光「ハイ御免《ごめん》ください。貴方《あなた》が淀屋辰五郎《よどやたつごろう》さんでございますか。私《わた》しは狭山光斎《さやまこうさい》といって、呪禁《まじない》をしますもの。ほかくの呪禁者《まじないしゃ》は、報酬《ほうしゅう》をとりまするが、私《わた》しのは一文《もん》一銭《せん》も礼金《れいきん》は貰《もら》いません。慾得《よくとく》でしては呪禁《まじない》というものは利《き》くものではございません。マア欺《だま》されるとおもってさしてみなさい」辰「ハイ、其《そ》れは誠《まこと》に御親切《ごしんせつ》に有難《ありがと》うございます。それでは何卒《どう》かおたのみをいたします」光「シテ其証文《そのしょうもん》をみせてください」辰「ヘイ即《すなわ》ち証文《しょうもん》はこれでございます」と差出《さしだ》すを、光右衛門《みつえもん》は一々其《そ》れを改《あらた》めてみると、その中《うち》に、讃岐国香川郡高松《さぬきのくにかがわごおりたかまつ》十三万石《まんごく》、松平讃岐守《まつだいらさぬきのかみ》の借用証書《しゃくようしょうしょ》がでました。この高松侯《たかまつこう》と水戸家《みとけ》とは、御親類同家《ごしんるいどうけ》でございますから、とれることは間違《まちが》いない。そこで光右衛門《みつえもん》は、光「其《そ》れでは淀屋《よどや》さん、この高松侯《たかまつこう》の証文《しょうもん》より手始《てはじ》めに呪禁《まじない》に取掛《とりかか》ります。一寸待《ちょっとま》っていてください」と次《つぎ》の間《ま》へさがって一書《しょ》をお認《したた》めになり固《かた》く封《ふう》じて、光「サア淀屋《よどや》さん、この手紙《てがみ》に証文《しょうもん》をそえて、高松《たかまつ》の邸《やしき》へもっていって、これをお留守居《るすい》に差出《さしだ》してみなさい。左《さ》すればこの一書《しょ》を見《み》て押戴《おしいただ》き三拝《ばい》九拝《はい》するに違《ちが》いない。左《さ》すれば呪禁《まじない》がきいたのジャ。万《まん》一押戴《おしいただ》かなんだそのときは、呪禁《まじない》が利《き》かんとおもってかえりなさい」辰「ヘイ其《そ》うでございますか。其《そ》れではいって参《まい》りまする」と淀屋辰《よどやたつ》五郎《ろう》、番頭《ばんとう》四郎兵衛《ろべえ》の二人《ふたり》は、半信半疑《はんしんはんぎ》で馬喰町《ばくろちょう》の宿《やど》を立《たち》いで、小石川御門内《こいしかわごもんうち》なる松平讃岐守様《まつだいらさぬきのかみさま》のお邸内《やしきうち》、お留守居矢野源右衛門《るすいやのげんえもん》殿《どの》のお玄関《げんかん》にきたり、辰「お頼《たの》み申《もう》します」取「ドーレ」取次《とりつ》ぎの者《もの》いできたる。辰「へイ私《わた》しは淀屋《よどや》辰《たつ》五郎《ろう》でございます。一応《おう》お留守居様《るすいさま》にお目通《めどお》りが致《いた》しとうございます。お取次《とりつ》ぎをたのみます」取「暫《しばら》く其《そ》れに扣《ひか》えておれ」といいおいて内《うち》にとはいり、軈《やが》て再《ふたた》び其《そ》れにとでゝまいり、取「此方《こちら》へ通《とお》れ」案内《あんない》をされて二人《ふたり》は、一間《ひとま》に通《とお》ると矢野《やの》源《げん》右衛門《えもん》は、源「オヽ淀屋《よどや》辰《たつ》五郎《ろう》か。其方《そのほう》は幾度《いくたび》願《ねが》いだしたところが駄目《だめ》ジャ。先刻《せんこく》も申聞《もうしき》かしたる通《とお》り、其方《そのほう》の家《いえ》は欠所《けっしょ》になってしまったのではないか。然《しか》らば証文《しょうもん》というものは無効《むこう》の物《もの》ジャ」辰「へイ其《そ》れは手前《てまえ》も諦《あきら》めておりまするが、しかし今日《きょう》は呪禁《まじない》をもってまいりました。一応《おう》是《こ》れを篤《とく》と御覧《ごらん》くださいませ」と件《くだん》の一書《しょ》を前《まえ》にと差出《さしいだ》す。源「扣《ひか》えい。呪禁《まじない》とは何《なん》だ白痴者奴《たわけものめ》ッ」と叱《しか》りながらかの一書《しょ》を取《とり》あげ、封押《ふうお》しきって読《よ》みはじめる。淀屋《よどや》辰《たつ》五郎《ろう》に番頭《ばんとう》四郎《ろ》兵《べ》衛《え》の二人《ふたり》は、互《たがい》に顔《かお》を見合《みあわ》せて、押戴《おしいただ》いて三拝《ばい》九拝《はい》をしたら、呪禁《まじない》が利《き》くのジャが、何《ど》うであろうかと静《じっ》とお留守居《るすい》の顔《かお》をながめている。此方《こなた》矢野《やの》源《げん》右衛門《えもん》は、其《その》一書《しょ》のはじめおわり迄《まで》読《よ》んでみると、水戸《みと》前中納言《ぜんちゅうなごん》光圀卿《みつくにきょう》の御直筆《ごじきひつ》にして、淀屋《よどや》辰《たつ》五郎《ろう》なるものは、誠《まこと》に不愍《ふびん》なものであるから、右借用証書《みぎしゃくようしょうしょ》の内《うち》幾分《いくぶん》かを渡《わた》してやれよと云《い》う御理解書《ごりかいが》きでございますから、吃驚仰天致《びっくりぎょうてんいた》して、源「ハヽアッ」と御書《ごしょ》を押戴《おしいただ》き、三拝《ばい》九拝《はい》をしている。二人《ふたり》は、二「しめたッ、呪禁《まじない》が利《き》いた〱」と心《こころ》の中《うち》に喜《よろこ》んでいる。矢《や》野《の》源《げん》右《え》衛門《もん》は、早速《さっそく》お金奉行勘定方《かねぶぎょうかんじょうかた》をめされて淀屋辰五郎《よどやたつろう》の借用金《しゃくようきん》に利子《りし》をそえて、否応《いやおう》なしに即座《そくざ》にお渡《わた》しになった。イヤ早《は》や淀屋辰五郎《よどやたつろう》に番頭《ばんとう》四郎兵衛《ろべえ》は、よろこんだの転《ころこ》んだのではございません。夢《ゆめ》ではないかと其金《そのかね》を懐中《かいちゅう》にいれるがはやいか、とぶがごとくに馬喰町《ばくろちょう》の刈豆屋方《かりまめやかた》へかえってきて、辰「御隠居《ごいんきょ》、呪禁《まじない》が利《き》きました。この通《とお》り元利取揃《がんりとりそろ》えてお渡《わた》しになりました」光「何《ど》うです、利《き》きましょうがナ。サア今度《こんど》は……」何処《どこ》、彼処《かしこ》と、順々《じゅんじゅん》に呪禁《まじない》の一書《しょ》を認《したた》めてお渡《わた》しになる。何処《どこ》の大名《だいみょう》も彼処《かしこ》の大名《だいみょう》も、水戸黄門光圀《みとこうもんみつくに》卿《きょう》の御理解《ごりかい》書《が》きに恐《おそ》れ元利共《がんりとも》に相渡《あいわた》しまする。中《なか》にも、芸州沼田郡広島《げいしゅうぬまたごおりひろしま》の城主《じょうしゅ》四十二万《まん》石《ごく》、松平安芸守殿《まつだいらあきのかみどの》の借用証書《しゃくようしょうしょ》は一万三千両《りょう》、是《これ》が一番《ばん》の金高《きんだか》でございます。そこで御隠居《ごいんきょ》光右衛門《みつえもん》、光「淀屋《よどや》さん、此芸州侯《このげいしゅうこう》の証書《しょうしょ》は、一万三千両《りょう》とありますが、却々《なかなか》の大金《たいきん》です。よってこれは十分《ぶん》一の千三百両《りょう》に負《ま》ける気《き》はありませんか」辰「ヘイモウ私《わた》しは、千三百両《りょう》は愚《おろ》か、五百両《りょう》でも宜敷《よろしゅ》うございます」光「其《そ》れならその心算《つもり》で呪禁《まじない》の一書《しょ》を書《か》きましょう」と、又《また》一筆《ふで》をお認《したた》めになってお渡《わた》しなさる。そこで淀屋辰五郎《よどやたつろう》は、直様其《すぐさまその》一書《しょ》をもって、霞《かすみ》ケ関松平安芸守《せきまつだいらあきのかみ》のお邸《やしき》にきたり、お留守居《るすい》の萩原団右衛門《はぎわらだんえもん》におうて、右《みぎ》の一書《しょ》を差出《さしいだ》しました。スルト萩原団《はぎわらだん》右衛《え》門《もん》は其《その》一書《しょ》を開《ひら》いてみて、三拝《ぱい》九拝《はい》をするかとおもいの外《ほか》、団「コリャ淀屋《よどや》辰《たつ》五郎《ろう》、能《よ》くきけ、其方《そのほう》は身分不相応《みぶんふそうおう》なる奢《おご》り増長《ぞうちょう》をした。其罪《そのつみ》に因《よ》って家《いえ》、蔵《くら》、財産迄《ざいさんまで》もお上《かみ》におとりあげの上《うえ》、欠所《けっしょ》になってしまった。其欠所《そのけっしょ》になるときに、役人《やくにん》が立合《たちあ》いあらためて一々受取《うけと》ったもので有《あ》ろう。しからば此証文《このしょうもん》が其方《そのほう》の手《て》許《もと》にある理由《わけ》がない。何処迄《どこまで》もこの証文《しょうもん》は無効《むこう》の物《もの》ジャ。只今拝見《ただいまはいけん》いたした此呪禁《このまじない》の御書《ごしょ》には恐《おそ》れいるが、然《しか》し何《ど》うしても渡《わた》す可《べ》き理由《りゆう》はないから、立帰《たちかえ》ってこの呪禁者《まじないしゃ》に左様申《さようもう》せッ」と剣《けん》もホロヽに云《い》われて、辰《たつ》五郎《ろう》、四郎《ろ》兵《べ》衛《え》の二人《ふたり》は、這々《ほうほう》の体《てい》でかえってきた。辰「ヘイ御隠居只今《ごいんきょただいま》……」光「何《ど》うジャ呪禁《まじない》が利《き》きましたであろう」辰「イエ、何《ど》ういうものか薩張《さっぱ》り利《き》きません」光「フーム、シテ松平安芸守殿《まつだいらあきのかみどの》のお留守居役《るすいやく》は何《なん》といわれたかナ」辰「ヘイ、斯様《かよう》〳〵云々《しかじか》で、何《なん》だかわかりませんが、呪禁《まじない》の御書《ごしょ》には恐入《おそれい》ったが、しかし渡《わた》す可《べ》き理由《りゆう》はない。立帰《たちかえ》って呪禁者《まじないしゃ》に左様申《さようもう》せといいました」光「フヽーム、左様《さよう》か」と心《こころ》の中《うち》に光圀卿《みつくにきょう》はお憤《いきどお》りなされた。一万三千両《りょう》と云《い》えば余程《よほど》の金高《きんだか》、如何《いか》に四十二万石《まんごく》の大々名《だいだいみょう》でも、一時《じ》元利《がんり》取揃《とりそろ》えて返金《へんきん》するは、困難《こんなん》であろうとおもいし故《ゆえ》、十分《ぶん》の一の千三百両《りょう》を淀屋《よどや》辰《たつ》五郎《ろう》へさげ渡《わた》してやれよと申《もう》しやったのに、其《そ》れを兎《と》や角拒《かくこば》んで、渡《わた》す渡《わた》さんなぞと申《もう》すは不届至極《ふとどきしごく》。宜《よ》ろしッ、其《そ》う強情《ごうじょう》なことを申《もう》すのならば、一万三千両《りょう》と利子《りし》を取揃《とりそろ》え、一文《もん》も負《ま》けず取立《とりた》てゝやろうと思召《おぼしめ》された。サア明治《めいじ》の今日《こんにち》に、斯《こ》んな弁護人《べんごにん》があったら、何《ど》の位《くら》い人《ひと》のためになるかわかりません。愈黄門光圀卿《いよいよこうもんみつくにきょう》が、一《ひと》つの御《ご》工風《くふう》をもって、一万三千両元利《りょうがんり》取揃《とりそろ》えて、お取立《とりた》てになるという、イト面白《おもしろ》きお話《はな》しは、回《かい》を追《お》うて申《もう》しあげます……。

◎淀屋辰五郎《よどやたつごろう》を御助《おたす》け成《な》さる

そこで隠居光右衛門《いんきょみつえもん》は、刈豆屋《かりまめや》の主人茂左衛門《しゅじんもざえもん》をよんで、光「ときにお亭主《ていしゅ》、異《い》なことをいう様《よう》ですが、お前《まえ》さんとこの表《おもて》の格子《こうし》の間《ま》のところは、何《なん》ぞにお使《つか》いなさるのでございますか」茂「へイ彼《あ》の間《ま》は常時《ふだん》はお客人《きゃくじん》の荷物《にもつ》をいれて置《お》きますが、一時《じ》に道者衆《どうしゃしゅう》でも大勢泊《おおぜいとま》りこみますといれますするが、この頃《ころ》は道者衆《どうしゃしゅう》も一向泊《こうとま》りませんから今分《いまぶん》のところジャあいてあります」光「其《そ》れでは十日間私《かかんわた》しにかしてくださいませんか」茂「お前《まえ》さん彼《あ》の間《ま》を借《か》りて何《なに》になさいます」光「何《なん》でもよろしい。チトおもわくがありますのジャ。日《ひ》に二歩《ぶ》宛《ずつ》十日間《かかん》二両《りょう》二歩前金《ぶさきがね》を渡《わた》しておきます。何卒《どう》ぞ貸《か》してください」茂「十日間《かかん》二両《りょう》二分《ぶ》、其奴《そい》ツア何《ど》うも結構《けっこう》です。ジャお貸《か》し申《もう》します」光「其代《そのかわ》り格子《こうし》をはずしますよ、よろしいか」茂「ヘイ其《そ》れヤ夜分元《やぶんもと》の通《とお》りにして貰《もら》いさえしますれば宜《よ》うございます」光「ハイ日《ひ》のくれになりましたら、チャンと元《もと》の通《とお》りにいたします。其《そ》れでは前金《まえきん》二両《りょう》二分渡《ぶわた》しておきます」茂「ヘイ是《こ》れは有難《ありがと》うございます」と亭主《ていしゅ》はしたへおりてゆく。后《あと》に御隠居光右衛門《ごいんきょみつえもん》は、光「助《すけ》八、格《かく》八、お前方二人《まえがたふたり》御苦労《ごくろう》ジャが、金《かね》を五両宛渡《りょうずつわた》しますから、大《だい》八車《ぐるま》を雇《やと》って、所々方々《しょしょほうぼう》の古道具屋《ふるどうぐや》の表《おもて》にあるなるだけ役《やく》に立《た》たん様《よう》な、ガラクタ道具《どうぐ》を求《もとめ》てかえってくれ」二人「ヘイそんな役《やく》に立《た》たんガラクタ道具《どうぐ》を求《もと》めて、何《なに》になさいます」光「マア何《なん》でもよい、今《いま》にわかる。はやくいってきてくれ」二「ヘイ承知致《しょうちいた》しました」と二人戸外《ふたりとがい》へとびだし、近所《きんじょ》の車力《しゃりき》を雇《やと》い、車《くるま》を曳《ひ》かして所々方々《しょしょほうぼう》を駆《か》けまわり、役《やく》に立《た》たんガラクタ道具《どうぐ》を買《か》い求《もと》め、車《くるま》につんでかえってきた。スルト御隠居光右衛門《ごいんきょみつえもん》は、光「サア其品《そいつ》を表《おもて》の間《ま》の格子《こうし》をはずして店《みせ》へ並《なら》べるのジャ。其《そ》うして一々正札《しょうふだ》をつけてくれ。値段《ねだん》は幾何《いくら》でも介意《かまわ》ぬ」然《しか》して丈長紙《たけながかみ》に現金正札《げんきんしょうふだ》、一文《もん》もまからん屋《や》と書《か》いて、ピタリと正面《しょうめん》にはりだした。斯《か》くしておいて三人《にん》は店《みせ》に坐《すわ》って番《ばん》をしている。何《なに》が人《ひと》通《どお》り繁《しげ》き馬喰町《ばくろちょう》、追々往来人《おいおいおうらいにん》が立留《たちどま》り、△「オウ熊公《くまこう》、コリャア何《なん》だい、妙《みょう》なところに道《どう》具屋《ぐや》ができたジャ無《ね》エか。こゝは馬喰町《ばくろちょう》で名題《なだい》の第《だい》一等《とう》の宿屋《やどや》だ。其《そ》れがガラクタ道具《どうぐ》を売始《うりはじ》めるとは、何《ど》うしたんだろう」熊「オウ政《まさ》、是《こ》りゃ何《なん》だよ。ある様《よう》にみえて無《ね》エナア金《かね》だ。ない様《よう》にみえてあるのは借金《しゃっきん》だ。平生馬喰町《へいぜいばくろちょう》の刈豆屋《かりまめや》〳〵といって、一等《とう》の宿屋《やどや》だと威張《いば》っていヤアがったが、遂《つい》に内車《うちぐるま》の機械《きかい》が損《くる》って借金《しゃっきん》のために財産《ざいさん》つけ立《た》てだ。それでさきに此《この》ガラクタ道具《どうぐ》を打《ぶ》ち売《うっ》て金《かね》にしておこうというのだよ」政「オウ其《そ》うだ、其通《そのとお》りだ違《ちげ》エ無《ね》エ。醜体《ざま》をみやアがれエ」と悪口《あっこう》をいっている。このことをきいた主人《しゅじん》の茂左《もざ》衛門《えもん》は胆《きも》を潰《つぶ》し、茂「モシ御隠居《ごいんきょ》、二両《りょう》二分《ぶ》の金《かね》は返《かえ》しますから、今日限《きょうかぎ》りに道具屋《どうぐや》なざア止《よ》してください。美麗《きれい》な道具《どうぐ》を並《なら》べるなら兎《と》に角《かく》、何《なん》だ役《やく》に立《た》た無《ね》エガラクタ道具計《どうぐばか》り。其《そ》れだから往来人《おうらいにん》が、私《わた》しの内車《うちぐるま》が機械《きかい》が損《そこな》って、身代限《しんだいかぎ》りの下拵《したごしら》えをしているなぞといわれチャア、私《わた》し家《うち》の不信用《ふしんよう》になります」光「イヤ〳〵一旦《たん》借《か》る貸《か》すという約定《やくじょう》をした以上《いじょう》は、十日間《かかん》は是非《ぜひ》借《か》ります。マアマア黙止《だま》っていてください」と日《ひ》の二三日程《にちほど》経《た》ちますと、彼《か》の芸州侯《げいしゅうこう》の借用証書《しゃくようしょうしょ》を何処《どこ》かの表具屋《ひょうぐや》でお仕立《したて》させにあいなったものとみえて、絹表装《きぬひょうそう》にしてまわりに錦《にしき》の縁《ふち》をとり、イトモ美麗《びれい》なる軸物《じくもの》にして、正面《しょうめん》のところへお吊《つる》しにあいなりました。スルト戸外《おもて》に往来人《おうらいにん》が立留《たちどま》ってこれをながめ、○「オイ〱刈豆屋《かりまめや》が、悪口《あっこう》いわれたもんだから敗《ま》け惜《おし》みで、美麗《びれい》な掛物《かけもの》をだしアがった。何《なん》だろう」と其軸物《そのじくもの》を読《よ》んでみますると、「借用申《しゃくようもう》す金子《きんす》の事《こと》、一金《きん》一万三千両《りょう》、右《みぎ》は入用《にゅうよう》によって借用申処実正也《しゃくようもうすところじつしょうなり》」と認《したた》めたる、例《れい》の借用証文《しゃくようしょうもん》、宛名《あてな》をみれば淀屋辰五郎殿《よどやたつごろうどの》へ、松平安芸守《まつだいらあきのかみ》蔵屋敷留守居《くらやしきるすい》某《ぼう》と認《したた》めてあるからして、○「オイこれをみろい。芸州侯《げいしゅうこう》の借用証文《しゃくようしょうもん》だよ」△「オウ違《ちげ》エ無《ね》エ。其《そ》うだ、ハ、アわかった。俺《おれ》リャア先達《せんだっ》て讃州金比羅様《さんしゅうこんぴらさま》へおまいりをしたかえり途《みち》大阪《おおさか》へ立寄《たちよ》った。ところが大川町《おおかわまち》の淀屋辰五郎《よどやたつごろう》という長者《ちょうじゃ》の家《いえ》が、僅《わず》かな間《ま》に粉《こ》もない様《よう》に潰《つぶ》れてしまったということをきいたが、何《なん》でも其淀屋辰五郎《そのよどやたつごろう》という人《ひと》は諸《しょ》大名《だいみょう》へ大層金《たいそうかね》を貸《かし》つけたそうだ。その是《こ》れは借用証文《しゃくようしょうもん》だよ。淀屋《よどや》の家《いえ》が潰《つぶ》れたを幸《さいわ》いに、借《か》りた諸大名《しょだいみょう》が金《かね》をはらわ無《ね》エんだ。其証文《そのしょうもん》が反古《ほご》か何《なに》かの中《なか》へまじって、まわりまわってこの江戸《えど》へでてきたのを、この刈豆屋《かりまめや》の亭主《ていしゅ》が余《あま》り珍敷《めずらし》い証文《しょうもん》だと、掛物《かけもの》にしておいたのだよ」○「其《そ》うだ〱、シテみると四十二万石《まんごく》の大名《だいみょう》が、一万三千両《りょう》という金《かね》をかったに違《ちげ》エ無《ね》エんだ。それは未《ま》だ返済《へんさい》をしねエ証拠《しょうこ》に、チャアンと印《いん》がおしてある。左《さ》すれば未《ま》だこの金《かね》は返《か》えして居無《いね》エのだ。どこまでも借《か》りた金《かね》に違《ちが》いなければ、さだめて淀屋《よどや》辰五郎《たつろう》は今難儀《いまなんぎ》をしているに相違無《そういな》かろう。其《そ》んならこの金《かね》を仮令《たとえ》十分《ぶん》の一とか、二十分《ぶん》の一とかして、払《はら》ってやったら何《ど》うだい。何《ど》うも四十二万石《まんごく》の大名《だいみょう》にしチャ余《あま》り卑怯《ひきょう》ジャ無《ね》エか」とワイ〳〵と罵《のの》しっている。ところへおりもおりとて通《とお》りかゝったのが、松平安《まつだいらあ》芸守様《きのかみさま》の御家来《ごけらい》、杉田徳平《すぎたとくへい》、本所辺《ほんじょへん》へ用事《ようじ》があっていってのかえり途《みち》、今馬喰町《いまばくろちょう》の刈豆屋《かりまめや》の表《おもて》を通《とお》り掛《かか》るとこの話《はな》し。きゝすてならぬと立止《たちどま》って、表《おもて》をみると話《はなし》に違《たが》わず借用証文《しゃくようしょうもん》が、掛物《かけもの》にしてだしてあるのをみて吃驚仰天《びっくりぎょうてん》。徳「コハ捨《す》てておいては一大事《だいじ》」といそぎ霞《かすみ》ケ関《せき》の邸《やしき》へ立帰《たちかえ》ってきて、留守役萩原団右衛門《るすやくはぎわらだんえもん》にこの話《はな》しをした。団右衛門《だんえもん》もこれをきいて大《おお》きに驚《おどろ》いた。団「是《こ》れはしまった。光圀卿《みつくにきょう》の秘密《ひみつ》の御書《ごしょ》を用《もち》いず、背《そむ》きしが故《ゆえ》に、斯《か》くはなされたことに違《ちが》いない。是此分《これこのぶん》にすておいては殿様《とのさま》のお名《な》にかゝわる。はやく其掛《そのかけ》物《もの》を買《か》いあげて、反古《ほご》にしてしまわねばならぬ。コレ杉田《すぎた》、其許大儀《そこもとたいぎ》乍《なが》ら、急《いそ》ぎ馬喰町《ばくろちょう》へいって、其掛物《そのかけもの》を買《か》いとって貰《もら》いたい」徳「ハイよろしゅうございます」団「然《しか》しはじめからその掛物《かけもの》を、幾何《いくら》であるかと尋《たず》ねたら、足元《あしもと》をみて高《たか》くいうにきまっている。仍《よっ》てはじめガラクタ道具《どうぐ》に値《ね》をつけて、然《しか》して後其掛物《のちそのかけもの》を買《か》って立《たち》かえり貰《もら》いたい」徳「畏《かしこま》りました」と懐中《かいちゅう》に幾分《いくぶん》かの金《かね》をいれて、急《いそ》ぎ馬喰町刈豆屋《ばくろちょうかりまめや》の表口《おもてぐち》へやってくると、相変《あいかわ》らず口《くち》の悪《わる》い江戸児《えどっこ》が、松平安芸守様《まつだいらあきのかみさま》のことを、散々《さんざん》に罵《ののし》っている。杉田徳平《すぎたとくへい》は、徳「コリャ〳〵道具屋《どうぐや》、こゝにある膳《ぜん》の足《あし》のとれたのは幾何《いくら》ジャ」と尋《たず》ねかけた。スルと助《すけ》八、格《かく》八は互《たがい》に顔見合《かおみあわ》せ、二人「其《そ》リャアこそ松平家《げいしゅうけ》より掛物《かけもの》を買《か》いにきたナ」と思《おも》いながら、助「ヘイ〳〵、手前《てまえ》の方《ほう》はこゝに張《は》りだしてありまする通《とお》り、現金正札《げんきんしょうふだ》つき一文《もん》もまからずやと記《しる》してございます。それに正札《しょうふだ》がついてありますから御覧下《ごらんくだ》さい」徳「オウ成程札《なるほどふだ》がついてある。其《そ》れジャ此膳《このぜん》の足《あし》のないのとお椀《わん》の糸底《いとぞこ》のないのを五人前《にんまえ》、其他《そのた》是《こ》れ〳〵を求《もと》めるぞ」とはじめはガラクタ道具《どうぐ》からボツ〳〵買《か》いはじめ、終《おわ》りにのぞんで、徳「コリャ道具屋《どうぐや》、この正面《しょうめん》に吊《つる》してある掛物《かけもの》は幾何《いくら》だ」助「ヘイ是《こ》れは手前《てまえ》の主人《しゅじん》が、昨夜道具《さくやどうぐ》の市《いち》より買取《かいと》ってまいりまして、まだ価格《ねだん》をきいてありません。一応尋《おうたず》ねますから一寸《ちょっと》おまちくださいませ」と片辺《かたえ》に銜《くわ》え煙管《きせる》をしていられる御隠居光右衛門《ごいんきょみつえもん》の側《そば》にきたり、小声《こごえ》で、助「何《ど》うやら松平家《げいしゅうけ》より、彼《か》の掛物《かけもの》を買《か》いにまいりました。価格《ねだん》は如何程《いかほど》と申《もう》しましよう」光「其《そ》うか、宜《よ》しく〳〵。其《そ》れは私《わた》しが一《ひと》つ価《ね》の応対《おうたい》をしよう」とズウと店先《みせさ》きへおいでましになり、光「ハイ是《こ》れはお武家様《ぶけさま》、この掛物《かけもの》は正札《しょうふだ》より一厘《りん》一毛《もう》も負《ま》かりません。何《ど》うか正札《しょうふだ》なみにお買《かい》あげをねがいます」徳「オヽ其《そ》うか。ハヽアどこか正札《しょうふだ》がつけてあったのか。風《かぜ》で散《ち》ったものとみえる」光「イエ〳〵却々《なかなか》正札《しょうふだ》が散《ち》りそうなことはございません。正札《しょうふだ》が散《ち》りますれば、代物《しろもの》ぐるめになります」徳「其《そ》れでもこの通《とお》り品物《しなもの》があって正札《しょうふだ》がついていないジャないか」光「貴方《あなた》はお目《め》がみえませんか。この位《くらい》鮮《あざ》やかに正札《しょうふだ》がつけてありますのに、それが判《わか》りませんか」徳「コリャ、どこについてあるのジャ」光「何《ど》うも目角《めかど》の悪《わる》いお方《かた》でございまするナ。それ御覧《ごらん》なさい、正面《しょうめん》に一金《きん》一万三千両也《りょうなり》と認《したた》めてございます。何《ど》うか制規《せいき》の利子《りし》を取揃《とりそろ》えて、お買《かい》あげをねがいます」と真面《まじ》目《め》な顔《かお》して仰《おお》せられる。イヤハイ杉田徳平《すぎたとくへい》は、驚《おどろ》いたの驚《おどろ》かないのではございません。是《こ》れには何共云《なんともい》い様《よう》もなくして、その儘霞《ままかすみ》ケ関《せき》のお邸《やしき》へにげてかえってきて、萩原団右衛門《はぎわらだんえもん》にかくとつげた。団右衛門《だんえもん》は今更乍《いまさらなが》ら何《なん》ともしようなく、団「これは水府御老公光圀卿《すいふごろうこうみつくにきょう》へお詫《わ》びをするより外《ほか》に致方《いたしかた》がない」と、其夜旅人《そのよりょじん》に姿《すがた》を扮《やつ》し、馬喰町《ばくろちょう》の刈豆屋《かりまめや》へとまりこみ、一家内《かない》の者《もの》の寝静《ねしずま》るのを考《かんが》え、秘《ひそ》かに光圀卿《みつくにきょう》のお寝《やす》みになっている一間《ひとま》へきたって、お目通《めどお》りをねがい、段々《だんだん》とお詫《わ》びを申上《もうしあ》げた。スルト光圀卿《みつくにきょう》は、光「コリャ萩原団《はぎわらだん》右衛門《えもん》とやら其方《そのほう》は不所存者《ふしょぞんもの》ジャぞ。如何《いか》に大々名《だいだいみょう》と雖《いえど》も、一万三千両《りょう》に元利《がんり》取揃《とりそろ》えて一時《じ》に返済《へんさい》するのも困《こま》るであろうとおもいしが故《ゆえ》に、十分《ぶん》の一の千三百両丈《りょうだ》けを、淀屋辰《よどやたつ》五郎《ろう》に遣《つかわ》せよと、認《したた》めたのである。それに其理解《そのりかい》を用《もち》いず予《よ》の言葉《ことば》に背《そむ》くとは何事《なにごと》ジャ。今《いま》となって千三百両《りょう》に致《いた》してくれよと申《もう》しまいってもそれはならぬ。何処迄《どこまで》も一万三千両《りょう》を返《かえ》してやれ。然《しか》しながらその金《かね》も一時《じ》とはいわぬ。十ケ年賦《ねんぷ》にして年《ねん》に千三百両宛返《りょうずつかえ》してやれ。よいか」団「ハッ、誠《まこと》に御仁徳《ごじんとく》のそのお言葉《ことば》ありがたき仕合《しあわ》せに存《ぞん》じ奉《たてまつ》ります。如何《いか》にも仰《おお》せのとおりにつかまつりまする」とおうけにおよんで、その翌朝人知《よくちょうひとし》れず霞《かすみ》ケ関《せき》のお邸《やしき》へ立帰《たちかえ》ってくる。扨光圀卿《さてみつくにきょう》は、淀屋辰五郎《よどやたつごろう》を秘《ひそ》かにめされて、御本名《ごほんみょう》をお明《あか》しなされる。淀屋辰五郎《よどやたつごろう》は、この御仁慈《ごじんじ》なる思召《おぼしめ》しに有難涙《ありがたなみだ》に咽《むせ》び、深《ふか》くも打喜《うちよろこ》び、その翌日《よくじつ》お暇乞《いとまご》いをして江戸表《えどおもて》をたって、山城国八幡《やましろのくにやはた》の住居《すまい》へかえってきて、取立《とりた》てゝもらったその金《かね》を、自分《じぶん》の家《いえ》とともに欠所《けっしょ》になったる、淀屋一統《よどやとう》の者《もの》に分配《ぶんぱい》をしてやりましたとございます。これは後《のち》のお話《はな》し。扨黄門光圀卿《さてこうもんみつくにきょう》は、相《あい》も変《かわ》らず農民《のうみん》の姿《すがた》に身《み》を扮《やつ》され、江《え》戸町中《どまちじゅう》を逍遥《はいかい》せられ、当時徳川政府《とうじとくがわせいふ》の役人《やくにん》の中《うち》に、もし御政治《ごせいじ》に関《かん》することについて、不《ふ》都合《つごう》なことでもしておりはせぬか、又《また》は人民《じんみん》が難儀《なんぎ》をいたしているものはなきやと、お廻《まわ》りになっておりましたが、丁度或日《ちょうどあるひ》の夕暮《ゆうぐ》れに、刈豆屋方《かりまめやかた》へおかえりになり、夕飯《ゆうはん》を召喰《めしあが》られ、軈《やが》てお寝《やす》みになろうとすると、宿屋《やどや》の下女《げじょ》、下男《げなん》が交《かわ》る〴〵拍子木《ひょうしぎ》を、チョン〳〵

〳〵と打《う》ちならし、火《ひ》の用心《ようじん》火《ひ》の用心《ようじん》といって、上下共《うえしたとも》に廻《まわ》っている。そこで御隠居光《ごいんきょみつ》右衛門《えもん》は、主人《しゅじん》の茂左衛門《もざえもん》を座敷《ざしき》へよんで、光「時《とき》に御亭主《ごていしゅ》、私《わた》し等《ら》も江戸見物《えどけんぶつ》のために、永《なが》く厄介《やっかい》になっておりまするが、今迄《いままで》に時折々《ときおりおり》は火《ひ》の用心《ようじん》〳〵といって、廻《まわ》るのは別《べつ》に不思議《ふしぎ》はございませんが、この一両日以前《りょうじついぜん》より、日《ひ》が暮《く》れかかると火《ひ》の用心《ようじん》〳〵と若《わか》い衆《しゅう》や下女《げじょ》が、交《かわ》る〴〵に夜《よ》の明《あ》け方迄《がたまで》、われ〳〵の寝《ね》ている座敷《ざしき》の周囲《まわり》を廻《まわ》らっしゃいますから、騒々敷《そうぞうしゅ》うてすこしも眠《ねむ》ることができません。それヤどこの家《いえ》でも、江戸《えど》は火早《ひばや》い処故《ところゆえ》、火《ひ》の用心《ようじん》に入念《にゅうねん》するのは、当然《あたりまえ》ではありまするが、何《なに》もそんなに夜通《よどお》し廻《まわ》らないでもよかろうと存《ぞん》じます。それに何《なん》ぞやお前《まえ》さんところの家計《いえばか》りでなく、向《むか》い三軒両隣《げんりょうどな》り、或《あるい》は裏町通《うらまちどお》り迄《まで》、どこもかしこもチョン〳〵と拍子木《ひょうしぎ》の音《おと》が姦《かしま》しい。一体《たい》これは何《ど》うしたのです」茂「サア御隠居《ごいんきょ》聞《き》いてください。何《ど》うも大変《たいへん》なことになってきたのです。それは何《なに》かといいまするに、お前《まえ》さんは常陸国《ひたちのくに》のお方《かた》でも明暦《めいれき》の三年酉《ねんとり》の正月《しょうがつ》十八日《にち》、本郷《ほんごう》の丸山徳永山本明寺《まるやまとくえいざんほんみょうじ》という寺《てら》から出火《しゅっか》して、この江戸《えど》の町《まち》が大半全焼《たいはんぜんしょう》して、死人《しにん》に十万人《にん》からあって鎮火《ちんか》の後《のち》その屍体《したい》の片付《かたづ》ける場所《ばしょ》がありませなんだので、いま両国橋《りょうごくばし》の向《むこ》うに回向院《えこういん》という寺《てら》がたってありますが、その以前《いぜん》は一面《めん》の原《はら》です。そこへもってきてその焼《や》け死《し》んだ屍体《したい》を葬《ほうむ》って諸宗《しょしゅう》の僧《ぼう》さんがよってきて、回向《えこう》をしてそこに寺《てら》をたてたのを、回《え》向院無縁寺《こういんむえんじ》と申《もう》します。これを世《よ》に振袖火事《ふりそでかじ》と申《もう》してこの火事《かじ》は実《じつ》に開闢以来《かいびゃくいらい》の大火《たいか》でございます。その後《のち》も度々《たびたび》矢張《やは》りしょ〳〵に大火《たいか》があります。そこで今度《こんど》柳沢《やなぎさわ》美濃守様《みののかみさま》というお方《かた》で御老中《ごろうちゅう》の御新役《ごしんやく》におでましとなりましたので、俄《にわか》に法規《おきて》が変《かわ》りましたのは、抑《そ》も明暦《めいれき》の振袖火事《ふりそでかじ》以来《いらい》、引続《ひきつづ》いて度々《たびたび》斯《か》く大火《たいか》があるのは、これ下民《かみん》のものが火《ひ》を粗末《そまつ》にする故《ゆえ》である。よって今般大公儀《こんぱんおおこうぎ》より新《あらた》に法規《おきて》を設《もう》けられて、この後放火《のちつけび》のものは素《もと》より、誤《あやま》って火《ひ》をだせしものも同罪《どうざい》、火炙《ひあぶ》りに行《おこな》い、しかして妻子眷族《さいしけんぞく》、親類迄《しんるいまで》、それぞれ遠島《えんとう》を申《もう》しつけるという厳《きび》しきお触《ふ》れがでました。ダカラ下々《しもじも》のものが、枕《まくら》を高《たこ》うして安眠《あんみん》していることができません。万《まん》一粗忽《そそう》で己《おの》れの家《いえ》から火《ひ》でもだす様《よう》なことがあったら、本人《ほんにん》は火炙《ひあぶ》り、妻子眷族《さいしけんぞく》、親類迄召捕《しんるいまでめしと》れ、八丈島《じょうじま》、三宅島《みやけじま》の遠《とお》きところへ、流罪《るざい》となるのでございます。それだから火《ひ》をだしチャア堪《たま》りませんから、家内《かない》のものが一時交代《ときかわり》に、火《ひ》の用心《ようじん》〳〵といって、徹夜《よどお》し廻《まわ》るのでございます」光「フーム、そうでございますか。それは何《ど》うもお困《こま》りでしょう。しかしその厳《きび》しいお触《ふ》れがでた後《のち》は、火事《かじ》はどこにもありませんか」茂「ヘイ、この江戸《えど》は明《あ》けの元朝《がんちょう》から、暮《く》れの大晦日迄《おおみそかまで》、一年《ねん》三百六十五日《にち》ジャーンと半鐘打《はんしょう》つけて、大小《だいしょう》に関《かか》わらず火事《かじ》のない晩《ばん》というナア滅多《めった》にありません。それがこの厳《きび》しいお触《ふ》れがでましてから後《のち》というものは一向《こう》どこにも火事《かじ》はございません」光「そうですか。其《そ》れでは成程《なるほど》火《ひ》の用心《ようじん》を御注意《ごちゅうい》なされんければなりません」茂「ヘイ、誠《まこと》にお泊《とま》りなすっていられるお客人《きゃくじん》へは、お気《き》の毒《どく》でございまするが、何《ど》うも斯《こ》ういう訳《わけ》ですから仕方《しかた》がありません。何《ど》うか御辛抱《ごしんぼう》を願《ねが》います」といって、下《した》へおりてゆく。後《あと》に御隠居光《ごいんきょみつ》右衛門《えもん》は、光「何《ど》うジャ助《すけ》八、格《かく》八、今《いま》の話《はな》しをきいたか。放火《つけび》をする奴《や》ツは、下民《かみん》の寝《ね》入《い》り端《ばな》を考《かんが》えて、その家《いえ》に放火《ほうか》をして、この火事《かじ》の騒《さわ》ぎに乗《じょう》じて物品《ぶっぴん》を盗《ぬす》みとらんとするは、重々憎《じゅうじゅうにく》むべき曲者《くせもの》であるから、これは火炙《ひあぶ》りにして然《しか》りである。然《しか》るに誤《あやま》って粗忽《そそう》で火《ひ》をだしたものも同罪《どうざい》に行《おこな》い、妻子眷族《さいしけんぞく》、親類《しんるい》の者迄《ものまで》も、遠島《えんとう》を申《もう》しつけるというはこれ何事《なにごと》ジャ。苛政《かせい》は虎《とら》よりも恐《おそ》るゝとは古人《こじん》の金言《きんげん》にある。誠《まこと》に惨酷《ざんこく》な仕方《しかた》。是《これ》この儘《まま》にすておいたならば、下民《かみん》の中《うち》にも昼間働《ひるまはたら》かねばならぬ労働者《ろうどうしゃ》がある。この者等《ものら》が夜眠《よねむ》ることもならず何《ど》うして稼《かせ》ぐことができるか。予《よ》は何《ど》うかして下万民《しもばんみん》の困難《こんなん》を救《たす》けてやりたい」二「誠《まこと》に御仁徳《ごじんとく》なるそのお言葉《ことば》、お宜敷《よろし》いことでございますが、併《しか》し何《ど》うしてお救《たす》けなさいます」光「左《さ》れば其救《そのたす》けるのは予《よ》が故意《わざ》と放火《ほうか》を致《いた》す」二「エーッ、そんなことをあそばしては、これ大変《たいへん》でございます」光「その大変《たいへん》はしれたことジャ。予《よ》が万《まん》一粗忽《そそう》で火《ひ》をだしたら、何《ど》うなるか」二「ヘイ、それは新規《しんき》に設《もう》けられたる法規《おきて》によりますれば、貴方《あなた》は火炙《ひあぶ》りの刑《けい》に行《おこな》われあそばされねばあいなりませんで」光「フム、それはよい。当時《とうじ》小《こ》石川上館《いしかわかみやかた》に罷在《まかりあ》る、中納言綱條《ちゅうなごんつなえだ》は何《ど》うなる」二「ヘイ其《そ》れは申迄《もうすまで》もございません。御流罪《ごるざい》に極《きま》っております」光「フム、妻子眷族《さいしけんぞく》、一家《か》親類《しんるい》迄《まで》とあるからには、尾州《びしゅう》、紀州《きしゅう》の御《ご》両家《りょうけ》は何《ど》うなる」二「これも矢張《やは》り御流罪《ごるざい》でございます」光「そうすると、当徳川《とうとくがわ》五代《だい》将軍綱吉公《しょうぐんつなよしこう》はどうなる」二「ヘーッ」光「将軍家《しょうぐんけ》も予《よ》ときってもきれぬ御縁故《ごえんこ》がある。シテみればとりも直《なお》さず御流罪《ごるざい》ジャナ」二「ヘイ左様《さよう》にございます」光「フム、大分面白《だいぶんおもしろ》うなってきたぞ。予《よ》はことによると、どこかへ放火《ほうか》をするかも知《し》れんぞ」二「左様《さよう》なことをあそばしては一大事《だいじ》でございます」光「イヤ〱、滅多《めった》にそんなことをしもせんが、ホンの串戯口《じょうだんぐち》ジャわい。併《しか》し何《ど》の位《くら》い下民《かみん》のものが、火《ひ》を大切《たいせつ》にしていても、時節《じせつ》がくれば誤《あやま》って火《ひ》をださぬとはいわれぬ。万《まん》一左様《さよう》なことがあったときに、その者等《ものら》の歎《なげ》きは如何計《いかばか》りであるか」と仰《おお》せられて、その儘横《ままよこ》にお寝《やす》みなされたが、却々騒々敷《なかなかそうぞうし》くって、少《すこ》しも御《ご》睡眠《すいみん》なさることができません。折《お》りも折《お》り時《とき》も時《とき》、俄《にわか》に聞《きこ》ゆるスリ半鐘《はんしょう》の音《おと》、ジャン〱

くくッ、△「それヤ火事《かじ》だアッ……」という騒《さわ》ぎの声《こえ》。ガバと起《お》き上《あが》りなされたる御《ご》隠居光右衛門《いんきょみつえもん》、光「サア助《すけ》八、格《かく》八、何《ど》うジャ斯《こ》ういうことがある。何者《なにもの》が火出《ひだ》しをしたかしらんが、忽《たちま》ちこの者《もの》は新法規《しんおきて》に照《てら》されて、御処刑《ごしょけい》に行《おこな》われるは必定《ひつじょう》、誠《まこと》にこの者《もの》こそ不憫《ふびん》である」とこれから主従《しゅじゅう》三名《めい》が、出火《しゅっか》の現場《げんば》へ駆《か》けつけられるという、サアこの解決《おさまり》は如何《いかが》なりましょうや……。

◎火事場《かじば》にて娘《むすめ》を救《たす》けらる

扨《さて》も御隠居光右衛門《ごいんきょみつえもん》は、光「御亭主《ごていしゅ》、豪《えら》いことになりましたナ。シテ火事《かじ》はどこでございます」主「御隠居《ごいんきょ》、火事《かじ》は浅草雷門近傍《あさくさかみなりもんきんぼう》、並木辺《なみきへん》ですよ」光「ハアそうですか。火事《かじ》と喧嘩《けんか》は江戸《えど》の花《はな》、国《くに》への土産《みやげ》にみて置度《おきと》うございますからつれていってください」主「ヘイ、私《わたく》しも今出掛《いまでか》け様《よう》と思《おも》っているとこです。ジャおいでなさい」と火事装束《かじしょうぞく》を身《み》に着《ちゃく》し、刈豆屋《かりまめや》と記《しる》した長提灯《ながちょうちん》を引提《ひっさ》げてでかける。その後《あと》より主従《しゅじゅう》三人《にん》がつき従《したが》い、馬喰町《ばくろちょう》をでゝ、浅草橋《あさくさばし》、萱町《かやちょう》、河原町《かわらちょう》、蔵前通《くらまえどお》り、天主橋迄《てんしゅばしまで》きて、向《むこ》うをみると、並木通《なみきどお》りの辺《へん》に火《ひ》の手《て》炎々《えんえん》と燃《も》えあがってある。これを御覧《ごらん》になった光右衛門《みつえもん》は、光「ヤア刈豆屋《かりまめや》さん、どうも剛《えら》い火《ひ》ですナ」主「オイ御隠居《ごいんきょ》、そう無暗《むやみ》に橋《はし》の上《うえ》へでチャア危険《あぶな》いよ。追々《おいおい》町《まち》消防夫《しょうぼうふ》は繰《く》りこんでくる、その他大公儀《たおおこうぎ》よりのお火元見役人《ひもとみやくにん》、或《あるい》は諸大名方《しょだいみょうがた》よりもお火《ひ》元見役人《もとみやくにん》が、ドン〳〵と駆《か》けつけてくるから、そんなところにたって間誤付《まごつ》いていたら撲《なぐ》り倒《たお》されるよ。火事場《かじば》で怪我《けが》をしたといっても、どこへ訴《うった》えることもできない、犬《いぬ》に嚙《か》まれたも同様《どうよう》だ」というのもきかず光右衛門《みつえもん》は、天主橋《てんしゅばし》の中央《ちゅうおう》に佇立《たたず》み、光「ヤア追々燃《おいおいも》える〳〵、これは面白《おもしろ》い、一層《そう》この火《ひ》が将軍家《しょうぐんけ》の御座《ござ》る御本丸《ごほんまる》へ飛火《とびひ》したら、尚面白《なおおもしろ》かろうナア」といってござるところへ、△「エーイッ〳〵」と掛声《かけごえ》も勇《いさ》ましく、駒《こま》に打跨《うちの》りし一人《にん》の武士《ぶし》、頭《かしら》に陣笠《じんがさ》を頂《いただ》き、身《み》に火事羽織《かじばおり》を一着《ちゃく》なし、手《て》に三十六節《ぶし》ついたる鞭《むち》を携《たずさ》え、馬《うま》のお尻《しり》をピシリッ〳〵と引叩《ひきたた》き、駆《かけ》つけきたったこの武士《ぶし》は是《これ》ぞ芝新銭座《しばしんせんざ》、仙台公《せんだいこう》よりのお火元見役人《ひもとみやくにん》、左枝金太夫《さえぐさきんだいふ》と申《もう》すものでございます。今《いま》しも天主橋中央迄《てんしゅばしちゅうおうまで》きたって、金「寄《よ》れッ〳〵」と声《こえ》をかけているのに光右衛門《みつえもん》は、耳《みみ》にもいれず夢中《むちゅう》になって、光「ヤア面白《おもしろ》い〳〵」咽喉《のど》をならして喜《よろこ》んでござる。金「エイッ、寄《よ》れッ」ともったる鞭《むち》にて禿頭《はげあたま》をカシリッと打《ぶ》った。光「アーッ、痛《いた》いッ」と両手《りょうて》で頭《あたま》をおさえ、橋《はし》のうえにとベッタリ平倒張《へたば》った。仙台火元見役人《せんだいひもとみやくにん》は、それに頓着《とんちゃく》もせず、その儘出火《まましゅっか》の現場《げんば》をさして駆《か》けつけんとする。後《あと》に御隠居光右衛門《ごいんきょみつえもん》は、後《うし》ろ姿《すがた》をみて、大抵《たいてい》のことは御辛抱《ごしんぼう》をなさるのでござりまするが、これには余程《よほど》お腹《はら》が立《た》ったとみえて、光「ソレ助《すけ》八、格《かく》八、彼《か》の火元見役人《ひもとみやくにん》を引止《ひきと》めい」二「ハッ」と両人《りょうにん》は、バラ〳〵ッと後《うし》ろより追駆《おいか》けきたり、突然《いきな》り馬《うま》の尾髪《おがみ》を引摑《ひっつか》み、二「待《ま》てッ」と声蒐《こえか》けた。左枝金太夫《さえぐさきんだいふ》はふりかえってみて、金「ヤッ無礼者奴《ぶれいものめ》ッ」とピシャッと鞭《むち》で打《う》たんとするを、ヒラリと体《たい》を躱《かわ》し、対手《あいて》の利腕《ききうで》を引捕《ひっとら》え、馬上《ばじょう》よりパッと下《した》に引下《ひきおろ》した。金「コリャ、その方等《ほうら》は伊達家《だてけ》の火元見役《ひもとみやく》たる拙者《せっしゃ》を手込《てご》みにいたして何《なん》とするか。無礼奴《ぶれいもの》ッ」と怒鳴《どな》っている、ところへ御隠居光右衛門《ごいんきょみつえもん》は、そこへきたられ、光「オヽ御苦労《ごくろう》〳〵、其儘馬諸共《そのままうまもろとも》に引連《ひきつ》れ、この蔵前《くらまえ》を横《よこ》に切《き》れると新堀端《しんほりばた》、松平西福寺《まつだいらさいふくじ》という寺《てら》の藪畳迄《やぶだたみまで》連《つ》れてゆけ」二「ハッ承知《しょうち》いたしました」と蔵前通《くらまえどお》りは火事《かじ》の騒《さわ》ぎで、人《ひと》が雑沓《ざっとう》いたしますから、漸《ようや》く西福寺《さいふくじ》の墓場《はかば》へ引立《ひきた》てゝきた。スルト左枝金太夫《さえぐさきんだいふ》が烈火《れっか》のごとくになり、金「ヤイ一体汝等《たいなんじら》は何奴《なにもの》ジャ」光「コリャ、其方《そのほう》は何《いず》れの火元《ひもと》見《み》である」金「拙者《せっしゃ》は伊達家《だてけ》の火元見役《ひもとみやく》、左枝金太夫《さえぐさきんだいふ》と申《もう》すものである」光「フムそうか。其方《そのほう》は吾《わ》れを普通《ふつう》の百姓《しょう》ジャとおもっているか。なるだけ姓名《せいめい》は名乗《なの》るまじとおもいしが今宵《こよい》は何《ど》うしてもいわねばならぬ。予《よ》は水戸光圀《みとみつくに》であるぞッ」とお名乗《なの》り遊《あそ》ばした。

左枝金太夫《さえぐさきんだいふ》は吃驚仰天《びっくりぎょうてん》、金「ハヽッ」と其場《そのば》に平伏《へいふく》なし、金「ハヽッ、水府《すいふ》の御老公様《ごろうこうさま》とも存《ぞん》ぜず、法外《ほうがい》なる無礼《ぶれい》の段々平《だんだんひら》に御赦免《ごしゃめん》の程《ほど》をあらま欲《ほ》しく存《ぞん》じ奉《たてまつ》ります」光「イヤ、予《よ》が頭上《ずじょう》を打擲《ちょうちゃく》いたせしことは其《そ》れにて勘弁《かんべん》いたしてやるが、然《しか》し今予《いまよ》がいうことをよくきけ。諸大名《しょだいみょう》の火元見役《ひもとみやく》というものは、その火事《かじ》の現場《げんば》をきいて立《たち》かえり其由御主君《そのよしごしゅくん》へ申上《もうしあ》ぐるのが役《やく》ジャ。何《なに》も炎々《えんえん》と燃《も》えている傍《そば》までゆくにおよばんではないか。それに何《なん》ぞや主《しゅ》の威光《いこう》を笠《かさ》にきて、馬《うま》に打跨《うちまたが》り無暗《むやみ》に現場《げんば》迄《まで》乗《の》りつけきたり焼《や》けだされたものが道《どう》具《ぐ》を運《はこ》び、或《あるい》は幼《おさな》きを背負《せお》い、老《お》いたるを手《て》を引《ひ》き、右往左往《うおうさおう》ににげ彷徨者《さまようもの》に難儀《なんぎ》をかけるというは何事《なにごと》ジャ。このたびのところはこの儘《まま》にて許《ゆる》し遣《つかわ》す。以後《いご》は斯様《かよう》なことは決《けっ》してあいならぬぞ。また予《よ》が斯様《かよう》な姿《すがた》をして当地《とうち》にきているということは、他言《たごん》は無用《むよう》であるぞ。サアはやく役目《やくめ》なれば馬《うま》にのって立《たち》かえれ」金「ハッ、誠《まこと》に恐《おそれ》いり奉《たてまつ》りましたッ」と震《ふる》えあがって、その儘《まま》ほう〱の体《てい》で馬《うま》を引《ひ》いて立《たち》かえりました。かく戒《いまし》めおかれて御《ご》隠居光右衛門《いんきょみつえもん》は、再《ふたた》び蔵前通《くらまえどお》りにでてみると、大分火事《だいぶんかじ》も下火《したび》となった、ところへ刈豆屋《かりまめや》茂左衛門《もざえもん》は、主「ヤア御隠居《ごいんきょ》、お前《まえ》さんどこへいってていなすったんだ。最前《さいぜん》から彼方此方《あなたこなた》と探《さが》していたのです」光「ハイ私《わた》しは余《あま》り腹《はら》が減《へ》りましたので、この横手《よこて》の飲食店《いんしょくてん》で、一寸一口《ちょっとひとくち》飲《や》っていました」主「人《ひと》に気遣《きづか》いをさせておいて、どうも気楽《きらく》な人《ひと》だ。サア火事《かじ》も何《ど》うやら鎮火《ちんか》になったからかえりましょう」といっている折柄《おりから》、年《とし》の頃《ころ》なら十六七歳《さい》の小娘《こむすめ》が、髪《かみ》をオドロに振《ふ》り乱《みだ》し、大童《おおわらわ》の姿《すがた》をして跣足《はだし》の儘《まま》で、お廏河岸《うまやがし》の方《ほう》へ顔色《かおいろ》変えてドン〱走《はし》ってゆく様子《ようす》を、じっと眺《なが》められたる御隠居光右衛門《ごいんきょみつえもん》は、光「コリャ助《すけ》八、格《かく》八、今向《いまむこ》うへ顔色《かおいろ》変えて駆《か》けっていった彼《か》の少女《しょうじょ》は、どうも様子《ようす》が不審《いぶか》しい。察《さっ》するところ今夜《こんや》の火事《かじ》で家《いえ》をやかれ、それがために発狂《はっきょう》でもいたした様《よう》におもわれる。何《なに》はしかれこのまゝにすておくも可哀《かわい》そうジャ。兎《と》に角後《かくあと》をつけて行《い》って助《たす》けてやろう」二「ヘイ、承知《しょうち》いたしました」と二人《ふたり》はドン〱後《あと》よりつけてゆく。光「サア刈豆屋《かりまめや》さん、お前《まえ》さんも一緒《しょ》においでなさい」と茂左衛門《もざえもん》を引連《ひきつ》れて、これまたお廏河岸《うまやがし》の方《ほう》へ駆《か》けってゆく。このとき件《くだん》の少女《しょうじょ》は、お廏河岸迄駆《うまやがしまでかけ》ってきて、女「アヽお父様《とうさま》、貴方《あなた》が今夜粗相《こんやそそう》で火《ひ》をおだしなされたから、何《いず》れ其罪《そのつみ》は逃《のが》れずして、火炙《ひあぶ》りとかにおなりなされる。その憂目《うきめ》をみますするのが辛《つら》さに、妾《わた》しはこの大川《おおかわ》へ身《み》を投《な》げて、死《し》して三途《ず》の川《かわ》の渡《わた》し場《ば》で、貴方《あなた》のおいでをまっておりまする故《ゆえ》、何卒早々《どうぞはやばや》おいでください。先立《さきだ》つ不孝《ふこう》の罪《つみ》は冥途《めいど》に於《おい》てお詫《わ》びをいたします。南無阿弥陀仏《なむあみだぶつ》、弥陀仏《みだぶつ》」と両手《りょうて》をあわし今《いま》や大川《おおかわ》へ身《み》を投《な》げんとする間《かん》一髪《ぱつ》、助「オイ姐《ねえ》さんまった」と後《うし》ろより抱《だ》きとめた。女「アレ誰方様《どなたさま》かは存《ぞん》じませんが、お救《たす》けくださるは有難《ありがと》うございますが、それではかえって情《なさ》けが仇《あだ》となります。何卒《どうぞ》救《たす》けるとおもうてころしてくださいませ」二「コレ、救《たす》けたり殺《ころ》したり、そんな器用《きよう》なことができるか。死《し》は一端《たん》にして易《やす》し、生《せい》は末代《まつだい》に得難《えがた》しとやら、マア〳〵まちなさい」と確固《しっか》と抱《だ》きとめているところへ駆《か》けつけておいでなされた光右衛門《みつえもん》、光「コレ姐《ねえ》さん、お前《まえ》は一体《たい》どういう訳《わけ》で身投《みな》げをする様《よう》な気《き》になったのジャ。これには何《なに》か仔細《しさい》があろう。その訳《わけ》をここで委《くわ》しゅう話《はな》しをしなさい。屹度吾々《きっとわれわれ》が力《ちから》になってあげましょう」といわれて少女《しょうじょ》は目《め》に涙《なみだ》をうかめ、女「ハイ、誠《まこと》に御親切《ごしんせつ》に仰《おっ》しゃってくださいまして有難《ありがと》うございます。妾《わたし》の父《ちち》は浅草並木《あさくさなみき》の裏長屋《うらながや》にすんでおりまする日雇稼《ひやといかせぎ》の安兵衛《やすべえ》と申《もう》すものでございます。妾《わた》しは娘《むすめ》かつと申《もう》します。ところが父安兵衛《ちちやすべえ》は先頃《さきごろ》より中気症《ちゅうきしょう》に罹《かか》り、病《やま》いの床《とこ》に臥《ふ》して稼《かせ》ぐこともできません。そこで妾《わた》しが父《ちち》のために駒形堂前《こまがたどうまえ》の料理店《りょうりてん》へ酌婦《しゃくふ》に雇《やと》われお給金《きゅうきん》やお客《きゃく》より貰《もら》いましたる金《かね》を以《もっ》て、医者《いしゃ》を迎《むか》えて種々《しゅじゅ》と手当《てあ》てをして、孝養《こうよう》を尽《つく》しておりましたところが、計《はか》らず今夜父《こんやちち》が誤《あやま》って火《ひ》をだしました。壮健《たっしゃ》なものならその火《ひ》を叩《たた》き消《け》す位《くら》いのことはできましょうが、何《なに》を申《もう》すも永々《ながなが》の中風《ちゅうぶ》の病《やま》い。それ故《ゆえ》今宵《こよい》の大《だい》事《じ》を引起《ひきおこ》しました。父《ちち》は早速町方役人《さっそくまちかたやくにん》がのりこんできて、自身番屋《じしんばんや》へお引立《ひきた》てとなりました。今度《こんど》でましたお上《かみ》のお触《ふ》れでは、所詮火炙《しょせんひあぶ》りは逃《のが》れますまい。その父《ちち》の憂目《うきめ》をみるのが辛《つら》さに、計《はか》らず妾《わた》しはこの大川《おおかわ》へ身《み》を投《な》げて死《し》する覚悟《かくご》でございます」と涙乍《なみだなが》らの物語《ものがた》り。始終《しじゅう》をお聞《き》きとりになりました御隠居光右衛門《ごいんきょみつえもん》は、両眼《りょうがん》に涙《なみだ》を浮《うか》べ、イトモ不愍《ふびん》に思召《おぼしめ》され、光「どうジャ助《すけ》八、格《かく》八、世《よ》のなかにこういう不愍《ふびん》なものができた。如何程火《いかほどひ》を大《たい》切《せつ》にしていても、不事《ふじ》の過《あやま》ちというものは、何時《いつ》できるやらわからぬ。身体《からだ》の自由《じゆう》の利《き》かぬ中気症《ちゅうきしょう》の病人《びょうにん》が、誤《あやま》って火《ひ》をだした、是等《これら》のものも同罪《どうざい》にするというは、実《じつ》に苛酷《かこく》なる法規《おきて》である。これはどうしても助《たす》けてやらねばならぬ……ときに姐《ねえ》さん、何《な》にも心配《しんぱい》することはない。私《わた》しがお前等親子《まえらおやこ》の命《いのち》を救《たす》けてあげるから、一緒《しょ》にきなさい」かつ「ハイ、有難《ありがと》うございます」光「アノ刈豆屋《かりまめや》さん、お前《まえ》さん気《き》の毒《どく》ジャが、この娘《むすめ》の手《て》を引《ひ》いて、お前《まえ》さんの宅迄《たくまで》一緒《しょ》に連《つ》れてかえってください」主「オイ御隠居《ごいんきょ》、御戯《じょうだん》いっチャ不可《いけ》ません。火出《ひだ》しをして、火炙《ひあぶ》りになるものの娘《むすめ》をつれてかえったといったら、親類《しんるい》と見做《みな》されて、私《わたく》しも処分《しょぶん》をうけなくチャァなりません」光「イヤ〳〵、決《けっ》してお前《まえ》さんには迷惑《めいわく》はかけませんから、何卒《どう》か手《て》を引《ひ》いてつれてかえってください」といわれて刈豆屋茂左衛門《かりまめやもざえもん》は不承無承《ふしょうぶしょう》に娘《むすめ》の手《て》をひき、隠居光右衛門《いんきょみつえもん》と共《とも》に、馬喰町《ばくろちょう》の宅《たく》をさしてかえってくるその途中《とちゅう》、いましも丁度浅草橋《ちょうどあさくさばし》の辺《ほと》り迄《まで》かえってくる、折柄横合《おりからよこあい》よりバラ〱ッととんでた一人《ひとり》の乞食《こじき》、突然《いきな》り刈豆屋茂左衛門《かりまめやもざえもん》に、ドーンと突《つ》きあたった。茂「ヤイこのド乞食奴《こじきめ》ッ、気《き》をつきアがれッ。汚《きた》ないわい」乞「ナニ汚《きた》ないッ……ヤイ貴様《きさま》は、『欠椀《かけわん》も元《もと》は吉《よし》野《の》の桜《さくら》かな』ということをしっているか」茂「ソリャ何《なん》のことだい。そんなことアしら無《ね》エ」乞「知《し》るまいがナ、欠《か》けた椀《わん》を汚《きた》ない〱と申《もう》すが、元《もと》を訊《ただ》してみると、桜《さくら》の木《き》で拵《こし》らえるからして、そこで欠椀《かけわん》も元《もと》は吉野《よしの》の桜《さくら》かなといったのだ。乞食《こじき》をしていても一から六までである。必《かなら》ず汚《きた》ないなぞといって、決《けっ》して侮《あなど》るものではないぞ」茂「ヤイこのド乞食《こじき》奴《め》、人《ひと》にあたっておきアがって、まだ小理屈《こりくつ》をぬかしていやアがる」これを側《そば》できいてござった御隠居光右衛門《ごいんきょみつえもん》は、心《こころ》の中《うち》に、光「フーム、この乞食《こじき》は只者《ただもの》ではあるまい。何《なん》でも由緒《ゆいしょ》あるものが、乞食《こじき》の姿《すがた》に身《み》を扮《やつ》しているに相違《そうい》あるまい。何《なに》か仔細《しさい》のありそうなことだ」と思召《おぼしめ》されたから、光「コレお乞食《こじき》、お前《まえ》は却々面白《なかなかおもしろ》そうな人物《じんぶつ》ジャ。私《わ》しは気《き》にいった、一緒《しょ》に宿迄《やどまで》きなさい」乞「ハイお供《とも》をいたしましょう」光「サア刈豆屋《かりまめや》さん、お前《まえ》さんこの乞食《こじき》の手《て》を引《ひ》いて、一緒《しょ》に宅迄《たくまで》連《つ》れてかえってください」茂「オイ御隠居《ごいんきょ》、お前《まえ》さんは何《なん》でも連《つ》れてかえれ〳〵といいなさる人《ひと》だ。一人《ひとり》は火炙《ひあぶ》りになる罪人《ざいにん》の娘《むすめ》、又一人《またひとり》はアタ汚《きた》ない乞食《こじき》だ」光「イヤ〳〵それも両手《りょうて》に花《はな》ジャ」茂「オイ串戯《じょうだん》いいなさんな。何《なに》がこれが両手《りょうて》に花《はな》だい」光「アハヽヽヽハヽ」と、お笑《わら》いになって、漸々《ようよう》馬喰町《ばくろちょう》刈豆屋方《かりまめやかた》へかえってくるという、サ此乞食《このこじき》は一体何《たいなに》ものでございましょうや。次席《じせき》に於《おい》て相判《あいわか》ります……。

◎光圀卿《みつくにきょう》熊沢了介《くまざわりょうかい》と共《とも》に吉原大籬《よしわらおおまがき》へ登楼《とうろう》

扨《さて》も御隠居光右衛門《ごいんきょみつえもん》は、娘《むすめ》おかつを慰《なぐさ》め、二階座敷《かいざしき》へつれてお上《あが》りなされて、光「偖《さ》て御亭主《ごていしゅ》、戸外《おもて》にいる乞食《こじき》もどうかこゝへ通《とお》してください」茂「御隠居《ごいんきょ》、乞食《こじき》をこゝへ通《とお》しチャ汚《きた》なくって仕方《しかた》が無《ね》エ」光「イヤ〳〵苦《くる》しゅうない」茂「お前《まえ》さんが苦《くる》しくなくっても、此方《こっち》が苦《くる》しい」と吐《つぶや》きながら二階《かい》からおりてきて、茂「オイ乞食《おこも》、俺《お》れのところに泊《とま》っている彼《あ》の隠居《いんきょ》は、チッとア変《かわ》りものだ。サア仕方《しかた》が無《ね》エから二階《かい》へあがるがよい」乞「ジャ亭主《ていしゅ》、これを其方《そち》に預《あず》ける」と身《み》に着《き》ていた酒薦《さかごも》を脱《ぬ》ぐと、したには黒紋服《くろもんぷく》に大小刀《だいしょう》を横《よこた》えている姿《すがた》をみて、刈豆屋茂左衛門《かりまめやもざえもん》は吃驚《びっく》りし、茂「オヤ、此奴《こい》つア早変《はやがわ》りだよ」と不思議《ふしぎ》におもっている。スルト件《くだん》の人物《じんぶつ》は、その儘遠慮用捨《ままえんりょようしゃ》もなく、二階座敷《かいざしき》へ通《とお》って遥《はる》か此方《こなた》に両手《りょうて》をつかえて平伏《へいふく》している。この時黄門光圀卿《ときこうもんみつくにきょう》は、光「コレよ、四辺《あた》りに人《ひと》の立聞《たちぎ》きをしている様《よう》なことはないか、気《き》を注《つ》けい」二「ハッ」と前後《ぜんご》に心《こころ》を配《くば》りみまするに、一向立聞《こうたちぎ》きしている様子《ようす》もみえませんから、二「ハヽッ申《もう》しあげます。別《べつ》にたれもきいている様《よう》にはございません」光「フムそうか。コレよ、其方《そのほう》は先刻浅草橋《せんこくあさくさばし》の辺《ほと》りにて、当家《とうけ》の主人茂左衛門《しゅじんもざえもん》に故意《わざ》とつきあたりしは、知《し》っていたしたことであろう。何《ど》うジャ」士「ハッ如何《いか》にも仰《おお》せの通《とお》り貴方様《あなたさま》を、水府《すいふ》の御老公様《ごろうこうさま》と承知《しょうち》をして御無礼《ごぶれい》を仕《つかまつ》りましてございます」光「フム、予《よ》が斯《か》く農民《のうみん》の姿《すがた》に身《み》を扮《やつ》しているを、それを何《どう》してしったか」士「左《さ》れば先刻出火《せんこくしゅっか》の際《さい》、天主橋《てんしゅばし》の辺《ほと》りにて、伊達家《だてけ》の火元見役人《ひもとみやくにん》を、松平《まつだいら》西福寺《さいふくじ》の墓場《はかば》において、云々斯様《しかじかかよう》〱と御意見《ごいけん》をなされてござるのを、木蔭《こかげ》にあって様《よう》子《す》を承《うけたまわ》りましたるが故《ゆえ》に、それと承知仕《しょうちつかまつ》りました」光「フム其《そ》うか。シテ其方《そのほう》は何者《なにもの》ジャ」士「ハッ、拙者儀《せっしゃぎ》は備前国御野郡岡山《びぜんのくにみのごおりおかやま》の城主《じょうしゅ》、池田新太郎光政《いけだしんたろうみつまさ》の家臣《かしん》、熊沢了介《くまざわりょうかい》と申《もう》すものでございます」光「フヽーム、扨《さ》ては高名《こうみょう》きき及《およ》ぶ、池田家《いけだけ》の儒者《じゅしゃ》、熊沢了介《くまざわりょうかい》というは其方《そのほう》であったか。シテ其方《そのほう》が如何《いか》なるわけにて乞食《こじき》の姿《すがた》に身《み》を窶《やつ》している。これには何《なに》か深《ふか》き仔細《しさい》ぞあらん。それにて具《つぶさ》に物語《ものがた》れよ」了「ハッ、其仔細《そのしさい》と申《もう》しまするは池田《いけだ》という田《た》にわるい虫《むし》がついております。その悪虫《あくちゅう》を除《のぞ》いて頂《いただ》きたいがゆえに、斯《か》くお目通《めどお》りを仕《つかまつ》りましたのでございます」光「フム、シテその悪虫《あくちゅう》を除《のぞ》いてくれいと申《もう》すが、何《ど》ういうことである」了「左《さ》れば其儀《そのぎ》は近頃主人新太郎光政儀《ちかごろしゅじんしんたろうみつまさぎ》は熊谷若狭《くまがえわかさ》と申《もう》す一刀流《とうりゅう》の剣客者《けんかくしゃ》を召抱《めしかか》え、そのものについて武術《ぶじゅつ》の御指南《ごしなん》をうけられるところよりして、大《おお》いに御気性荒《ごきしょうあら》くなり、夜々八代洲河岸《よなよなやよすがし》の邸《やしき》を忍《しの》びいでられ、江戸市中《えどしちゅう》を徘徊《はいかい》して、所々《しょしょ》にて辻斬《つじぎ》りをなさるという風聞《ふうぶん》、万一《もし》このことが大公儀《おおこうぎ》へしれますれば、三十有余万石池田家《ゆうよまんごくいけだけ》に関《かか》わる一大事《だいじ》と存《ぞん》じ、それとなく御諫言《ごかんげん》を申《もう》しあげしに、却々《なかなか》お用《もち》いなく、そこで拙者儀《せっしゃぎ》はツク〲考《かんが》え、是《こ》リャ言葉《ことば》でお諫《いさ》め申《もう》しあげた位《ぐら》いでは、所詮《しょせん》お聞入《きい》れがないよって、その辻斬《つじぎ》りをなさる現場《げんば》において、吾君《わがきみ》をとって圧《おさ》え、しかして強諫《ごうかん》をいたそうと存《ぞん》じて、此宵《こよい》吾君《わがきみ》のおでましなさるその後《あと》より、乞食《こじき》の姿《すがた》に身《み》を扮《やつ》し、みえ隠《がく》れについてまいりしところ、不図此宵出火《ふとこよいしゅっか》の騒《さわ》ぎにて、その影《かげ》を見失《みうしの》うてしまいましたるがゆえに、如何《いかが》はせんとおもいおります折柄《おりから》に御老公《ごろうこう》のお姿《すがた》をお見《み》うけ申《もう》しましたるから、斯《か》くお願《ねが》いをいたしまするのでございまする」光「フム、其方《そのほう》は池田家《いけだけ》をおもう大忠臣者《だいちゅうしんもの》ジャ。如何《いか》にも其方《そのほう》の忠義《ちゅうぎ》に愛《め》でゝ、池田光政《いけだみつまさ》をとって圧《おさ》え、以来辻斬《いらいつじぎ》りにいでざる様《よう》いたし遣《つかわ》す。しかしその辻斬《つじぎ》りにでるのにも、ヨモヤ新太郎一人《しんたろうひとり》ではあるまい喃《のう》」了「御意《ぎょい》にございます。指南番《しなんばん》熊谷若狭《くまがえわかさ》、其他《そのた》三四名《めい》をしたがえております」光「そうか、シテその辻斬《つじぎ》りをする現場《げんば》は大抵何《たいていど》のへんでするか、略其儀《ほぼそのぎ》はあいわからんか、何《ど》うジャ」了「左様《さよう》でございます。それはどこというて確《たしか》めることはできませんが、主人新太郎光政儀《しゅじんしんたろうみつまさぎ》は、秘《ひそ》かに吉原遊里《よしわらゆうり》に通《かよ》い、そのかえるさに吉原堤《よしわらどて》より田町《たまち》、袖磨《そです》り稲荷《いなり》の辺《ほと》りにて、折々往来人《おりおりおうらいにん》がきられるということを承《うけたまわ》っております」光「フームそうか。それでは多分今夜《たぶんこんや》も遊里《ゆうり》へいったに相違《そうい》ない。しからばこれよりいそぎ吉原《よしわら》へまいって、見返《みかえ》り柳《やなぎ》、堤《どて》八丁《ちょう》の間《あいだ》に待伏《まちぶ》せをして、かえりをまってとり圧《おさ》えて遣《や》るから、其方《そのほう》も予《よ》についてまいれ」了「ハッ有難《ありがと》う存《ぞん》じます」そこで早速主人《さっそくしゅじん》の茂左衛門《もざえもん》をよんで、光「サテ御亭主《ごていしゅ》、私《わた》しはこれより一同《どう》ともに、吉原《よしわら》へいってきます。其不在中《そのるすちゅう》この娘《むすめ》を確《たし》かにお前《まえ》にあずけておきます」茂「何《ど》うも御隠居《ごいんきょ》、お前《まえ》さんは何《なん》だかわけのわから無《ね》エ人《ひと》だ。火炙《ひあぶ》りになるものの娘《むすめ》をたすけたり、又乞食《またこじき》だとおもってつれてかえリャ武士《ぶし》と早変《はやがわ》り。そうかとおもえば吉原《よしわら》へ遊《あそ》びにいくなんて、何《ど》うも変《かわ》りもんだよ。この娘《むすめ》はたしかに預《あずか》りましたが、なるだけはやくかえってくださいよ」光「ハイ〳〵、直《じ》きかえってきます」と熊沢了介《くまざわりょうかい》、佐々木《ささき》、渥美《あつみ》の三人《にん》をともに従《したが》え、いそぎいそいで、吉原堤《よしわらどて》八丁迄《ちょうまで》おいでになりました。折柄浅草金竜山弁天山《おりからあさくさきんりゅうざんべんてんやま》にてつきだす九ツの鐘《かね》、ボーンボンとなっている。光「ハヽア今鳴《いまな》る鐘《かね》は九ツの鐘《かね》、モウ程《ほど》なくこゝへ、池田光政主従《いけだみつまさしゅじゅう》がかえってくるであろう」と見返《みかえ》り柳《やなぎ》の辺《ほと》りでまってござるに、一向《こう》池田光政主従《いけだみつまさしゅじゅう》の姿《すがた》がみえませんからして、黄門光圀卿《こうもんみつくにきょう》は、なにかツク〴〵お考《かんが》えあそばし、光「扨《さ》て熊沢《くまざわ》いまに池田光政殿《いけだみつまさどの》が、これへかえってこぬところをおもえば、まだ今夜《こんや》は吉原《よしわら》へこないと、どこか他所《ほか》をまわっているかもしれぬ。シテ見《み》れば何時《いつ》くるやらわからんのに、こゝで斯《こ》うしていても退屈《たいくつ》で仕方《しかた》がない。又予《またよ》がツク〴〵考《かんが》えるには、新太郎光政殿《しんたろうみつまさどの》が、武術《ぶじゅつ》の稽古《けいこ》を励《はげ》まれる様《よう》になったによって強《あな》がち気《き》が荒《あら》くなり、辻斬《つじぎ》りをするという訳《わけ》でもあるまい。吉原遊里《よしわらゆうり》に通《かよ》い太夫《たゆう》をかい、芸者末者《げいしゃまっしゃ》をよんで陽気《ようき》に騒《さわ》ぎなどするところより、不図気性《ふときしょう》があらくなり、それがために無益《むえき》の殺生《せっしょう》、辻斬《つじぎ》りをする様《よう》になったかもしれぬ。既《すで》に先年伊達綱宗《せんねんだてつなむね》が遊里《ゆうり》にかよい、気性《きしょう》あらくなってついに高尾《たかお》を提斬《さげぎ》りにしたという様《よう》なことがあるから、新太郎光政殿《しんたろうみつまさどの》も、多分其《たぶんそ》ういうところからして気《き》があらくなってきたかもあいわからんゆえに、予《よ》は可笑《おか》しなことをいう様《よう》ジャが、何《ど》うだ是《これ》より吉原廓内《よしわらかくない》へいって、どこかへ登楼《とうろう》して遊女《ゆうじょ》をよび、しかしてその遊女《ゆうじょ》というものは、何《ど》ういう性質《せいしつ》でいるものか、彼等《かれら》の腹《はら》を一《ひと》つ探《さぐ》って見様《みよう》ジャないか」了「ハイ、これは誠《まこと》に恐《おそ》れいります。しかし廓《くるわ》の法《ほう》として、一現《げん》では客《きゃく》に致《いた》しません。先《ま》ず馴染《なじ》みの引手《ひきて》茶屋《ぢゃや》へまいり、其家《そのいえ》より送《おく》られて大店《おおみせ》へあがり、それから遊女《ゆうじょ》をよんで愉快《ゆかい》をするのでございます。貴方《あなた》は其引手茶屋《そのひきてぢゃや》にどこかお馴染《なじ》みがございますか」光「馬鹿《ばか》を申《もう》すな。予《よ》は左様《さよう》なところに馴染《なじ》みはないが、何《ど》うジャ助《すけ》八、格《かく》八、登楼《とうろう》するに何《なに》かよき工風《くふう》はないか」二「ヘイわれ〳〵が江戸《えど》お上屋敷《かみやしき》に勤《つと》めております時分《じぶん》に、人《ひと》より話《はな》しをきいておりまするに、何《なん》でもこの吉原《よしわら》を素見《ひやか》す地廻《じまわ》りの者等《ものら》が、喧嘩《けんか》をいたしまするとその仲直《なかなお》りを引手茶屋《ひきてぢゃや》へもっていってするということでございます。そうしてそのあとは、銘々《めいめい》おもい〳〵に女郎買《じょろか》いをしてかえるということをきいておりまする故《ゆえ》、左様《そう》なされては如何《いかが》でございましょう」光「フームそうか、其《そ》れも随分面白《ずいぶんおもしろ》かろう。それでは今《いま》にこゝへたれかがでゝくるであろうから、そのものに故意《わざ》と喧嘩《けんか》をしかけて、そうして引手茶屋《ひきてぢゃや》へまいる手《しゅ》段《だん》をいたそう。先《ま》ず第《だい》一喧嘩《けんか》をする役《やく》は佐々木《ささき》、渥美《あつみ》の両人《りょうにん》に申《もう》しつける。しかし喧嘩《けんか》をしても向《むこ》うを殴《なぐ》らず自分《じぶん》も殴《なぐ》られず、程宜《ほどよ》く操《あやつ》っているのジャ。そこへ予《よ》と了介《りょうかい》がとんででゝ仲裁《ちゅうさい》をするのである」二「ハッ、委細承知《いさいしょうち》いたしました」とたれかこゝへでてくるのを相待《あいま》っている。こんなお方《かた》に喧嘩《けんか》をしかけられたものこそ、飛《と》んだ災難《さいなん》でございます。ところへ折《お》りも折《お》りとて、田町《たまち》の方《ほう》からでゝきたのは両国米沢町《りょうごくよねざわちょう》の両替店《りょうがえや》、東国屋《とうごくや》の若旦那清十郎《わかだんなせいじゅうろう》が、でいりの消防夫《しごとし》で、に組《ぐみ》の纏持《まといも》ち勇《いさみ》の金太《きんた》というわかいものを供《とも》につれて、遅掛《おそが》けから吉原《よしわら》へ女郎買《じょろかい》にでかけてきて、今《いま》しも衣紋阪《えもんざか》へさしかゝってくると、勇《いさみ》の金太《きんた》は意気《いき》な声《こえ》で、金「乙《おつ》う寒《さむ》いな丶一風《ちょぼいちかぜ》が、四割《わり》五割《わり》と吹《ふ》くわいな」と唄《うた》いながらやってくると、此方《こなた》にあってみてござった黄門光圀卿《こうもんみつくにきょう》は、光「サアきたぞ〱、よいか程宜《ほどよ》く喧嘩《けんか》をしかけるのジャ。決《けっ》して相手《あいて》を痛《いため》ては不可《いか》んぞ」二「ハッ、畏《かしこま》りました」と佐々《ささ》木《き》、渥美《あつみ》の両人《りょうにん》は、見返《みかえ》り柳《やなぎ》の木蔭《こかげ》よりとんでゝ、突然《いきな》りドーッと左右《さゆう》から、勇《いさ》みの金《きん》太《た》にあたりをつけた。金「エイッこの野郎《やろう》、何《なに》をしやアがるんだ。気《き》をつけアがれッ、篦《べら》棒奴《ぼうめ》ッ」と拳《こぶし》を固《かた》めてパッと横面《よこづら》を撲《なぐ》らんとする奴《やつ》を、撲《なぐ》られてはたまらないから、ヒラリッと身《み》をかわしておいて、突然《いきな》り対手《あいて》の腕首《うでくび》をグイッと引摑《ひっつか》まえ、助「コレ、お前《まえ》は人をブン撲《なぐ》るとはけしからん事《こと》をする奴《や》ツだ」金「エイッ、罌粟《けし》が辛《から》いも、唐辛《とうがら》しが甘《あま》いもあるものか。何《なに》を吐《ぬか》しアがる」と、又《また》も振《ふ》り放《はな》して打《う》たんとするが、何《ど》うしてもその手《て》を放《はな》さずして、二「何《なに》を〳〵ッ」と佐々木《ささき》、渥美《あつみ》の両人《りょうにん》が、対手《あいて》の腕首《うでくび》を引掴《ひっつか》み、撲《なぐら》れもせず撲《なぐ》りもせず、よい加減《かげん》にワイ〳〵いっている、ところへ横合《よこあい》よりとんでおでましなされたる光圀卿《みつくにきょう》、熊沢了介《くまざわりょうかい》の二人《ふたり》は、二「マア〳〵みなさん、どうか静《しず》まってください。この喧嘩《けんか》の仲裁《ちゅうさい》は、吾々両人《われわれりょうにん》がいたしますから、お互《たがい》に仲《なか》よくしてください」金「何《なん》だこの老爺《おやじ》、手前《てめ》エはどこからとんででやアがった」光「ヘイこの柳《やなぎ》の木《き》の蔭《かげ》からとんででました」金「今此二人《いまこのふたり》がとんでゝ、俺《お》れに喧嘩《けんか》をしかけアがったとおもったら、直《す》ぐに仲裁人《ちゅうさいにん》がとんでゞるなんて、何《な》んだか可笑《おかし》な喧嘩《けんか》だ。じゃア手前《てま》エにまかそう。シテこの仲裁《ちゅうさい》はどこでするんだ」光「ハイ吾々《われわれ》は廓《くるわ》の勝手《かって》を一向存《こうぞん》じません。そこは貴方《あなた》がお馴染《なじ》みの引手茶屋《ひきてぢゃや》がありましょう。そこへいって仲直《なかなお》りをいたしましたら、何《ど》うでございましょう」金「何《なん》だ、喧嘩《けんか》をしかけられて、おまけに此方《こちら》が引手茶屋《ひきてぢゃや》へ案内《あんない》をしなくチャアなら無《ね》エとは、どうも引合《ひきあ》わねエはなしだ。ときに東国屋《とうごくや》の若旦那《わかだんな》どうも今夜《こんや》の喧嘩《けんか》は何《なん》だか変手古《へんてこ》ですねエ」若「其《そ》うだ。喧嘩《けんか》になったかとおもえばすぐに挨拶人《あいさつにん》がでるなんて、随分呑気《ずいぶんのんき》なはなしだ。しかしこの人達《ひちた》は、百姓《しょう》だが随分面白《ずいぶんおもしろ》そうな人《ひと》だ。マア兎《と》も角《かく》も仲之町《なかのちょう》の引手茶屋《ひきてぢゃや》へいって仲直《なかなお》りの盃《さかずき》を仕様《しよう》」金「ジャア其《そ》うしましょう」と、一同《どう》をつれて仲之町《なかのちょう》の蔦屋《つたや》という引手茶屋《ひきてぢゃや》にきたり、二階《かい》に通《とお》って酒肴《さけさかな》を誂《あつら》え、そこで仲直《なかなお》りの盃《さかずき》をするときに、金「オウ、俺《お》れはに組《ぐみ》の消防夫勇《しごとしいさみ》の金太《きんた》というものだ。これにいなさるのは、米沢町《よねざわちょう》の両替店《りょうがえてん》、東国屋《とうごくや》の若旦那《わかだんな》清《せい》十郎《ろう》というお方《かた》だ。サアお前《まえ》たちの名《な》はなんというのだ」光「ハイ、わたしは常陸国西山村《ひたちのくにしやまむら》の百姓《しょう》、光右衛門《みつえもん》と申《もう》します。今一人《いまひとり》は了介《りょうかい》といいます」金「何《なん》だ、了介《りょうかい》ハヽヽ、按摩見《あんまみ》たいな名《な》だナ。道理《どうり》で黒紋服《くろもんぷく》をきているとおもった。そうしてあとの二人《ふたり》は何《なん》てエ名《な》だ」光「ハイ、これは助《すけ》八、格《かく》八と申《もう》します……」金「幇間《たいこもち》か……」光「何《ど》うか以後《いご》はお心安《こころやす》くしてください」と、茲《ここ》で双方共《そうほうとも》、盃《さかずき》のとりやりが相済《あいす》むと、勇《いさ》みの金太《きんた》は、金「オイ爺《おやじ》さん、何《ど》うだいこれから東国屋《とうごくや》の若旦那《わかだんな》が、大《おお》店《みせ》の大籬楼《おおまがきろう》へいらっしゃるんだが、お前等《まえら》も一緒《しょ》にいか無《ね》エか」光「ハイ、われ〱も国《くに》への土産《みやげ》に、一度《ど》は登楼《とうろう》してみたいとおもっていました。それでは何《ど》うかおつれなすってくださいませ」金「ジャ若旦那《わかだんな》、この四人《にん》をつれていきましょう」清「フム、百姓《しょう》に按摩《あんま》幇間《たいこもち》と、斯《こ》う変《かわ》った人《ひと》をつれていくのも又《また》一興《きょう》になるだろう。ジャ同道仕様《どうどうしよう》」とこれより引手茶屋《ひきてぢゃや》から京町《きょうまち》二丁目《ちょうめ》の大籬楼《おおまがきろう》という女郎屋《じょろや》へおくられてくる。不図《はからず》こゝに一奇談《きだん》を生《しょう》じまする。其《そ》は次回《じかい》に……。

◎光圀卿《みつくにきょう》秋雨《あきさめ》に助太刀《すけだち》為《せ》らる

さて黄門光圀卿《こうもんみつくにきょう》、熊沢了介《くまざわりょうかい》、佐々木《ささき》助《すけ》三郎《ろう》、渥美格之丞《あつみかくのじょう》の四名《めい》は、東国屋清《とうごくやせい》十郎《ろう》、勇《いさみ》の金太《きんた》につれられ大籬楼《おおまがきろう》にきたり、二階《かい》の引付《ひきつけ》の座敷《ざしき》へ案内《あんない》をされて通《とお》ると、清《せい》十郎《ろう》はお職《しょく》の籬太夫《まがきだゆう》、金太《きんた》も馴染《なじみ》の女郎《じょろう》がこゝへやってきてピタリと二人《ふたり》の側《そば》に坐《すわ》りこむところがあとの四名《めい》には、初会《しょかい》でございますから馴染《なじ》みの女郎《じょろ》といってはありません。ソコで勇《いさみ》の金《きん》太《た》が、金「オイ老爺《おやじ》さんに按摩《あんま》の了介《りょうかい》、助《すけ》八、格《かく》八の四人《にん》は、馴染《なじみ》の女郎《じょろう》といってはあるめエから、俺《お》れが名差《なざ》しをしてやろう。助《すけ》八、格《かく》八の二人《ふたり》は年《とし》が若《わけ》エから、桜木《さくらぎ》に花《はな》里《ざと》、又按摩《またあんま》の了介《りょうかい》は百合葉《ゆりは》、老爺《おやじ》さんは年寄《としよ》りだから当家《とうけ》に客《きゃく》の座敷《ざしき》へでると、折々《おりおり》シク〳〵泣《な》く秋雨《あきさめ》というのがある。秋《あき》の雨《あめ》は何《なん》となく陰気《いんき》だ。仍《よっ》てこの女《おんな》をよんであそぶがよい」光「ヘエ、それは何《ど》うも有難《ありがと》うございまする」といってござるところへ、遣手婆《やりてばば》アが、遣「桜木《さくらぎ》さんに花里《はなざと》さん、百合葉《ゆりは》さんに秋雨《あきさめ》さんおあがりなさいよ」皆「ハイ」と答《こた》えて段梯子《だんばしご》を、三枚重《まいかさ》ね五枚重《まいかさ》ねの上草履《うわぞうり》をはいてドタンバタン、バタンドタンとあがってきて、引付《ひきつけ》の座敷《ざしき》へ通《とお》って会釈《えしゃく》をする。これから女郎《じょろう》の部屋《へや》〳〵へ通《とお》る。中《なか》にも水府《すいふ》の御老公《ごろうこう》は、何《なに》も陽気浮気《ようきうわき》で女郎買《じょろか》いにおいでになったのではございません。傾城遊女《けいじょうゆうじょ》というものは、何《ど》ういう権式《けんしき》をもっているものであるか、又《また》は如何《いか》なる性質《せいしつ》であるか。それを探《さぐ》らんがために登楼《とうろう》をなされたのでございます。そこで漸々秋雨《ようようあきさめ》につれられて奥《おく》の部屋《へや》へとお通《とお》りになって見《み》ると、二《ふた》ツ枕《まくら》に三ツ蒲団《ぶとん》、光《ひか》り輝《かがや》く衣裳簞笥《いしょうだんす》、床《とこ》の間《ま》には軸《じく》をかけ、或《あるい》は花《はな》を生《い》けてありまして、却々善尽《なかなかぜんつく》し、美尽《びつく》したる有様《ありさま》を御覧《ごらん》なされて心《こころ》の中《うち》に、光「成程《なるほど》、年若《としわか》きものが一度遊《どあそ》びにきたら、その愉快《ゆかい》さわすれられず、魂宇頂天外《たましいうちょうてんがい》にとばして夢中《むちゅう》になり、通《かよ》いつめるは道理《どうり》である。然《しか》しこの遊女《ゆうじょ》は何《ど》ういうところから口説《くぜつ》をだすであろう」と煙草《たばこ》をハク〳〵喫《くゆ》らしながら、静《じっ》と様子《ようす》を考《かんが》えてござると、女郎《じょろう》の秋雨《あきさめ》は、今床入《いまとこい》りという場合《ばあい》にいたって、袖《そで》を顔《かお》に当《あ》てシク〳〵となきはじめた。光「ハヽア成程泣《なるほどな》きだしたナ。扨《さて》はこの涙《なみだ》から口説《くぜつ》をだすのかしらん」と思召《おぼしめ》し、光「コレ秋雨《あきさめ》さんこの吉原廓内《よしわらかくない》へ遊《あそ》びにくるものは、面白可笑《おもしろおか》しく気《き》をはらしにくるのジャ。それにお前《まえ》の様《よう》に陰気《いんき》な涙《なみだ》を溢《こぼ》されては一向愉快《こうゆかい》にはならん。一体《たい》お前《まえ》は何《なに》が悲《かな》しくてその通《とお》りなくのジャ。ヨモヤ嘘《うそ》には泣《な》かれまい。何《なに》かこれには様子《ようす》がありそうにおもわれるが、何《ど》うジャその訳《わけ》を私《わた》しに談《はな》してくださらんか。こと丶品《しな》とによったら、又屹度力《またきっとちから》になってあげますから、その訳《わけ》をきかしてくださらんか」秋「ハイ、御親切《ごしんせつ》によく尋《たず》ねてくんなました。有難《ありがと》うございます。其《そ》れでは一通《ひととお》りお話《はな》しをいたします。何卒《どう》ぞきいてください。実妾《じつわたく》しは麻布《あざぶ》の二本榎《ほんえのき》にお邸《やしき》があって、お国《くに》は備中川上郡成和《びっちゅうかわかみごおりなりわ》の領主《りょうしゅ》五千石《せんごく》、交代旗本《こうたいはたもと》で山崎主税《やまざきちから》之助様《のすけさま》のお邸《やしき》に、奥女中《おくじょちゅう》を勤《つと》めておりましたあきと申《もう》すものでございます。ところがその山崎様《やまざきさま》の若殿《わかとの》、小《こ》一郎様《ろうさま》と不図《ふと》したことより不義密通《ふぎみっつう》をいたしました。そのことが親殿《おやとの》のお耳《みみ》にはいり、万《まん》一このことが表立《おもてた》って大公儀《おおこうぎ》へ知《し》れるときには、お家《いえ》にか丶わる一大事《だいじ》、不義《ふぎ》は諸家押並《しょかおしなら》べての厳敷掟《きびしきおきて》なれば、既《すで》におて討《うち》にもなるべきところを親殿様《おやとのさま》や奥様《おくさま》のお情《なさけ》によって、秘《ひそ》かに裏門《うらもん》よりお落《おと》しくだされ、無事《ぶじ》に命《いのち》だけは救《たす》かりましたもの丶、どこへゆくべき的《あて》もなく、二人《ふたり》は途方《とほう》にくれておりましたが、五千石《せんごく》の若殿小《わかとのこ》一郎《ろう》様《さま》が、妾《わた》し故《ゆえ》に御勘当《ごかんどう》の身《み》となられたるその悼《いたわ》しさ、何《ど》うしてもすておくことができませんから、そこで妾《わた》しが判人《ぜげん》を頼《たの》みこの大籬楼《おおまがきろう》へ三年《ねん》五十両《りょう》、浮川竹《うきかわたけ》の勤《つと》めにで丶、その五十両《りょう》の金《かね》をもって、浅草田町《あさくさたまち》の袖磨《そです》り稲荷《いなり》のところへ一寸《ちょっ》とした家《いえ》をかりうけこれへ若殿《わかとの》小《こ》一郎様《ろうさま》をおいれ申《もう》し、其《そ》うして妾《わた》しがお客《きゃく》より貰《もら》い貯《だ》めし金《かね》をもってお養《やしな》い申《もう》しておりました。然《しか》るに当年《とうねん》三月《がつ》十四日《か》の晩《ばん》、衣紋阪下《えもんざかした》にて小《こ》一郎様《ろうさま》が、人手《ひとで》に掛《かか》って無念《むねん》の横死《おうし》をとげられたのでございます」光「フーム、其《そ》うか、其《そ》れは何《ど》うも気《き》の毒《どく》なことジャ。シテそのお前《まえ》の夫《おっと》を殺害《せつがい》した敵《かたき》と云《い》うものはわかりませんか」秋「イエ、敵《かたき》はそれと確《たしか》にわかっているのでございまするが、柔弱《かよわ》き女《おんな》の痩腕《やせうで》では、所詮《しょせん》討《う》つことができないので、無念《むねん》をしのんで時日《じじつ》をおくっております」光「シテ其《そ》の敵《かたき》というはどこの何者《なにもの》ジャ」秋「ハイ、其敵《そのかたき》と申《もう》しまするは、備前公《びぜんこう》の御家来《ごけらい》で、熊谷若狭《くまがえわかさ》と申《もう》すものでございます」光「エーッ、何《なん》といいなさる。熊谷若狭《くまがえわかさ》が、小《こ》一郎殿《ろうどの》を殺害《せつがい》したのか。シテそれには確《たし》かな証拠《しょうこ》でもあるか」秋「ハイ、その証拠《しょうこ》と申《もう》しまするは近頃備前《ちかごろびぜん》のお殿様《とのさま》が熊谷若狭《くまがえわかさ》、其他《そのた》三四名《めい》の若武士衆《わかざむらいしゅう》をおつれあそばし秘《ひそ》かにこの遊里《ゆうり》にお通《かよ》いなされ、当大籬楼《とうおおまがきろう》へ御登楼《ごとうろう》をなされて、お遊《あそ》びの上《うえ》おかえりとなります、然《しか》るに其熊谷若狭《そのくまがえわかさ》といえるものが、当家《とうけ》の親方《おやかた》へ妾《わた》しを身《み》うけの相談《そうだん》をもちこみましたが、妾《わたく》しは主《ぬし》ある身《み》の上故《うえゆえ》、体宜《ていよ》くお断《ことわ》りを申《もうし》あげたのでございます。其《そ》れを遺恨《いこん》におもい夫小《おっとこ》一郎《ろう》を殺《ころ》したに相違《そうい》ないともうしまするは、殺《ころ》されていた死骸《しがい》のそばに、落《おと》してあったがこの手紙《てがみ》でございまする」と手箱《てばこ》の中《なか》よりとりいだすを、御隠居光右衛門《ごいんきょみつえもん》は、其手紙《そのてがみ》をとって御覧《ごらん》なさると、「来《きた》る十五日《にち》、向島《むこうじま》に於《おい》て観桜《かんおう》の宴相催《えんあいもよお》し度候間《たくそろあいだ》、お供願上度《ともねがいあげたく》、恰好花《ちょうどはな》は見頃《みごろ》と承《うけたまわ》り居候《おりそろ》に付《つき》、万障《ばんしょう》お繰合《くりあわ》せ御《ご》来駕被成下度《らいがなしくだされたく》、鶴首相待入候謹言《かくしゅあいまちいりそろきんげん》、熊谷若狭殿《くまがえわかさどの》へ、奥村次郎拝《おくむらじろうはい》」と認《したた》めてあるを読《よ》みくだして、光「フヽム、扨《さ》てはこの手紙《てがみ》が死骸《しがい》の側《そば》におちてあったとしてみれば、愈々熊谷若《いよいよくまがえわか》狭《さ》の仕業《しわざ》に相違《そうい》ない。ヨーシ秋雨《あきさめ》さん、この敵大抵今夜《かたきたいていこんや》お前《まえ》に討《う》たしてあげるから、安心《あんしん》しなさい」と云《い》いおいて、その儘《まま》そこを立《たち》いで、熊沢了介《くまざわりょうかい》の寝込《ねこ》んでいる部屋《へや》へおいでになって、光「オイ按摩《あんま》さん、起《お》きた〳〵」と揺《ゆ》り起《おこ》す。素《もと》より熊沢了介《くまざわりょうかい》は、主家《しゅか》の大事《だいじ》をおもう忠臣者故《ちゅうしんものゆえ》、却々陽気浮気《なかなかようきうわき》に女郎買《じょろか》いをしているのではないから、けっして気《き》をゆるして寝《ね》ている様《よう》なことはございません。直《す》ぐおきあがり、了「ハイ、何《なん》でございますか」光「敵討《かたきう》ちジャ」了「ヘイッ、シテ敵討《かたきう》ちとは……」光「左《さ》ればその訳《わけ》は云々斯様《しかじかかよう》〳〵である」了「ヘエー左様《さよう》でございますか」光「サア了介参《りょうかいまい》れ」と助《すけ》八、格《かく》八の寝《ね》ている部屋《へや》〳〵を起《おこ》してまわる。光「オイ助《すけ》八、格《かく》八、おきんか、おきんか」と揺《ゆ》りおこされて両人《りょうにん》は、二「ハッ」と其《そ》れへ起《お》きあがり、二「何事《なにごと》がおこりましたか」光「又事件《またじけん》が一《ひと》つできたのジャ」二「ヘエー事件《じけん》ができたとは何等《なんら》の義《ぎ》にございます」光「其訳《そのわけ》はこれ〳〵斯様《かよう》ジャ。仍《よっ》て今夜《こんや》堤《どて》八丁《ちょう》において、助太刀《すけだち》をして仇討《あだう》ち本懐《ほんかい》をとげさせてやりたいがゆえにこの由当家《よしとうけ》の主人《しゅじん》に申含《もうしふく》めておかずばならん」とお話《はな》しをしてござるところへ二階《かい》まわしの若《わか》いものが、チョン〳〵〳〵ッと拍子木《ひょうしぎ》を打《う》って部屋《へや》〳〵をまわりにくる。スルト御隠《ごいん》居光右衛門《きょみつえもん》は、光「オイ〳〵、若《わか》い衆《しゅう》、吾々《われわれ》はこれからかえります。何《ど》うか表《おもて》をあけてください」若「何《ど》うもお客《きゃく》さん、まだおかえりになるのア大層《たいそう》はやいではありませんか」光「イヤ〳〵一寸急《ちょっときゅう》にかえらねばならんことができました。就《つい》ては今《いま》にこの大門口《おおもんぐち》の番人《ばんにん》よりこゝへしらせがある。そのときに女郎《じょろう》の秋雨《あきさめ》に、白装束《しろしょうぞく》に鉢巻《はちまき》、襷《たすき》、裾《すそ》を甲斐《かい》々《がい》しくとりあげさせ白柄《しらえ》の薙刀小脇《なぎなたこわき》にかいこませ、主人《しゅじん》が付添《つきそ》い堤八丁迄《どてちょうまで》つれてくるのジャ。よいか確《しか》と申《もう》しつけたぞ」若「オイ〳〵老爺《おやじ》さん、お前《まえ》はなにをいってるんだい。きでもちがったんジャ無《ね》エか。何《なん》だッ秋雨《あきさめ》さんに白装束《しろしょうぞく》に白柄《しらえ》の薙刀小脇《なぎなたこわき》にかいこませなんて、当《とう》家《け》にそんな薙刀《なぎなた》なぞはあるもんかい。お前《まえ》は何《なに》か夢《ゆめ》でもみたのジャ無《ね》エか」光「イヤ〳〵私《わた》しは夢《ゆめ》をみたのジャない。今夜堤《こんやどて》八丁《ちょう》で遊女秋雨《ゆうじょあきさめ》に助太刀《すけだち》をして敵討《かたきう》ちをさせてやるのジャ」若「オイ老爺《おやじ》さん、お前《まえ》エは気《き》がちがったんだろう。秋雨《あきさめ》をつれてこいなんて、そんな自由《じゆう》なことができるもんかい。人《ひと》を馬鹿《ばか》にするな」と怒鳴《どな》っている。このとき助《すけ》八、格《かく》八の両人《りょうにん》は、二「オイ若《わか》い衆《しゅう》、お前《まえ》に一寸《ちょっ》といいきかすことがあるから此方《こなた》へこい」若「ヤイ、用《よう》があるならこゝで吐《ぬか》せ」二「大《おお》きな声《こえ》ではいわれないことジャ。小《ちい》さい声《こえ》ではわからない。それジャ耳《みみ》を貸《か》せエ」とそのものゝそばへ近《ちか》より、何《なに》かボツ〱いったかとおもうと、若《わか》いものはアッと驚《おどろ》き、其場《そのば》へドッかと打坐《ぶちすわ》り、若「ヘイッ、これは何《ど》うも恐《おそ》れいりました」光「イヤ何《な》にもおそれることはない。わかりさえすればそれでよい、確《しか》と申《もう》しつけたぞ」といいおかれて下《した》にと降《お》り、表《おもて》の戸《と》をあけさせて、そこを立出《たちい》で、吉原《よしわら》の大門《おおもん》ぬけて堤《どて》八丁迄《ちょうまで》おいでになりました頃《ころ》は、大引《おおび》けの八《や》ツでございまして、四辺《あたり》は森閑《しんかん》として誰人通《たれひとどお》りもございません。このとき水府黄門光圀卿《すいふこうもんみつくにきょう》は、光「今《いま》にこれへ池田光政《いけだみつまさ》殿《どの》、熊谷若狭《くまがえわかさ》がつきそうて、でゝくるにちがいはあるまい」と、堤《どて》の上《うえ》を彼方《あなた》へいったり、此方《こなた》へもどったりしているところへ折《お》りも折《おり》なら時《とき》も時《とき》、通《とお》りかゝった池田新太郎光《いけだしんたろうみつ》政公《まさこう》、熊谷若狭《くまがえわかさ》、そのた三四名《めい》の若武士《わかざむらい》を供《とも》に従《したが》えて、今《いま》しも堤《どて》のうえへとやってくる。この体《てい》を御覧《ごらん》なされた光圀卿《みつくにきょう》は、光「熊沢《くまざわ》、今堤《いまどて》したよりあがってくるのが新太郎光政《しんたろうみつまさ》、熊谷若狭其他《くまがえわかさそのた》のものではあるまいか」了「ハイ、みうけまするところ、確《たし》かに武士《ぶし》らしく相見《あいみ》えます。シテみますれば全《まった》くそうかもしれません」光「万一《もし》其《そ》れであったならば、すぐにその場《ば》において取《とっ》ておさえ、新太郎光政殿《しんたろうみつまさどの》は予《よ》が屹度意見《きっといけん》を加《くわ》え後来《こうらい》を戒《いまし》める。助《すけ》三郎《ろう》、格之丞《かくのじょう》の両人《りょうにん》はすぐ熊谷若狭《くまがえわかさ》をとりおさえ、秋雨《あきさめ》に敵《かたき》を討《う》たしてやれよ」一同「ハッ、畏《かしこま》った」と一同《どう》が、故意《わざ》と堤《どて》の上《うえ》を彼方《あなた》、此方《こなた》と往来《ゆきき》をしている。このとき堤下《どてした》よりおいでになった池田新太郎光政公《いけだしんたろうみつまさこう》は、それと堤《どて》のうえに目《め》をつけられ、殿「コレ熊谷《くまがえ》、彼《あ》れをみよ。向《むこ》うの堤《どて》の上《うえ》にいる四五名《めい》のもの、彼等《かれら》は吉原廓内素見《よしわらかくないひやかし》のものに相違《そうい》あるまい。今宵《こよい》は暮方《くれかた》の火事騒《かじさわ》ぎにて、おもう様《よう》に腕試《うでだめ》しもできなかったが、幸《さいわ》いあれにきたりし四五人《めい》のものを、一刀両断《とうりょうだん》にきっておとせよ」若「ハッ、心得《こころえ》ました」と一刀《とう》の目釘《めくぎ》をしめし、堤《どて》のうえへとさしかゝってくる。此方《こなた》の四名《めい》はそれとしりつゝ、故意《わざ》とその側《そば》にきたり、ズッと身体《からだ》が磨《す》れちがわんとするところを、若「ヤアッ」とかけたる声諸共《こえもろとも》、抜《ぬき》討《う》ちにきりつけた。パッと体《たい》を躱《か》わして突然《いきな》り利腕《ききうで》をとるよとみえたが、肩《かた》にと担《かつ》いで頭《ず》転倒《でんどう》となげつけたり。おきあがらんとする奴《や》ツを、グイッと首筋《くびすじ》をおさえて動《うご》かさず、この体《てい》を御覧《ごらん》になった新太郎光政公《しんたろうみつまさこう》、新「己《おの》れ手向《てむか》いするか憎《にっ》くき奴《やつ》、覚悟致《かくごいた》せッ」と抜討《ぬきう》ちに、きって蒐《かか》るを光圀卿《みつくにきょう》、ヒラリッと其身《そのみ》を躱《か》わされて、空《くう》をきらしておいて、ヨロ

〱ッとヨロめくところを、グイッと腕首《うでくび》を引摑《ひっつか》み、光「コレ新太郎殿《しんたろうどの》、これは何《なん》となさるか。気《き》をしずめられよ」新「ヤアその方《ほう》は何者《なにもの》ジャ、無礼者奴《ぶれいものめ》がッ」了「アイヤ御前暫《ごぜんしばら》く、熊沢了介《くまざわりょうかい》でございまするぞ」新「何《なん》とッ……」了「それに渡《わた》らせられまするは、水府《すいふ》の御老公光圀卿《ごろうこうみつくにきょう》でございます。必《かなら》ず御無礼《ごぶれい》をなさるな」と申《もう》しあげた。きいて新太郎光政《しんたろうみつまさ》は、これはと計《ばか》り打驚《うちおどろ》き、新「ハヽッ、これは水府《すいふ》の御老体《ごろうたい》とも存《ぞん》ぜず無礼《ぶれい》の段々平《だんだんひら》に御《ご》容赦《ようしゃ》……」光「イヤ〱何《なに》も其様《そのよう》に詫《わ》びらるゝに及《およ》ばぬ。然《しか》も其許近頃夜々《そのもとちかごろよなよな》辻斬《つじぎ》りにでられるとのこと。万《まん》一この儀《ぎ》が大公儀《おおこうぎ》へきこえなば何《なん》となさるか。忽《たちま》ち三十有余万石《ゆうよまんごく》、池田《いけだ》家《け》に関《かかわ》る一大事《だいじ》でござるぞ。仍《よっ》てこれなる熊沢了介《くまざわりょうかい》の忠義《ちゅうぎ》に愛《め》でゝ、以来斯《いらいかか》ることのなき様《よう》に御改心《ごかいしん》を仕召《しめ》されよ」と懇々《こんこん》と御意見《ごいけん》を加《くわ》えられたにより、新太郎光政殿《しんたろうみつまさどの》も先非後悔《ぜんぴこうかい》をいたされ、こゝにはじめて無明《むみょう》の夢《ゆめ》もさめました。光「扨《さ》て光政殿《みつまさどの》、その許《もと》が遊里通《ゆうりかよ》い、または辻斬《つじぎ》りにでられる様《よう》になりし原因《もと》と申《もう》すは、只今是《ただいまこ》れにとっておさえし熊谷若《くまがえわか》狭《さ》とか申《もう》する浪人者《ろうにんもの》を召抱《めしかか》え、池田家《いけだけ》の指南番《しなんばん》に申《もう》しつけられたが故《ゆえ》であろう。此奴《こや》ッ却々獰奸邪智《なかなかねいかんじゃち》の曲者《くせもの》にして、既《すで》に大籬楼《おおまがきろう》の抱《かか》え遊女《ゆうじょ》、秋雨《あきさめ》と申《もう》すものゝ夫《おっと》、小一郎《ころう》と申《もう》すものを、云々斯様《しかじかかよう》〱の遺恨《いこん》によって殺害《せつがい》なしたることが判然《わかり》しゆえに、只今《ただいま》このところにおいて秋雨《あきさめ》に仇打勝負《あだうちしょうぶ》を申《もう》しつけますから、その儀御承知《ぎごしょうち》くだされたい」新「ハッ、斯《かか》る悪人《あくにん》ともしらず、今日迄家《きょうまでいえ》の指南番《しなんばん》を申《もう》しつけおきしは、光政重々《みつまさじゅうじゅう》の誤《あやま》りにございますれば、何卒御老体《なにとぞごろうたい》の御仁心《ごじんしん》をもって、その秋雨《あきさめ》とか申《もう》す女《おんな》に、速《すみや》かに本懐《ほんかい》をおとげさせくださいませ」光「如何《いか》にもその儀承知致《ぎしょうちいた》した……コリャ熊谷若狭《くまがえわかさ》、其方《そのほう》最早《もはや》詐《いつわ》ること勿《なか》れ。浪人山崎小《ろうにんやまざきこ》一郎《ろう》を殺害《せつがい》なせし証拠《しょうこ》と申《もう》すは、その死骸《しがい》の側《そば》に、おちてありし奥村次郎《おくむらじろう》と申《もう》すものより、其方《そのほう》へおくりし手紙《てがみ》がたしかな証拠《しょうこ》なり。サア何《ど》うジャ、速《すみやか》に白状致《はくじょういた》せ」と詰問《きつもん》されて、熊谷若狭《くまがえわかさ》は今《いま》は包《つつ》むに包《つつ》まれず、若「ハッ、如何《いか》にもお尋《たず》ねの通《とお》り、恋《こい》の叶《かな》わぬ遺恨《いこん》によって、浪人山崎小《ろうにんやまざきこ》一郎《ろう》を討《う》ちはたしたに相違《そうい》ございません」光「フム、いよ〳〵それに相違《そうい》ないとあらば、只今《ただいま》このところへ小《こ》一郎《ろう》の妻《つま》、あきを呼《よ》びだし、仇討《あだう》ち勝負《しょうぶ》を申《もう》しつけるから左様心得《さようこころえ》い。それはやくこの由《よし》を吉原大門口《よしわらおおもんぐち》の番人《ばんにん》へ申《もう》し聞《き》け大籬楼《おおまがきろう》へ沙汰《さた》をせよ」と仰《おお》せつけられた。助「ハッ」と答《こた》えて佐々木助《ささきすけ》三郎《ろう》は、大門口《おおもんぐち》の番人《ばんにん》に云々斯様《しかじかかよう》と申《もう》しきけた。番人《ばんにん》はいそぎ京町《きょうまち》二丁目《ちょうめ》なる大籬楼《おおまがきろう》に来《きた》って、斯《か》くとしらしたものとみえて、軈《やが》て暫《しばら》くすると遊女秋雨《ゆうじょあきさめ》の傍《そば》に、大籬楼《おおまがきろう》の主人《しゅじん》をはじめ、若《わか》いものが二三人付添《にんつきそ》い、堤《どて》八丁迄《ちょうまで》歩《や》ってまいりました。このとき水戸黄門光圀卿《みとこうもんみつくにきょう》は、光「オウ秋《あき》、きたか。其方《そのほう》のためには二世《せ》といいかわせし夫小《おっとこ》一郎《ろう》の仇討《あだうち》であれば、名乗《なの》りかけて尋常《じんじょう》の勝負《しょうぶ》いたせ」秋「ハヽッ有難《ありがと》う存《ぞん》じまする」と早速用意《さっそくようい》は襷《たすき》十字《じ》に綾取《あやど》り、小褄《こづま》を甲斐《かい》ぐ〲敷《し》くとりあげ、一刀《とう》の目釘《めくぎ》を湿《しめ》して、ズッとそれへすゝみいでる。光「コリャ熊谷若狭《くまがえわかさ》、其方《そのほう》も武士《ぶし》なれば必《かなら》ず卑怯《ひきょう》の挙動《ふるまい》は相成《あいな》らぬぞ。尋常《じんじょう》の勝負《しょうぶ》をせよ」若「ハッ」と熊谷若狭《くまがえわかさ》も、提緒外《さげおはず》して玉襷《たまだすき》、打拭《てぬぐい》をおって後《うし》ろ鉢巻《はちまき》を確《し》かとしめ、袴《はかま》の股立《ももた》ち小高《こだか》くとりあげ、同《おな》じく一刀《とう》の目釘《めくぎ》を湿《しめ》して、ズッと前《まえ》にすゝみいでる。おあきはそれとみるなり、秋「ヤア〱熊谷若狭《くまがえわかさ》、汝《なんじ》ヨモヤ忘《わす》れはいたすまい。すぎつる三月《がつ》十四日《か》の夜《よ》、卑怯未練《ひきょうみれん》にも夫小《おっとこ》一郎《ろう》を暗討《やみう》ちにいたせしおぼえがあろう。今《いま》とりかえす汝《なんじ》の命《いのち》、サア尋常《じんじょう》に勝負《しょうぶ》をせよ」若「エーイッ、敵呼《かたきよ》ばわり洒落臭《しゃらくさ》い。如何《いか》にも恋《こい》の遺恨《いこん》によって、小《こ》一郎《ろう》を討《う》ちはたしたに相違無《そういな》い。左《さ》らば逆討《かえりうち》にいたしてくれん、覚悟《かくご》しろッ」とズラリッと一刀引抜《とうひきぬ》いた。おあきも同《おな》じく鞘払《さやはら》い、チャン〱チャチーンと鎬《しのぎ》を削《けず》らし電光石火《でんこうせっか》、ときり結《むす》ぶ。何《なん》しろ一方《ぼう》は一刀流《とうりゅう》の使手《つかいて》なり。此方《こなた》おあきは女《おんな》の柔弱《かよわ》き痩腕《やせうで》なれば、何《ど》うして敵《かな》いそうなことがございましょうや。次第《しだい》〱に斬《き》りたてられ、あとへ〱とさがってくる。既《すで》に危機《きき》一髪《ぱつ》という場合《ばあい》になってきた。このとき水戸黄門光圀卿《みとこうもんみつくにきょう》は、光「其《そ》れッ」と佐々木助三郎《ささきすけろう》に御下知《ごげち》をせられた。助「ハッ」と答《こた》えて助三郎《すけろう》は、池田家《いけだけ》の御家来《ごけらい》より、一腰《こし》かりうけ、バラ〳〵ッと走《はし》りいで、今既《いますで》に熊谷若狭《くまがえわかさ》が斬《き》りおろさんとするを、チャチーンと受《う》けとめた。助「サア熊谷若狭《くまがえわかさ》、われこそは水戸家《みとけ》の臣《しん》、佐々木助三郎《ささきすけろう》と申《もう》するもの。御老公《ごろうこう》の御命令《ごめいれい》によって暫時中入《ざんじなかい》りにとんでたのジャ」若「何《なん》だッ、中入《なかい》り……エイッ覚悟《かくご》をしろッ」と又《また》も烈《はげ》しく斬《き》りこんでくるを佐々木助三郎《ささきすけろう》はよい加減《かげん》にあしらい、対手《あいて》の奴《や》ツを次第《しだい》によわらすがためにきりむすんでいる。その間《あいだ》おあきには、気《き》つけ薬《ぐすり》や水《みず》を飲《の》まして英気《えいき》を養《やしな》わし、再《ふた》びおあきに軌《き》りこます。又危《またあぶな》くなってくると助三郎《すけろう》がとんでゝ邪魔《じゃま》をする。これがために如何《いか》な熊谷若狭《くまがえわかさ》も次第《しだい》〳〵に身体《からだ》につかれを生《しょう》ずる。そこをおあきがつけいって、秋「ヤアッ」と熊谷若狭《くまがえわかさ》の眉間《みけん》に一刀軌《とうき》りつけたから堪《たま》らない。眼眩《まなこくら》んでそのところへ、ドッカと打倒《うちたお》れる。起《おこ》しもやらずとびこんできて、秋「夫小一郎《おっところう》の仇敵《かたき》、おもいしれよ」とブツリとゞめの一刀《とう》をさし通《とお》した。これをながめて一同《どう》は、一「芽出度《めでた》い〳〵」と異口同音《いくどうおん》に声《こえ》が蒐《かか》る。茲《ここ》で首尾《しゅび》宜《よ》う仇討《かたきう》ちができましたので、おあきは水戸黄門光圀卿《みとこうもんみつくにきょう》に厚《あつ》くお礼《れい》を申《もう》しあげて、これは吉原大籬楼《よしわらおおまがきろう》へ引《ひき》とり、三年《ねん》の年期《ねんき》がすんだ後《のち》、緑《みどり》の黒髪《くろかみ》を剃《そ》り落《おと》し尼《あま》となって、夫小一郎《おっところう》の菩提《ぼだい》を弔《とむら》い生涯《しょうがい》をおくりましたとございますが、併《しか》しこれは後《のち》のお話《はな》し。扨此方黄門光圀卿《さてこなたこうもんみつくにきょう》は、池田新太郎光政《いけだしんたろうみつまさ》殿《どの》、熊沢了介《くまざわりょうかい》を秘《ひそ》かにお話《はな》しをなされて、熊谷若狭《くまがえわかさ》の死骸《しがい》を、人知《ひとし》れず此宵《こよい》の内《うち》に、取片《とりかた》づける様申《ようもう》しつけおかれ、わかれをつげてすぐその足《あし》で、小石川御門外《こいしかわごもんそと》なる水戸《みと》お上館《かみやかた》へお帰《かえ》りに相成《あいな》りました。

さてこれから孝女《こうじょ》おかつの身《み》の落着《おさまり》から光圀卿《みつくにきょう》が、例《れい》の助《すけ》さん格《かく》さんの両人《ふたり》を連《つ》れて、関西地方《かんさいちほう》を御漫遊《ごまんゆう》あそばし、彼《か》の有名《ゆうめい》なる神戸《こうべ》の楠公社内《なんこうしゃない》にあります「嗚呼忠臣楠氏《ああちゅうしんなんし》の墓《はか》」と云《い》う碑《ひ》をお建《た》てに相成《あいな》り、遂《つい》に京都御所《きょうとごしょ》に一天万乗《てんばんじょう》の君《きみ》の御竜顔《ごりゅうがん》を拝《はい》されまして目《め》出度御帰国《でたくごきたく》されるという、なか〱申《もう》し上《あ》げ尽《つく》されませんから、いずれ機《き》を見《み》て後編《こうへん》を出版《しゅっぱん》いたすことにいたしますから、其《そ》の際《さい》は相変《あいかわ》らず御愛読《ごあいどく》を願《ねが》っておきます……。

凡例

一、本書は『立川文庫』第二編「水戸黄門」（立川文明堂　明治四十四年刊）を底本とした。

一、「仮名づかい」は、一部を除き「現代仮名遣い」にあらためた。送り仮名については統一せず底本どおりとした。おどり字（「ヽ」「ゝ」「〱」等）は、底本のままとした。

一、漢字の表記については、原則として「常用漢字表」に従って底本の表記を改め、表外漢字は、底本の表記を尊重した。ただし人名漢字については適宜慣例に従った。

一、漢字については、現代仮名遣いでルビを付した。ただし漢数字については一部をのぞきルビを付していない。

一、誤字・脱字と思われる表記は適宜訂正した。会話の「」や、句点（「。」）読点（「、」）については、読みやすさを考慮して、あらためたり付け足したりした箇所がある。

一、今日の人権意識に照らして不当・不適切と思われる語句や表記がみられる箇所もあるが、時代的背景と作品の価値に鑑み、修正・削除はおこなわなかった。

一、地名、人名、年月日等、史実と異なる点もあるが、改めずに底本のままとした。

立川文庫について

立川《たちかわ》文庫は、明治四十四年（一九一一）から、関東大震災後の大正十三年（一九二四）にかけて、大阪の立川文明堂《たつかわぶんめいどう》（現・大阪府大阪市中央区博労町《ばくろうまち》）から刊行された小型の講談本シリーズである。発行者は、兵庫県出身の出版取次人で立川文明堂の社主・立川熊次郎《たつかわくまじろう》。したがって、一般には「たちかわ」と言い慣《な》らわされているが、「たつかわ」と読むのが正しい。

当初は、もと旅回りの講釈師・玉田玉秀斎《ぎょくしゅうさい》（二代目　本名・加藤万次郎）の講談公演を速記した「速記講談」であった。が、やがてストーリーを新たに創作し、講談を書きおろすようになる。いわゆる、「書き講談」のはしりであった。

立川文庫では、著者名として雪花山人《せっかさんじん》、野花《のばな》（やか、とも）散人《さんじん》など、複数の筆名が用いられているが、すべては大阪に拠点をおいた二代目・玉田玉秀斎のもと、その妻・山田敬《けい》、さらには敬の連れ子で長男の阿鉄《おてつ》などが加わり、玉秀斎と山田一族を中心とする集団体制での制作、共同執筆であった。

その第一編は、『一休禅師』。ほかには『水戸黄門』『大久保彦左衛門《おおくぼひこざえもん》』『真田幸村』『宮本武蔵』など、庶民にも人気のある歴史上の人物が並んでいたが、何といっても爆発的な人気を博したのは、第四十編の『真田三勇士　忍術之名人　猿飛佐助《さるとびさすけ》』にはじまる〝忍者もの〟であった。猿飛佐助は架空の人物である。しかしこの猿飛佐助をはじめとする忍者は、それぞれのキャラクターと、奇想天外な忍術によって好評を博し、立川文庫の名を一躍、世に知らしめるとともに、映画や劇作など、ほかの分野にもその人気が波及して、世間に忍術ブームを巻き起こした。

判型は四六半切判《はんぎり》、定価は、一冊二十五銭（現在なら九百五十円～一千円ぐらい）だった。総刊数二百点近く、のべ約二百四十の作品を出版し、なかには一千版を重ねたベストセラーもあった。

青少年や若い商店員を中心とした層に、とくに歓迎され、夢や希望、冒険心を培い、ひいては文庫の大衆化、大衆文学の源流の一つとも成った。立川文庫の存在は、その後の文学のみならず、演劇・映画（日本で大規模な商業映画の製作が始まったのは明治四十五年、日活の創業から）など、さまざまな娯楽分野にも多大きな影響を与えている。

解説

加来耕三
（歴史家・作家）

〝黄門〟になれなかった徳川光圀⁉

立川文庫の人気の秘訣《ひけつ》に、主人公が諸国を漫遊するという物語《ストーリー》、作劇術があげられる。そして、ベストセラーとなった本作『水戸黄門　諸國漫遊記《まんゆうき》』（明治四十四年〈一九一一〉初版刊行）こそが、その代表作であった。

ところが、種本《たねほん》と目《もく》される江戸の宝暦年間（一七五一～六四）に、成立したといわれる『水戸黄門仁徳録《じんとくろく》』（明治二十三年刊行・「水戸黄門記」として『近世実録全書』に所収）では、大いに虚構を加えた物語でありながら、肝心の〝漫遊〟は西山《にしやま》（現・茨城県常陸太田市）に隠居してからの微行《びこう》（しのび歩き）＝物見遊山が、終わりの方にわずかに語られているだけであった。

ご存じ、隠居した常陸国《ひたちのくに》（現・茨城県）前水戸藩主の徳川光圀《みつくに》＝〝水戸黄門〟（本作で

は光圀　常陸国久慈郡《くじごおり》西山村の百姓・光右衛門《みつえもん》）と道中をともにする、助《すけ》さん、格《かく》さんも『水戸黄門仁徳録』には出てこない。

諸国を主従が〝漫遊〟しながら、悪代官や村の不心得者を懲らしめ、退治する物語は、幕末期、講釈師の桃林亭東玉《とうりんていとうぎょく》が、十返舎一九《じっぺんしゃいっく》の滑稽本『東海道中膝栗毛《とうかいどうちゅうひざくりげ》』にヒントを得て、創作した『水戸黄門漫遊記』を待たねばならなかった。

悪人どもがいかに抵抗しても、最後には黄門さまの鶴《つる》の一声、

「余は天下の副将軍・水戸黄門なるぞ」

この声を聞かされてはたまらない。悪人たちは、「へへーっ」と恐れ入ってしまう。

その後、多くの人々が想像力を付加させて、幾つもの作品を創ったが、やはり最高傑作は加藤玉秀《ぎょくしゅう》（三代目・玉田玉秀斎）の講述による本書であろう。

ちなみに、読者の多くに印象として深く刻まれているかと思われる、黄門さまの名場面——最後に正体を明かす場面で、お供の助さん、格さんが〝三つ葉葵〟の印籠を掲げて、主人の正体を明かすようになったのは、実のところ昭和四十年代（一九六五〜七四）に入っての、テレビの時代劇からである。

本来、娯楽を旨とする講談本や、そこから派生した映画やドラマの内容を、めくじら立てて論じるのもいかがなものか、とは思うのだが、水戸黄門＝御三家《ごさんけ》の一《いっ》、水戸藩三十五万石（立藩当初は二十五万石）の二代藩主・徳川光圀が主人公であるとするならば、これは歴史上、見すごしのできない問題を幾つか孕《はら》んでいるので、歴史家の立場でそのことについて指摘しておきたい。

まず、何よりも重大なのは、徳川光圀を〝黄門〟と呼称していいのかどうかである。どういうことかといえば、寛永五年（一六二八）六月十日、初代藩主・徳川頼房《よりふさ》（家康の十一男）の三男として生まれた光圀は、三十四歳にして藩主の座を継いだ。

この水戸藩主および前藩主（隠居）は、頼房の代に幕府の家格設定に拠り、朝廷の極官《きょっかん》（最終官職）が「正三位中納言《しょうさんみちゅうなごん》」と定められた。この中納言を唐名で、〝黄門〟と呼称したわけだ。

事実、父の頼房は寛永四年、「正三位」に叙せられている（ただし、頼房自身は中納言となることなく、一つ下の権中納言《ごんのちゅうなごん》のまま、寛文元年〈一六六一〉七月二十九日、五十九歳で死去した）。

したがって、光圀が当主となった時点で、将来的には「正三位中納言」となることが約束されていたおり、水戸藩主はイコール〝黄門〟であったといってよいのだが、史実の光圀は「正三位中納言」の一つ手前、「従三位《じゅさんみ》権中納言」で昇進をとめられてしまっていた。つまり、この人物は厳密にいえば〝黄門〟とは言えない。「権」でもいいではないか、武家なのだから、といわれる方がいるかもしれないが、筆者がこだわっているのはむしろ、「正」になれなかった歴史の真相であり、これこそが史実の、徳川光圀の真骨頂《しんこっちょう》を示していたからである。

余談ながら、光圀はその死後、しばらくして天保三年（一八三二）三月に、従二位権大《じゅにいごんのだい》納言《なごん》を追贈されている。天保年間といえば、水戸藩主は〝烈公〟こと九代藩主・斉昭《なりあき》の時代であった。水戸学が一世を風靡しており、この学派が明治維新の一大原動力となるのだが、光圀はそのスタートを切った人物であり、当然の追贈とも理解できるのだが……。

それはともかくとして、生前の「従三位権中納言」である。なぜ、ここで彼は止まってしまったのか。ときの五代将軍・徳川綱吉《つなよし》との、確執が原因であった。

延宝八年（一六八〇）五月、四代将軍・徳川家綱《いえつな》（三代将軍・家光の嗣子）の継嗣問題

が焦眉《しょうび》の急となったおり、家綱の実弟で館林藩主であった綱吉を、次期将軍に熱心に推したのは、ほかの誰でもない光圀（当時は光国）であった。

いわば、将軍綱吉にとって光圀は恩人といってよかったろう。

ところが、その綱吉が己れの後継者にと期待したわが子・徳松《とくまつ》が天和三年（一六八三）に夭折してのち、ひとり残った娘の鶴姫を、貞享二年（一六八五）に御三家の一・紀州藩世子の綱教《つなのり》に娶《めあわ》せ、男の子が生まれたならば、その子、すなわち己れの外孫を養子にして、将軍の座を譲ろうと考えた。

これを知った光圀は激怒《げきど》し、猛然と綱吉に異議を唱《とな》えたのである。

「甲府綱豊《つなとよ》（のちの六代将軍・家宣《いえのぶ》）どのがあるのに、なぜ、そのような非道が行なえるのか。人の道として、黙視《もくし》しかねる」

光圀のいい分は、本来、四代将軍・家綱が死去したおり、子のなかったことから、次の将軍は家綱の次弟である甲府藩主・徳川綱重《つなしげ》が継ぐべきであった。ところが、この綱重は若くして亡くなっており、しかたがないので、さらにその下の弟である綱吉が五代将軍となったわけだ。いわば、この系統は臨時のもので、綱吉に男子ができないのであれば、次兄綱重の忘れ形見である綱豊に、後継を戻してこそ正統だ、というのが光圀の主張であった。

正論であるがゆえに、さしもの独裁将軍の綱吉も、面とむかって反論ができない。が、両者の関係はこれを機に亀裂を生じ、鶴姫が紀州へ嫁いだ同じ貞享二年にスタートした、〝悪法〟の代名詞＝綱吉の「生類憐《しょうるいあわれ》みの令」によって、決定的に決裂するのだが、将軍継承でみせた光圀の怒りには、実は彼自身の人生を賭《と》した主張があったのである。

〝長幼の序〟に悩む

――光圀には、同母の兄に頼重《よりしげ》がいた。

初代藩主の頼房は、光圀誕生のときもそうであったのだが、御三家の尾張と紀州に、その時点で世継ぎがなかったことに苦慮して、頼重が生まれたおりも、「水子《みずこ》にせよ」と家臣に命じていた。家臣たちの生命乞《いのちご》いで、頼重・光圀はともに存命できたものの、二人は大名の公子でありながら、表向きは家来の子と同様に育てられるという、奇異な幼少時代をおくっていた。

こうした背景の中で、徳川幕府より付家老《つけがろう》として、水戸藩に入っていた中山備前守信吉《びぜんのかみのぶよし》が、少年時代の光圀をみて、その非常に才気煥発《かんぱつ》で暴れん坊ぶりに感嘆し、「この子こそ、水戸家の跡継ぎにふさわしい」と判断。独断で光圀を三代将軍・家光に対面させ、世嗣として公認させてしまった。

そのため兄は、のちに讃岐国（現・香川県）の高松藩松平家を興すことになる。頼重は京都で幼少期をすごしたため、父・頼房との父子の対面を済ませていなかった。結果、六歳で水戸家の跡継ぎとなった光圀は、〝長幼《ちょうよう》の序《じょ》〟に適《かな》っていない自らに悩み、廃嫡されることを望んでグレた、といわれるほどの、放蕩無頼《ほうとうぶらい》の青少年期を送ることとなる。

光圀の傅《ふ》（守役《もりやく》）の一人であった、小野言員《ときかず》が教戒の言葉を列記した『小野諫草《いさめぐさ》（小野言員諫草）』によれば、光圀はときおり脇差《わきざし》を突っ込んでは「はすは者」（派手で軽薄な態度の者）を真似《まね》、「歌舞伎者《かぶきもの》」（異様な風体をなす者）同様に伊達《だて》に染め抜いた木綿の小《こ》袖《そで》に、ビロードの襟をつけて周りの者を驚かせ、世間からは顰蹙《ひんしゅく》を買っていたとある。

家来を引き連れて吉原《よしわら》の遊郭へ通い、そうかと思うと辻角力《つじずもう》へ飛び入り参加して、自分が投げられようものなら、刀を抜いて振り回し、辻斬《つじぎ》りのまねごとをしたという。

とんでもない若君で、もし、このまま無軌道な生活を送っていたなら、遠からず本人の望む廃嫡《はいちゃく》となっていたかもしれない。この光圀に正保二年（一六四五）、生涯の転機がおとずれた。十八歳のおりである。この年、光圀は司馬遷《しばせん》の『史記』（中国・前漢の時代に成立）を読み、とくに列伝の部の冒頭「伯夷伝《はくいでん》」に、大いなる感銘を受けた。

「伯夷伝」は殷《いん》の諸侯・孤竹君《こちくくん》（孤竹国《こくこく》の君主）に、二人の子供＝伯夷と叔斉《しゅくせい》がいたことによって、後世に書き残されることになる。

父の孤竹君は、弟の方の叔斉に国主の座を継がせよう、と考えたが、叔斉は、

「兄をさしおいて、家を継ぐことなどできませぬ」

と、父の申し出を断わった。しかし、一方の兄・伯夷も、父の意に背《そむ》くことはできないと、自らも国主を継がず、兄弟は互いに国主の座を譲り合い、ついには二人とも揃って国外に出てしまう顚末《てんまつ》が語られていた。

光圀はこの書によって、〝長幼の序〟の厳しさを学ぶ。そして、自らを正すために、すでに讃岐高松藩十二万石の藩主となっていた兄・松平頼重の長男・綱方《つなかた》が二十三歳で没すると、次男・綱條《つなえだ》を、己れの養子として水戸藩主を継がせ、己れの実子（長男）・兵部《ひょうぶ》

（頼常《よりつね》）を高松藩松平家に入れるという、破天荒《はてんこう》な藩主交代劇を実行する。

このように、己の〝長幼の序〟の修復を、厳しく成し遂げた光圀だけに、自身が推した将軍綱吉の、〝長幼の序〟を無視した行為が許せなかったのである。

しかも、わが実子にこだわる綱吉は、新たな世継ぎの男子を得ようと神仏にすがり、「生類憐みの令」を発布するにいたった。生きものの殺生や遺棄を禁じるこの法にも、光圀は公然と反抗して、綱吉を激怒させたのであった。戌《いぬ》年生まれの将軍綱吉は、ことのほか犬をかわいがっていたが、光圀はこともあろうにこの将軍へ、

「今年の冬は冷えますので――」

と犬の毛皮を送りつけた、という挿話もある。

光圀が綱吉に嫌われたためか、「正三位中納言」が極官となるはずだった歴代水戸藩主の官位官職は、以降、いずれも「従三位権中納言」を超えることはなかった。

例外として、九代の斉昭が正一位を、明治に入ってから水戸徳川家を継いだ十一代（最後の藩主）の昭武《あきたけ》が従一位を（生前は正二位）、各々、死後に追贈されたのみである。

謎を呼ぶ殺人事件

今一つ、元禄七年（一六九四）に、六十七歳で光圀は、長年、目をかけてきた水戸家の重臣・藤井紋太夫《もんだゆう》を突然、みずから手討ちにするという事件をひきおこしている。

紋太夫はもともと水戸家の家臣ではなく、水戸家の奥勤めをしていた老女・藤井局《ふじいのつぼね》の甥《おい》であり、父は徳川家の直参《じきさん》──御家人（御目見《おめみえ》以下）であった。その紋太夫の才覚を愛した光圀は、特別に目をかけ、出世させて、ついには養子・綱條の側用人《そばようにん》にまで取り立てたほどであった。その寵臣《ちょうしん》を、手討ちにしたのである。

江戸・小石川の水戸藩邸において、盛大な能の会を催した光圀は、自らも一番舞い、そのあと、橋懸《はしがか》りを幕から鏡の間に入って、ここから紋太夫を呼ぶ。

事前に家来を四方へ配し、屏風《びょうぶ》の立て掛けた中で紋太夫を訊問《じんもん》。この間、外には一言も聞こえず、やがて物音とうめき声が聞こえたので、家来たちがかけつけると、光圀は紋太夫を膝《ひざ》の下にしいて、「法城寺正弘《ほうじょうじまさひろ》」の銘刀で、その胸を刺し、家来たちには「騒ぐな」といって、亡骸《なきがら》となった紋太夫を片づけさせたという。

紋太夫の屋敷にも家来を走らせ、書類をことごとく没収。何があったのか、この殺人事件の真相は今もって明らかにされていない。一つの可能性として、将軍綱吉の意をうけた側用人の柳沢吉保《よしやす》が、紋太夫に接近し、何事かを企てた、との考え方は、事件直後から取り沙汰されていたようだ。将軍家に歯向かう水戸の隠居を、亡き者にするといったような。

むろん、これは推測《すいそく》の域を出ていないが、六十七歳の隠居が自ら江戸へ乗り込んできて、自身で問責して、わが手で殺《あや》めているというのは、よほどのことがあったと考えられる。

なお、光圀は綱吉と戦いながら、一方において、領内の民生の安定化と藩政の整備を推進していた。

殖産興業の面では、紙・煙草《たばこ》・漆・海草・高麗人参《こうらいにんじん》などの物産を奨励。また、一千石相当の船を造り、蝦夷《えぞ》地（現・北海道）へ探検隊を派遣している。その目的には諸説あり、北辺防備、物産交易、叛乱調査、地理的探検などが論じられていた。

加えて、文化事業への傾注ぶりは凄まじく、のちの水戸学の出発点――なかでも『史記』に触発《しょくはつ》され、日本版の『史記』をめざした『大日本史』の編纂《へんさん》事業は、年収（内高《うちだか》）二十八万石のうち、年によっては八万石を投入するといった、とても一藩で行なえるような規模のものではない、国家プロジェクトに匹敵《ひってき》する大事業を断行した。

『大日本史』が目指したもの

もとより、光圀は諸国漫遊には出かけていない。奥州安達太良山《あだたらやま》の岳《だけ》温泉（現・福島県二本松市）にいった以外は。だが彼は、実際には領内をくまなく視察し、領民との交流も積極的におこない、下々の情勢にも通じていた。よく歩き、よく食べ、語らいの時間を多くもち、日常生活においては自ら田畑を耕し、かたときもじっとしていなかった。

その光圀の生活態度の集大成こそが、自ら陣頭指揮して臨んだ『大日本史』の編纂であったといえる。この編纂事業の、直接の引き金となったのは、少し前に幕府の儒家・林羅《ら》山《ざん》、鵞峰《がほう》（春斎）父子を中心に『本朝通鑑《ほんちょうつうがん》』が刊行されたことがあげられた。

幕府のために編纂されたこの日本史の書は、一読した光圀を激怒させた。日本の国祖は「呉《ご》の大伯《たいはく》の末」だというのだ。つまり、日本は中国の呉という国から分かれたという。

儒教がブームの時世であり、将軍も老中たちも『本朝通鑑』にさして疑問を抱かなかったようだが、光圀は中国の属国としての日本像に反発した。

「これではいかぬ。自分の手でひとつ、日本の歴史を編んでみるか――」

思いたったのが、のちの『大日本史』の構想となった。

光圀は、正確な日本の歴史を後世に残すことを目的に、まず、その根本史料の収集、草稿作りからとりかかる。実はこの事業こそが、後世に『水戸黄門』を生み出し、幕末動乱期の、尊王攘夷《じょうい》運動の精神的支柱と仰がれることにつながった（光圀本人は尊王ではあったものの、進んで開国交易を志した人であったが）。

明暦三年（一六五七）二月、『本朝史記』のタイトルで江戸駒込の水戸藩中屋敷に、史局を設けてスタートした修史事業は、やがて光圀が藩主となるや、小石川の水戸藩本邸に史局を移し、「彰考館《しょうこうかん》」と名付けられて本格化する。

当初、光圀は『大日本史』を、己れ一代で完成させる心算であったようだが、正確を期す編纂作業は、光圀自身が古書を読み、記述する内容を吟味し、多くの学者に問い合わせ、慎重な検討を加えてようやく執筆したため、遅々としてはかどらなかった。

光圀は決断を迫られる。方針を変更して、完成を急がせるやり方は幾らでもあった。完成の満足感や栄誉をとるか、あくまで内容の正しさを第一とし、たとえ己れの代に未完で終ろうとも、継続事業として、今後の藩主に委《ゆだ》ねるべきか。光圀はあえて後者を選択し、本来ならば国家的事業ともいえる編纂を一藩で担い、大きすぎる目標に向かって、最後まで威風堂々と歩むことを決意した。

史実、光圀の死後、宝永六年（一七〇九）の段階で『大日本史』はいまだ後小松天皇《ごこまつ》（第百代）までの「本紀《ほんぎ》」と、皇族の「列伝」が終了していたにすぎない。なにぶんにも『大日本史』は、わが国初の紀伝体という体裁をとっていたから、「本紀」「列伝」のほか、「志」（宗教・経済の分野）「表」（制度一覧）の記述もあり、総巻三百九十七巻をもって完成したのは、なんと明治三十九年（一九〇六）十月を待たねばならなかった。

この人物にとって『大日本史』は、己れの生きてきた証しであったのだろう。「事に拠《よ》って直書《ちょくしょ》すれば勧懲《かんちょう》（勧善懲悪）自《みずか》ら見《み》はる」（『大日本史』の叙《じょ》）

光圀の若々しさ、講談や映画・テレビで描かれるあの躍動感は、どこから来ていたのだろうか。筆者《わたし》は、人の死は肉体の亡びによって生じるが、事物に感動したり、驚嘆したりする心の積極性を失えば、その人はすでに生ける屍《しかばね》と同様に、死んでいるのと同じではないか、と考えてきた。

逆にいえば、心の躍動を保持しつづけることができれば、その人は心に動かされる身体をも、若々しく健康を保ち、〝生〟の最後の一瞬まで、心身ともに最良《ベスト》の状態にあった、といえるのではあるまいか。

ここでいう若さとは、無分別や無軌道な情熱といったものではない。老いてなお矍鑠《かくしゃく》とし、いつまでも若々しい心身――それは高邁《こうまい》な理想や目標を、自らに課すことによって生まれる、感動のように思われる。

求めてもすべてを求め得ず、しかし、着実に成果が挙がって手応えの感じられるもの。その途上で感動し、驚嘆し得るもの。光圀にとって、この桁違いの情熱を傾けられる対象こそが、『大日本史』の編纂事業であったのだろう。

得てして老いは、自分自身の世界観を自らが矮小化《わいしょうか》していくきらいがなくもない。

だが、光圀は大き過ぎる目標に向かって、最期まで威風堂々と歩みつづけた。その心はいうまでもなく、諸国を漫遊して悪代官を懲らしめる以上に、晴々としたものであったはずだ。

元禄十三年（一七〇〇）十二月六日、光圀は水戸藩に『大日本史』の完成という志を残して、静かに旅立っていった。享年七十三。

光圀の掲げた正確な歴史の編纂目標は、道徳上の教訓を明らかにし、鑑戒《かんかい》（戒めとすべき手本）とするとの効能《こうのう》もついて、今日なお多くの研究者を魅了して離さない。

ついでながら、光圀を支えた幾多の人材の中には、光圀の命を奉じて京都や九州にまで史書探索の旅に出、のちに彰考館総裁をつとめた佐々宗淳《さっさむねきよ》（一六四〇〜一六九八）や、同様に十年遅れて総裁となった安積澹泊《あさかたんぱく》（一六五六〜一七三七）のような儒官もいた。

佐々は通称を介三郎《すけさぶろう》といい、安積は覚兵衛《かくべえ》といった。助さん（本作・佐々木助三郎《すけさぶろう》）・格さん（同・渥美格之丞《あつみかくのじょう》）のモデルは、この二人だといわれている。

（かく・こうぞう）

水戸黄門　〔立川文庫セレクション〕

2019 年 6 月 10 日　初版第 1 刷印刷
2019 年 6 月 20 日　初版第 1 刷発行

著　者　加藤玉秀
発行者　森下紀夫
発行所　論 創 社

〒101-0051　東京都千代田区神田神保町 2-23　北井ビル
tel. 03（3264）5254　fax. 03（3264）5232　web. http://www.ronso.co.jp/
振替口座　00160-1-155266

装幀／宗利淳一
印刷・製本／中央精版印刷　組版／フレックスアート
ISBN978-4-8460-1819-1　2019 Kato Gyokushu, printed in Japan